Marcela Serrano

Diez mujeres

ALFAGUARA

Título original: Diez mujeres

© 2011, Marcela Serrano
   c/o Guillermo Schavelzon & Asoc. Agencia Literaria
   info@schavelzon.com
© De esta edición:
   2011, Santillana USA Publishing Company, Inc.
   2023 N. W. 84th Ave., Doral, FL, 33122
   Teléfono (1) 305 591 9522
   www.santillanaedicionesgenerales.com/us

Diez mujeres
ISBN: 978-1-61605-896-8

Imagen de la cubierta: Gianluca Foli / Pencil Ilustradores
Primera edición: Septiembre de 2011

Printed in The United States of America by HCI Printing

14 13 12 11 10   1 2 3 4 5 6 7 8 9 10

Para Horacio Serrano,
in memoriam

La vida en la tierra sale bastante barata.
Por los sueños, por ejemplo, no se paga ni un céntimo.
Por las ilusiones, sólo cuando se pierden.
Por poseer un cuerpo, se paga con el cuerpo.

WISLAWA SZYMBORSKA, *Aquí*

Las locas, ahí vienen las locas, dirán los trabajadores del lugar, espiándolas detrás de los árboles. Natasha no sabe bien qué la divierte más, observar el desconcierto de esos hombres recios con picos y azadones en las manos, o a las mujeres que en ese momento descienden de la enorme camioneta. Una a una van bajando y pisan con firmeza la tierra esparcida de maicillo, como si quisieran tener los pies bien firmes en ella.

Quizás a alguna le entretenga la idea de ser objeto de observación o de sospecha, piensa, y recuerda a Andrea diciendo alegremente al despedirse el jueves pasado: ¡avísales, Natasha, que somos sólo un poco neuróticas y no locas de atar!

Sin pudor, los hombres han dejado de trabajar y, apoyándose en sus herramientas, las miran. Hay para todos los ojos. El que las prefiera morenas tiene más donde elegir. Bajas, altas, jóvenes, viejas, delgadas y entradas en carnes. Son nueve mujeres. Son muchas mujeres. El pasto ya se cortó, descansan las bolsas plásticas negras abundantes de chépica sobre el tronco de dos paltos enormes. El aroma fresco llega hasta la casa principal del instituto y a Natasha se le mezcla el olor del pasto con el de la cordillera. Al prestar el lugar, el director avisó: los sábados hacen el jardín. A los ojos de Natasha, más que un jardín éste es un parque. Ella quisiera distinguir el nombre de tanto árbol, sólo el magnolio, los aromos y los jacarandás le resultan conocidos, los tiene iguales en su casa de campo en el valle del Aconcagua. Pero aquí está en las afueras de Santiago y la cordillera de Los Andes parece una desvergonzada mostrando sus atributos.

Un poco titubeantes caminan las mujeres hacia la casa. Algunas miran arrobadas el parque y el colorido de las flores, otras hablan entre ellas. Mané ha tomado del brazo a Guadalupe, reclinándose sobre su hombro. Menuda pareja: la mayor y la menor. Natasha piensa que es la curiosidad la que salvará siempre a Mané, no le cabe duda que ya ha averiguado todo sobre los *piercings* en la nariz y en la oreja de su compañera y que ha pasado su mano por esa cabeza casi rapada. Y que Guadalupe se ha divertido, ella que es tan proclive a la risa. Al menos llevan media hora todas juntas desde que subieron en la camioneta a la salida del metro Tobalaba. Calcula que a la altura de avenida Ossa, Juani o Simona han roto el hielo y que, entrando en Peñalolén, han logrado distender a las más cohibidas. Quizás le han arrancado una sonrisa a Layla. O la voz a Luisa. Andrea se ha quedado atrás, ¿qué hace? Natasha sonríe: firma un autógrafo. El jardinero que hace un momento podaba unas rosas ha tirado las tijeras al suelo y en un arrebato de osadía ha partido detrás de ella. Lo mismo sucede en la consulta o en el hospital, Andrea vive dando autógrafos, es su karma. Ana Rosa ha quedado a medio camino, supone que debe avanzar con las otras pero está embelesada mirando a Andrea, no puede apartar sus ojos de ella. Francisca, con la cartera de cuero de cocodrilo abierta —es que nunca la cierra—, enciende un cigarrillo, aterrada de que se lo vayan a prohibir durante el día. Se ve menos pálida Francisca, qué ganas de dejarla al sol en vez de encerrarla en una sala. Y se ha puesto jeans hoy día, será la primera vez que la vea informal. Simona, forrada en una ruana de alpaca blanca, se le acerca y le pide fuego. Aspiran el humo con placer, con el sol en la cara, aprovechando el último minuto en que pueden hacerlo. Mis dos pacientes más antiguas, se dice Natasha, y es la primera vez que las veo juntas. Irracionalmente piensa cuánto le gustaría que se conocieran más allá de este día, que se tuvieran la una a la otra.

Detrás de la ventana, sujetando una cortina de velo, Natasha las mira a todas con detención. Trata de imaginarse la mañana de este día y a cada una preparándose para asistir a la reunión. Aunque su intención es mantener una cierta distancia, le resulta difícil ignorar las ráfagas de ternura con que la golpean estas mujeres. Se imagina a algunas abandonando una cama vacía cuando aún estaba oscuro, otras dejando un cuerpo tibio y amigo. Estarían cansadas por la semana, un poco más de sueño les habría venido bien. Se prepararon el desayuno, un café fuerte en el caso de Simona, un tecito aguado en el de Ana Rosa. Francisca sólo ha comido una fruta, como hace siempre, y Juani una marraqueta con mantequilla y mermelada. Alguna lo tomaría de pie en la mesa de la cocina mientras preparaba el día para una casa en su ausencia, otra sentada al comedor, quizá alguna se llevó la taza o la bandeja a la cama con el diario que la esperaba bajo la puerta. Lo más probable es que todas sintieran una cierta prisa. No sería una ocasión para llegar tarde. Y la camioneta las esperaba a las nueve. Ninguna querría defraudarla a ella, a Natasha, atrasando a las demás o no acudiendo a la cita. Tomaron los medicamentos que suelen cada mañana, con la esperanza de combatir tal o cual mal. Casi todas, un antidepresivo recetado por su propia mano. Todas esforzándose por ser un poquito más felices. Por sanarse. Todas tan honestamente aplicadas en vivir la mejor de las vidas dentro de lo que les tocó. Unas se ducharon y se lavaron el pelo, alguna puede haberse dado un baño de tina y todas se miraron al espejo porque les esperaba un día especial. Saben que no son sólo palabras lo que las aguarda. Alguna quiso maquillarse un poco, mostrar su mejor cara. Otra lo consideró inadecuado. Cada una cargando con quien inevitablemente es. Con un pequeño dolor en un determinado pedazo del cuerpo, con alguna molestia, con lo que están acostumbradas a acarrear, los cansados músculos y ligamentos. A la hora de vestirse, de decidir qué ponerse, esa hora en que tantas se detestan, ¿cuántas cambiaron la indumentaria porque no les gustó cómo se veían? Desde La Dehesa hasta Maipú, ¿algo difiere en ese minuto frente al espejo? Venga la ceguera, que venga, se dice Natasha, cualquier cosa para evitar la contaminación inevitable, brutal, de la que cada mujer es víctima en la dificultad del enfrentamiento cotidiano. Desde los diecinueve años de Guadalupe hasta los setenta y cinco de Mané, ¿alguna titubeó en el empeño de verse lo mejor posible? Detrás del chaleco negro o de la blusa rosada, ¿no estaba cada una dándose bríos, acumulando aliento para el día que las esperaba? Sus aspectos de hoy son definitivamente honestos, no hay de por medio trabajos, oficinas o formalidades que las encasillen, como vinieron hoy es de verdad quienes son.

Y están todas tan lindas, se dice Natasha.

Cómo me conmueven las mujeres. Cuánto me apenan. ¿Por qué una mitad de la humanidad se llevó un peso tan grande y dejó descansar a la otra? No tengo miedo de ser tonta, se dice Natasha, sé lo que digo. Sé por qué lo digo.

Ya no se ven por el camino. Habrán entrado a la casa. Natasha suelta la cortina de la ventana por la que ha estado mirando a las nueve mujeres y deja la sala. Es hora de salir a recibirlas.

Francisca

Odio a mi madre. O me odio a mí misma, no sé. Supongo que es ésa la razón por la que estoy aquí. El odio cansa. Acostumbrarse a él no resuelve nada.

O mejor dicho: una nunca se acostumbra.

No sé por qué Natasha me ha pedido a mí que sea la primera, me da bastante pudor empezar. Quizás por ser la paciente más antigua. ¡Nadie lleva más años de terapia que yo! Además, ustedes me producen una enorme curiosidad. Digámoslo sin rodeos: aquí los celos vuelan. Todas debemos estar bastante celosas unas de las otras. Observé cómo nos mirábamos al subir a la camioneta, la tirantez con que nos saludamos, como si fuésemos campeonas olímpicas que vienen por la medalla de oro y cada una que cruza esa línea de la entrada es tu competencia. Quizás exagero, no me hagan caso. La terapia tiene esa cosa feroz: el terapeuta es único para una, pero no al revés. ¡Qué injusticia! Es la relación más desigual imaginable. Quisiera pensar que a nadie quiere más Natasha que *a mí*, que nadie la divierte como yo, que a nadie le tiene tanta pena y compasión, que con nadie se implica como conmigo. Después de todo, el total de intimidad que soy capaz de abordar está en sus manos y mi fantasía sería que ella recibiese sólo la mía. ¿Cómo soportar que también reciba la de todas ustedes? ¿A cada una la hace sentirse tan querida y valorada como a mí? ¿A cada una le inventa ese espacio tibio, ese refugio antibalas en su consulta? ¿Realmente tiene ella espacio interno para querernos a *todas*?

Un día leí en un diario español: «Detenidos por abandonar a su hija en su cochecito por irse de copas». Ése era el titular. Más abajo explicaba que el hijo de doce años de una pareja de Lleida llamó a la policía porque sus padres regresaron ebrios a casa y sin su hermana. Esa noticia me hizo reaccionar y venir donde Natasha. Hasta entonces siempre había pensado para qué cambiar, para qué mover las cosas si se puede vivir paralizada. Estaba convencida de que un corazón helado era una gran virtud.

Cuando llegué donde Natasha yo sabía que mi terapia era de vida o muerte: debía cortar de raíz la línea materna, detener la repetición. Entiéndanme, no es un problema de genes o de ADN, es un tema de traspaso en la crianza. Todo estaba confabulado para que yo misma fuera perversa, una abusadora o una maltratadora. Sin saberlo, acudí a una enorme energía interna, me casé y tuve hijos, luchando cada día por ello, cada día. A veces me pregunto de dónde saqué esa energía. ¿De mi padre? ¿De Dios, a quien amo y le rezo a pesar de todo? ¿De la gracia de mi hermano Nicolás, que me dictaba desde algún lugar mis propios peligros? Creo que fue el instinto, el puro instinto. Yo no tenía una imagen interna de cómo era una familia normal. La verdad es que soy un milagro.

Qué desnuda estaba cuando llegué donde Natasha.

Me llamo Francisca —hasta mi nombre es corriente, ¿cuántas Franciscas conoce cada una de ustedes?—, recién cumplí los cuarenta y dos, complicada etapa. Se es joven pero ya no tanto, no se es vieja todavía pero un poquito, ni chicha ni limonada, pura transición de una cosa a la otra, puro comienzo de deterioros. A veces me dan ganas de haber envejecido *ya,* de ser una anciana que ha resuelto todas sus expectativas.

Trabajo en una agencia inmobiliaria de la cual soy socia y me va bastante bien. Eso sí, trabajo mucho, pero mucho. Hice el camino clásico, partí como asistente de un arquitecto importante hasta convertirme en su mano derecha y terminar siendo insustituible. Tenemos una oficina en Providencia con un personal de catorce fijos y bastante movimiento. Yo también soy arquitecta y el espacio es mi gran pasión. Me casé con Vicente, constructor civil, tenemos tres hijas, qué maldición, puras mujeres. En ese rubro también me va bastante bien. Todo el mundo dice que mi marido es un hombre difícil y probablemente sea cierto, pero yo me avengo de maravillas con él. Y aunque parezca raro, lo quiero y le soy fiel.

La parálisis es uno de mis estados frecuentes. Llamo parálisis a la vida diaria: levantarse cada mañana temprano, dejar a las niñitas en el colegio, pasar por el gimnasio y hacer tres cuartos de hora de pilates, ir a la oficina, aplicar la lucidez en la discusión con el abogado de la empresa, revisar las tareas de todo el personal, chequear la administración de varios edificios de los que nos hacemos cargo, pelear con la nueva encargada de ventas que me cae mal, almorzar —ojalá con una amiga y no comerse un sándwich apurada—, usar un par de neuronas frente al computador, otro par con los clientes, visitar algún departamento casi siempre feo, entrar en agonía con aquellas verdaderas cajas de fósforos sin imaginación que construyen hoy disimuladas bajo palabras foráneas y grandilocuentes como *walk-in closet, loggia, home office,* en los buenos días firmar algún contrato, volver a casa habiéndome torturado con el tráfico de mierda de Santiago, conversar un rato con mi marido, revisar las tareas de las niñas, calentar algo para la comida, algo fácil y rápido, ver las noticias, putear un poco frente a tal o cual declaración, tratar de entender bien la sección económica, en fin... abrazar a mis hijas, darles muchos besos, y meterme a la cama. Sexo algunos días, aunque ojalá cuando no deba levantarme tan temprano. Y, bueno, reconozco que no siempre es la pasión desatada, a veces hago el amor con harta flojera, pero lo hago.

¿Cuántas mujeres tienen esa misma rutina? Miles de miles alrededor del globo. Todas las minas de cuarenta años con sus viditas a cuestas, en el fondo insignificantes e inofensivas, unas un poco más inteligentes, otras más amables, otras más ambiciosas, otras más divertidas, pero al final, todas iguales. Inmersas en una lucha feroz por ser distinguidas como seres especiales, legítimamente combativas para marcar la diferencia. Todas bastante exhaustas. Se puede hacer un patrón acertadísimo con ellas. Una piensa que si vio a una las vio a todas. Algunos días no tienes tema con el marido, las historias de tus hijos te aburren y sueñas que te metes a la cama con George Clooney. Otros, sencillamente no sientes nada de nada. Lo haces todo, lo mejor que puedes, pero siempre en automático. Y si te atropellan al cruzar la calle quizá ni te enteres. No sufres, eres una pieza de hielo. Cuando esos días aumentan, yo los llamo formalmente «Los Días de la Parálisis», aunque, créanme, tardo su buen poco en darme cuenta de que estoy metida en ellos porque la propia inmovilidad me ciega.

Déjenme contarles. Un día mi marido me acusó de ser fría. Pobrecito, ¡lo que demoró en enterarse! Lo contradije, para tranquilizarlo. Nunca me pregunté si era fría o no, tampoco me preocupaba una definición al respecto. Sólo sabía de esos estados de absoluta indiferencia en los que entraba. Pero también conozco los otros estados: los de apasionamiento, los de indignación. ¡Como todo el mundo! Y me apego a lo mío, y muero de amor y agradecimiento y masoquismo cuando no me encuentro paralizada. Puedo ilustrárselos.

Existen dos machos en mi vida, no más. Mi marido y mi gato. He llegado a la conclusión de que ambos responden al mismo molde y de que hay algo insano en mi manera de amarlos.

Mi gato es un antipático. Es enorme, guatón, con rayas rojas y amarillas (lo llamo «mi tigre», aunque mis hijas se burlen). No me cabe duda de que me ama, pero siempre se está escapando, como si fuera de casa encontrara todo mejor. Me cuesta mucho retenerlo, me indigna que viva la mejor de las vidas a costa mía: es dueño de una casa con comida, afecto y calor y además tiene toda la cuadra para andar por los techos y pelear. Es un peleador nato. Siempre llega herido, con arañazos, sangre o con menos pelo. Yo lo cuido más que a mí misma, le pongo bioalcohol, lo llevo al veterinario por cualquier cosa. Todas las noches me paro en la mitad de la calle y empiezo a llamarlo, algunas veces a una hora bastante avanzada, en pijama y mis hijas juran no conocerme. No puedo dormirme si no llega y me levanto mil veces hasta sujetarlo en mis brazos. Alguno dirá que amar a este gato es inútil, pero se equivoca: una vez que se entrega, es el gato más dulce del mundo. Lo primero y más sorprendente de él es que cuando yo lo llamo, me responde. Sólo me responde a mí, a nadie más. Siempre me contesta, por eso siempre termino encontrándolo. Pongámoslo así: si no fuese por esta particularidad suya —porque nadie me discutirá que *es* una particularidad—, ya se habría perdido hace tiempo. Es mi tenacidad sumada a su singular conducta lo que ha permitido que llevemos casi ocho años juntos. Duerme conmigo y en la mitad de la noche levanta una mano —las usa como si fueran humanas— y me hace cariño en la mejilla. Cuando tengo frío, lo aprieto contra mí y él se deja, con absoluta docilidad.

También es cobarde: afuera, en la calle, es un matón, pero en la casa escucha un ruido ajeno a lo cotidiano y de inmediato corre a esconderse. Si cuando suena el timbre la voz en la puerta es masculina, se aterra y se mete debajo de la colcha de mi cama. Por supuesto, más de una vez alguna de las niñitas se ha sentado encima de él porque se tiró sobre mi cama y no lo vio. En buenas cuentas, es un fóbico, dar la cara a los hombres le horroriza. Además, es arrogante. La situación más típica sería la siguiente: ha partido en la mañana a sus correrías diarias y no llega hasta la madrugada. Yo me he vuelto loca buscándolo y estoy desesperada pensando que lo atropelló un auto a diez cuadras de la casa, cuando él aparece, tan campante, me mira fijo con profunda indiferencia y si pudiera hablar me diría, sin un asomo de arrepentimiento: tú tienes la culpa de todo.

Bueno, cuando me preguntan por qué, de todos los gatos que pueblan el universo, he elegido al que más me hace sufrir, yo respondo: es que, créanme, vale la pena. Me quiere.

Exactamente lo que diría de Vicente.

Nací en una casa bastante confortable y decente —ninguna maravilla— en la zona este de Santiago, en la calle Bilbao. Mi padre es un economista que siempre ha trabajado en el mundo financiero. Un poco débil de carácter y evasivo, pero en conjunto es un buen hombre. Se casó con mi madre siendo ella muy joven y tuvieron dos hijos: mi hermano mayor y yo. Mi madre no trabajaba y a nadie se le ocurrió que necesitara hacerlo. Dormía hasta mediodía, leía y fumaba sin parar, y en la noche iba al cine. Todos los días, no exagero. Cuando ya hubo televisión por cable y video no salió más y veía las películas en la cama. A poco andar de mi infancia tuvieron que recurrir a los dormitorios separados por incompatibilidad horaria y porque mi padre odiaba el humo y el olor a cigarrillo y la tele prendida. Ella, durante el día, andaba siempre un poco distraída. Se le alcanzaba a notar el aburrimiento cuando yo le contaba anécdotas del colegio, era evidente que me escuchaba por puro sentido del deber. Frente a mi hermano, sin embargo, se la veía más alerta, quizás era lo único que la despertaba. A veces yo le decía a Nicolás que parecía hijo único, sin darme cuenta de la verdad horrorosa que encerraban mis palabras. Las «cosas femeninas» le daban mucha lata a mi mamá. No le interesaba la ropa ni los romances ni los rollos de las amistades, tan intrincados durante la pubertad. Recuerdo, como a los siete años, el día que peleé con la Verónica, mi íntima amiga. Por supuesto, llegué llorando a la casa.

Éste fue el diálogo:

(Mamá) — ¿Qué te pasa?

(Yo) — Me peleé con la Verónica.

(Mamá) — ¿Por alguna razón importante?

(Yo) — Es que no me invitó a su cumpleaños... y yo que creí que era su amiga, que me quería...

(Mamá) — Nadie quiere mucho a nadie, mijita, mejor que lo sepas desde ya.

A propósito de «cosas femeninas», se le olvidó avisarme de que las mujeres menstruaban y, si no es por mis amigas del colegio, la sorpresa de la sangre me habría matado. Cuando empecé a crecer y mis formas se acentuaron, ella no se dio por enterada. Llegué un día a su pieza, quejándome, mamá, me crecieron las pechugas, haz algo. Me miró desde lejos —típica mirada suya— y me contestó: dile a tu papá que te dé plata y cómprate un sostén, mira qué simple. Le dije, entre lágrimas, que no quería crecer, que no quería tener pechugas. Se largó a reír. Vamos, Francisca, no seas niña. Y volvió a su lectura.

Nunca me tocaba. A Nicolás, sí. Por ningún motivo tomaba partido a mi favor en una pelea, no me respaldaba frente a mi hermano o mis primos. Parecía que yo jamás tenía razón, lo que me producía una enorme inseguridad. Mirando para atrás, debo reconocer sencillamente que no me quería. Eso sucede, aunque la gente crea que no: hay madres que no quieren a sus hijos.

A medida que pasaron los años, me desarrollé como cualquier otra niña de mi edad. Hacía las mismas actividades que las demás, volcándome mucho al mundo exterior, a mis amigas, a mis pololos, al colegio, al deporte. Acarreaba una falsa indiferencia que me ayudaba en el día a día. Decidí que quizás mi mamá me querría más si sobresalía en algo y me propuse ser una estupenda alumna. Pero a ella le interesaban más los estudios de Nicolás y me felicitaba por mis notas muy de pasada. Entonces, al ver que la cosa no iba por ahí, me dediqué al deporte, segura de que eso impresionaría a mi mamá, especialmente por lo sedentaria que era ella, quizás jugar a su opuesto le llamaría la atención. Me convertí en una de las mejores jugadoras de basketball del colegio, pero todo lo que logré fue que ella asistiera a un solo partido. Como última alternativa, me propuse ser una perfecta dueña de casa. Tomé un curso de cocina y a los quince años cocinaba como una experta. Sabía poner la mesa y adornarla como nadie, sin embargo esto sólo condujo a la explotación, cuando venían visitas ella me pedía que yo me hiciera cargo. A veces me miraba con una expresión extrañada, fruncía el ceño y comentaba: ¿a quién habrás salido, Francisca? Cuando mis méritos ya resultaban imposibles de desconocer, me dijo un día, con un tono que yo interpreté burlón: siempre he sospechado que la gente que es buena en todo en el fondo no es buena para nada.

Velé y aceché toda mi infancia; eso es lo que hacían entonces los niños, en ese tiempo largo y dilatado: esperar que algo pasara.

Busqué sustitutos. En la familia no había mucho donde elegir. Mi madre era hija única, o sea, ninguna tía por ese lado. Las hermanas de mi padre eran unas señoras aburridas y provincianas que vivían en Antofagasta, casi no las conocía, y sus cuñadas no pasaban de ser las madres de mis primos. Fui suficientemente lúcida para suponer que una profesora es siempre una sustituta *part-time*. Acudí, entonces, a mi imaginación. Aclaro: la religión no era un tema importante en la familia, éramos católicos pasivos, íbamos a misa de vez en cuando, observábamos las reglas básicas de la Iglesia, pero no más que eso. (El mismo fenómeno ocurría con la política: éramos pinochetistas, pasivos también. Habíamos heredado el anticomunismo de mi abuela como algo natural desprovisto de toda mística.) Bueno, acudí a la figura de un ángel. Medité largamente sobre la neutralidad sexual de los ángeles, no eran ni hombres ni mujeres y yo necesitaba una mamá. Entonces decidí que mi ángel sería femenino. Lo inventé. Mi ángel era una guardiana maravillosa, siempre disponible, siempre justa y sabia y, más aún, hermosa. Ella vivía en mi dormitorio y sólo conversábamos de noche. Le contaba de mi jornada, aprovechaba para darle todos los detalles que aburrían a mi mamá, me quejaba de la casa y del colegio, le pedía perdón cuando me portaba mal pero sabía que su amor me eximiría de cualquier castigo, por eso nunca le mentía. Se llamaba Ángela. Me acostumbré tanto a su presencia que fui creciendo con ella al lado como la cosa más natural del mundo. A veces Nicolás me escuchaba hablar por detrás de la puerta, entraba a mi dormitorio y me preguntaba, preocupado: Francisca, ¿estás hablando sola? Yo le contestaba, por supuesto, que no había abierto la boca, que era todo idea de él. De tanto en tanto le dejaba papeles en el cajón del velador. Así, en una caja vacía de chocolates, yo guardaba las palabras dulces de una madre amante. Me pregunto qué habría sido de mi vida sin Ángela. Hasta hoy a veces acudo a ella, como otra acudiría a Dios. La diferencia es que Ángela era más simpática que Dios, a quien nunca he considerado especialmente amable.

Mi madre no era una mujer antipática. Se las arreglaba para que su lejanía y distracción parecieran atractivas. Tenía la extraña capacidad de someter a todos a su voluntad y hacer lo que le diera la gana. Nos manipulaba a su antojo y siempre se salía con la suya. Por ejemplo, cuando algo no le gustaba, se paraba y se iba. Esto solía suceder a las horas de comida. Estábamos todos en la mesa y de repente yo decía algo, no sé, por ejemplo que las mamás de mis amigas iban a los partidos de basketball a ver a sus hijas, y ella me miraba, soltaba el tenedor, tiraba la servilleta encima de la mesa y hacía una retirada dramática, aunque recién estuviéramos en el primer plato. Entonces mi papá, con una inmensa paciencia, me decía: Francisca, anda a pedirle perdón a tu madre. Como esto sucedía continuamente, nadie en la casa decía nada que a ella le molestara. Se las arregló para que ninguno de nosotros le dijéramos ni hiciéramos jamás *nada* que no le complaciera. Las veces en que me he pillado a mí misma, de adulta, haciendo lo mismo, me recrimino sin piedad y me detesto.

Además, era una mujer atractiva. Bastante alta, tenía un bonito cuerpo, un poco ancha de cintura aunque con buenas piernas, y su pelo castaño era suave, hermoso. Fue cambiando de peinados según la moda pero siempre lo llevó muy corto y, a pesar del cigarrillo —parecía vivir en una película de los cincuenta, siempre fumando—, le brillaba. Su boca era el rasgo que yo menos amaba en ella: era angosta, una línea dura, avara, como si se hubiera tragado los labios. Para mi gusto, una boca carente de generosidad. Sin embargo su nariz era perfectamente recta y moldeada y los ojos, como el pelo, eran castaños, grandes y muy vivos. Me cuentan que estos rasgos míos claros y un poco deslavados, paliduchos, son herencia de mi abuela paterna, a quien no alcancé a conocer.

Y a propósito de abuelas. Quizás mi mamá no resulte comprensible si no hablo de su propia madre.

Mi abuela fue una rusa loca que hubiera querido ser Isadora Duncan pero terminó como una jugadora en bancarrota en un país desconocido y entonces bastante subdesarrollado llamado Chile. Sus padres, rusos blancos y ricos, huyeron de la revolución y se instalaron en París, como tantos otros. Mi abuela creció y se desenvolvió en esas tierras y desde muy pequeña usaba el dinero para compensar los sufrimientos del exilio, que en su caso, a decir verdad, no eran muchos. Se aficionó muy pronto al juego. Los casinos eran su fascinación, el lugar donde se sentía *en casa*. Falsificaba su identidad para parecer mayor, cosa muy fácil, según ella, en esas épocas donde los rusos pobres hacían de todo para ganarse la vida. Cuando su padre murió y se transformó en heredera —no tenía más de diecinueve años—, dejó a su madre en París y se fue a vivir a Mónaco. Se instaló en la pieza de un hotel a unas cuadras de un casino y dormía de día y jugaba de noche. Bastante hermosa, un bonito pelo rubio, una nariz de muñeca y unos párpados formidables, fue precoz, irreverente y divertida y gozó de una envidiable capacidad para hablar idiomas como si fueran su lengua materna. No tengo dudas de que fue una mujer inteligente pero que desperdició ese regalo. Los hombres no le importaban demasiado, los veía como compañeros de juego más que como pretendientes. Una adicta perdida. Y probablemente frígida también. Mientras vivía en Mónaco, cuando ya tenía veinticinco años, falleció su madre de tuberculosis y apenas fue a enterrarla a París, lo que le importaba era poder vender su casa y sus bienes para transformarlos en dinero contante y sonante. Ganaba y perdía. En una de las ganancias importantes decidió comprarse un castillo y lo hizo, no durmió ahí más de tres veces antes de perderlo, también en el juego, pero se entretuvo con la idea de sentirse princesa por un tiempo. La fortuna no estaba destinada a durarle mucho. Cuando se le agotó, ya iba a cumplir treinta y ni siquiera había pensado en casarse. Un chileno apareció en su entorno y quedó fascinado con ella, la convirtió en la encarnación del romanticismo de la mujer europea. Él era un funcionario diplomático, con un sueldo bastante exiguo y sin demasiado mundo, amén de muy joven. Cuando la conoció, ella tenía una belleza pálida y enfermiza que hacía juego con su pobreza. Su vida no había sido muy saludable, apenas veía la luz del sol. Mucho champagne y poca lechuga. Él decidió cuidarla y lo tomó como su gran misión. Cuando le correspondió volver a Chile, la convenció de que se casase con él. Supongo que a mi abuela no le quedó más remedio que aceptar. No tenía un peso, en el juego los amigos son pasajeros. Quizás pensó que era la oportunidad de que alguien la cuidara. Además, sabía que en una ciudad cercana a Santiago de Chile, frente al mar, existía un casino.

Durante el trayecto por el Atlántico —donde, según su relato, no paró de marearse y vomitar— comprendió que estaba embarazada. Tal circunstancia no se le había cruzado jamás por la mente. Decidió que no lo iba a soportar, que iba a morir en el parto. Le pidió a mi abuelo que la llevara a vivir a Viña del Mar. El muy tonto dejó el Ministerio de Relaciones Exteriores y partió a Viña, donde se empleó en un banco para mantener a esta mujer tan sofisticada como frágil. Así nació mi madre: frente al Pacífico, en un parto difícil y con una progenitora que no sabía qué hacer con ella. No miento si digo que no conocía lo que era un pañal. Le contrataron a una nodriza, la Nanita, para que la alimentara —le daba pecho al mismo tiempo a mi mamá y a su propia hija— y para que la criara. Por supuesto, mi abuela volvió al juego, salvo que ahora apostaba cantidades menos extravagantes que en Mónaco, sólo disponía de una posible buena suerte más lo que le sacaba de la billetera a mi abuelo a sus espaldas. Su hija nunca fue un factor relevante en su vida.

La traté poco. Murió cuando yo tenía diez años, de un ataque al corazón. Me habría gustado mucho haberla conocido, una mujer tan rara, enferma y entretenida. Quizás hasta me habría querido a medida que yo creciera. Como vivían en Viña, no los veíamos mucho y ella me daba unos besos lejanos, como quien no quiere la cosa, y se deshacía de mí lueguito. No sabía cómo hablarle a un niño. Como no tuve abuela paterna, nací creyendo que así eran las abuelas, ajenas, distantes y poco afectivas. Cuando mis amigas, en la infancia, hablaban de abuelas querendonas que les tejían y les cocinaban un queque, yo me quedaba de una pieza. Las abuelas no tejen ni cocinan, las abuelas juegan en el casino.

Cuando la visitaba en Viña, la atracción máxima era meterme en su baúl. Vestidos de los años treinta de talles largos, de gasa, de organdí, de muselina, trajes de terciopelo llenos de flecos, *déshabillés* de seda con motivos chinos y otros con cuellos de plumas, boas, collares larguísimos de piedras preciosas, abrigos de pieles desconocidas, pañuelos eternos como cortinas. Me cubría con ellos, a veces poniéndome varios a la vez, y andaba por la casa disfrazada cuando sabía que no me pillaría. Lo raro es que el día en que efectivamente me pilló, en vez de enojarse por usar su vestido transparente de organdí negro, me miró casi complacida y me dijo: tú podrías parecerte a mí.

Tres cuartos de mi sangre son enteramente chilenos, es decir, españoles y mapuches. Pero cuando me viene a la mente alguna excentricidad, me digo, asustada: ésta es mi parte rusa, la que no pronostica nada bueno. Quizás por eso mismo me he convertido en la mujer convencional que soy: todo por la regla, casi de libro. No, no soy entretenida ni mucho menos, si me suelto las trenzas o me salgo de las convenciones, ¿adónde puedo llegar? Hasta en la cama soy tradicional, nada de sexo exótico ni juegos extraños. No. Él arriba, yo abajo. Todo un poquito aburrido y predecible. Pero todo seguro. Es que ella, mi abuela, lo dijo: tú podrías parecerte a mí.

Es divertido que el origen de Natasha sea ruso, como si una fuerza invisible me tirara hacia una procedencia negada y perdida. Claro, las coincidencias llegan sólo hasta ahí: la familia de mi abuela no escapó de los nazis sino de los comunistas, mi abuela no se formó en Argentina en la mejor de las escuelas... pero es rusa. Como mi terapeuta. Como mi abuela adicta. Como la mitad de mi madre.

Nicolás heredó la huella física de mi abuela, sus huesos elegantes, sus pómulos altos, su pelo casi blanco, cosa que no le sucedió a mi madre, cuyo aspecto era tan latinoamericano como el de mi abuelo. Nicolás se parecía a ella y hasta tenía nombre de zar. Incluso en eso me ganaba.

Y aunque parezca feo ponerlo así, Nicolás ganó hasta el final: se murió. Nada tan romántico, heroico y hermoso como una muerte prematura, aunque fuera por una enfermedad estúpida. Aún hoy día soy capaz de distinguir esos sentimientos entre el espantoso dolor y conmoción que provocó su partida. Muchas veces lo envidié. ¿Y si la muerta hubiese sido yo? Entonces ¿me habría querido mi madre cuando yo ya no estuviera? Lo odié mucho por morirse, más aún que cuando vivía, pero he llegado a reconocer ese sentimiento recién ahora, con Natasha. Él nació del cuerpo de una mujer y fue nutrido por ese cuerpo y amado por ese cuerpo. Alcanzó a vivir en el paraíso, lo tuvo en una mano. Yo debí armar un espacio en el mundo sin recuerdos primarios que me salvaran, sin un Edén marcado en las células. Nací en un territorio ocupado, doblemente ocupado, como Alemania después de la Segunda Guerra. Y él murió adentro de ese paraíso, si el paraíso es de verdad eso: ser amado por quien te parió.

El duelo de mi madre, ya se podrán imaginar, fue estruendoso. No se levantó de la cama durante un par de meses, cerró la puerta de su pieza y las persianas hacia la terraza, y se negó a comer. Agregó un elemento nuevo a su vida: el alcohol. Dormía, fumaba y tomaba. No la culpo. Ahora que yo soy madre de tres niñas, no la culpo.

Comparaba el dolor de mi papá y el suyo. De alguna forma, él conseguía seguir viviendo. Después de todo, él no había *parido* a Nicolás. Parir implica al cuerpo, al cuerpo entero.

El día en que se levantó de la cama, para sorpresa mía y de mi padre, se diría que nada había pasado. Claro, nos robó el duelo a nosotros. Era tan importante su duelo que no permitió que mi padre llorara libremente a su hijo ni yo a mi hermano. Nos sentíamos terriblemente culpables de su dolor. Ella, siempre protagonista. Pero pareció sacar fuerzas de la nada y regresó a su cotidianidad sin huellas aparentes. Entonces dejamos el país. En el trabajo de mi padre necesitaban a alguien que cubriera durante un año un puesto en la sede de la oficina en Nueva York y él se ofreció, calibrando que el cambio le vendría bien a mi mamá. Yo perdí ese año de colegio porque las fechas de Estados Unidos y las chilenas eran opuestas en lo académico, pero eso no le preocupó a nadie y me sirvió, después de todo, para aprender un buen inglés.

El primer síntoma fue esa cita en el Plaza. Ya estábamos instalados en Nueva York. Había un pequeño cine en el hotel y habíamos quedado para ver una película de Woody Allen y luego tomaríamos el té, ahí mismo, en el salón del Plaza. Llegó un poco tarde, cuando ya empezaba la película. Mamá, exclamé espantada, ¡se te olvidó cambiarte las pantuflas! Se miró los pies y, efectivamente, iban cubiertos por unas ridículas zapatillas. Se encogió de hombros, es que hace mucho calor para ponerse zapatos, dijo, y pasó al cine feliz de la vida. Inventé una disculpa para no tomar el té, yo no iba a pasar el bochorno de entrar a ese salón con una señora en pantuflas. El Plaza era el Plaza, francamente.

Le gustaba mucho caminar por Central Park, vivíamos en la Tercera con la 57 y nos quedaba cerca. Un día se sentó al lado nuestro, en un banco, una mujer *homeless*. La acompañaban dos perros, negros, flacos y pulgosos, iguales a ella. Lo cómico es que portaba un cartel que decía: *I'm alone. My family was kidnapped by ET.* Al principio a mí me dio risa. Como mi mamá no me acompañó en la diversión, le dije, compungida: pobre mujer, ¡qué espanto! Y ella, sin inmutarse ni cambiar de expresión, me contestó: ¿espanto?, no, ¡qué envidia! Y luego agregó, meditativa: ¿has pensado en la imaginación de una *homeless,* en cómo se las arregla para vivir? Yo no le di ninguna importancia, acostumbrada como estaba a sus rarezas. Recuerdo haberme quedado pegada en la idea de los perros, pensando en cómo los alimentaba si ella misma no tenía comida.

Aparte de que se vestía cada vez menos y a veces iba en pijama a comprar el pan, llegó el segundo síntoma un par de semanas después: mi papá y yo la esperábamos esa noche para salir a cenar y recibimos su llamada. Vayan sin mí, estoy en el parque y hace demasiado calor para caminar, prefiero quedarme tendida aquí entre los árboles. Por supuesto, nos hicimos un sándwich y no fuimos a cenar. Llegó como a las dos de la mañana, tan campante, cuando mi pobre padre estaba a punto de llamar a la policía. Eso se repitió un par de veces. En la última, apareció con una bolsa de papel café en la mano que contenía una blusa y un vestido, usados, sucios. Cuando mi papá se los arrebató, gritando: ¡y estos trapos asquerosos!, ¿de dónde salieron?, y los botó al tarro de la basura, ella respondió candorosamente, como si nada: los encontré en un carrito de supermercado en el parque; y luego, al ver la expresión de mi papá, preguntó: ¿por qué me los quitas? Pero, fiel a su naturaleza, para castigarlo por haberle botado la ropa, avisó que se iba de la casa por unos días y partió.

Más adelante llegó la noche en que, sin aviso, no se presentó a dormir. El instinto nos dijo que *no* llamáramos a la policía, que estaba fuera por su propia voluntad. En cambio, mi papá llamó al Consulado para obtener los

datos de una tal Vanessa de Michele, que aunque su apellido sonara italiano, era una chilena que residía en Nueva
York y se dedicaba al cine. Con la dirección de esta nueva amiga de mi mamá en la mano partió rumbo al Village,
sólo para constatar que la susodicha se había cambiado de
casa y el Consulado no tenía su nueva dirección. El nombre de esta mujer me era totalmente desconocido. Insistí
a mi padre que tenía derecho a saber con quién andaba mi
mamá. Poco logré sonsacarle: era una chilena que vivía en
Nueva York desde hacía muchos años, se habían conocido
en una comida en la embajada y mi madre le comentó que
había encontrado a su alma gemela. Salían juntas a veces,
la acompañaba en sus filmaciones, y de tanto en tanto
dormía en su casa. Sospeché que mi padre tenía un gran
temor: que a Vanessa le gustaran las mujeres más que los
hombres.

Mi madre volvió al día siguiente como si nada.

Mi padre decidió llevarla al doctor. Ella se opuso
tenazmente. Si es culpa de esta ciudad, querido mío. No
estoy mal de la cabeza; es que en Nueva York una puede
abandonarse, es un lugar peligroso.

Abandonarse, era exactamente *ésa* la palabra. Y fue
lo que hizo. A veces no se lavaba. Empecé a llevar la cuenta de sus lavados de pelo, cada vez dejaba pasar más tiempo entre uno y el siguiente. Luego comenzó a no lavar
su ropa. Acumulaba la que estaba sucia en una silla de su
pieza y usaba la que estaba limpia. Cuando se le terminaba, volvía a buscar una prenda en el cúmulo de la silla. Por
supuesto, terminaba yo llevándolas todas a la lavandería,
pero cuando me veía llegar con ropa limpia, no le daba
ninguna importancia. A mí me preocupaban sus calzones
y sostenes. Creo que eso fue lo más duro, verla con calzones sucios. Los sostenes llegaron a mostrar la misma raya
negra a los costados que la de su cuello. A veces mi papá

la metía en la ducha y la enjuagaba con pelo y todo. Yo nunca lo hacía, no tenía el hábito de verla desnuda y es probable que no quisiese comenzar bajo aquellas circunstancias. Miraba todo esto entre incrédula y furiosa. Es que sencillamente no entendía qué cresta pasaba por su cabeza. Me habían cambiado a mi mamá pero esta nueva no era mejor que la anterior. Cuando mi padre tendía a reclinarse mucho en mí yo le recordaba que *él* se había casado con ella, no yo, que era *su* problema. Me defendía a patadas de tener que enfrentar el hecho de que *ésa* era mi madre. La veía encerrada en su caverna voluntaria, convertida ella misma en una cavernaria, tan sucios sus sentimientos como sus uñas o sus calzones.

¡Echaba tanto, tanto de menos a Nicolás! A pesar de los celos que me provocó en vida, no dejé de adorarlo. Como si de él fluyeran dos personalidades: una, el hijo de mi madre que me hacía sufrir a pesar suyo, y otra, mi hermano mayor preocupado y amoroso. Su ausencia me dolía en cada miembro del cuerpo. Me costaba entender la vida sin él, pero lo lloraba calladita, para no suscitar más penas en mis padres. Sí, lo lloré cada día de aquella vida en Nueva York.

Quizás lo más duro del deterioro de mi madre fue cuando comenzó a ponerse impúdica. No resistía entrar a su pieza y verla desnuda, con sólo la parte de arriba del pijama, sentada con las piernas abiertas. Yo tenía dieciséis años, era virgen y toda mi crianza había sido tan, tan pudorosa. Apenas se vestía para salir. ¿Dónde vas, mamá? A pasear, me contestaba y pegaba un portazo. Mi conocimiento de la vida era tan acotado, era tan joven, que no imaginé que la situación pudiera revertirse. Hoy pienso con bastante rabia en mi papá: ¡cómo crestas no la pescó por las mechas y la llevó a un siquiatra, cómo no dio vuelta la ciudad buscando una solución!

En realidad, mi papá se perdía muchas de estas escenas debido a sus horarios de trabajo. Y a su magnífica capacidad de negación. Yo partía a mis clases de inglés y a la salida caminaba y caminaba, me metía a las tiendas, a una librería, a los museos, cualquier cosa con tal de no llegar a la casa. Sin proponérmelo, empecé a cultivar una serie de aficiones que hasta entonces me resultaban inéditas. Por ejemplo, la arquitectura. En mis caminatas, mirar los edificios, contemplarlos y analizarlos pasó a ser mi principal pasión. También el amor por la pintura: antes de Nueva York y del MOMA, la pintura no me interesaba en absoluto. Y la lectura. Como podía pasar horas en Barnes & Noble con un libro en la mano sin que nadie me echara de ahí, lo hacía. Y como siempre fui una buena alumna, el Metropolitan me resultaba fascinante para fortalecer mis conocimientos de la historia. En fin, ya me acercaba a ser una mujer casi perfecta, todo por mi madre. Parecía tan normal, tan latosamente normal. Nadie diría que tenía una mamá loca y un hermano muerto.

Mi padre agradecía —sin decírmelo— que yo no le diera problemas. Su educación había sido muy poco integral, sabía de números pero de pocas cosas más, y solía celebrar mi *aprovechamiento* de la ciudad. Tenía un concepto formal de la cultura. Creía que se era *culto* por asistir al teatro o al ballet y por estar al día en la cartelera cinematográfica. Yo, en cambio, aprendí a creer en la profundidad de la experiencia: en volver diez veces a la galería de arte cerca de la casa para mirar otra vez ese Kandinsky, en la identificación que se producía muy adentro —¿en el alma, quizás?— entre sus formas y yo. No me importaba nada lo que estuviera de moda y no asistía a los conciertos que mi padre tímidamente sugería, la música se me daba mejor en la soledad de mi pieza que en vivo. Aprendí a detestar el teatro —y a decirlo, cosa que resulta escandalosa, según he visto— y a amar los musicales. Tomaba unas entradas que venden en Times Square por menos de la mitad de precio a las tres de la tarde y no me perdía ninguno. Acumulé horas y horas de *musicals* en el cuerpo. Con una madre inexistente y un papá imbuido en el mundo de Wall Street, la ciudad era mi refugio.

Lamentablemente, justo cuando empezó a interesarme la literatura, mi mamá dejó de leer. ¿Por qué no lees ahora, mamá? Cómo que no leo, es lo único que hago de noche. Me mentía. Ya no había libros en su velador, como en la casa de Santiago. Y esos húngaros tan difíciles que te gustaban, mamá, ¿ya no los lees? No, ya los leí todos.

Por supuesto, llegó el día en que mi papá habló con la gente de su empresa y les rogó que lo liberaran de Nueva York. Volvimos. Yo estaba feliz, retornaba a mi medio, a mi colegio, a las amigas que me gustaban, en fin..., a sentir que había cosas sólidas aparte de mis padres. Mi madre retomó —por un tiempo— su vida anterior y mi papá pensó que efectivamente Nueva York era una ciudad peligrosa y que Chile le sentaba bien a su mujer. Pero no era cierto. Algo se había desatado en su interior y no había vuelta atrás, aunque no nos percatáramos entonces. Pasaron varios meses de relativa normalidad mientras me iba convirtiendo en una mujer sin muchos modelos que seguir. Inventaba mi personalidad sobre la marcha y esperaba ansiosa entrar a la universidad y estudiar Arquitectura. Una anécdota de entonces se me fijó en la memoria. Ella pasaba el fin de semana en casa de su cuñada, en el campo. Yo, por mi parte, prometí llegar el domingo, almorzar en familia y volverme con ella a Santiago. Estaba atascada ese día en un trabajo que debía entregar para una clase a la mañana siguiente y me atrasé. A las dos de la tarde, sintiéndome culpable, llamé al campo para avisar de mi demora. Me atendió mi tía. Le pedí que pusiera a mi mamá al teléfono, lo que ella trató de hacer. A través de la línea, la escuché: ¿qué Francisca me llama?, ¡no conozco a ninguna Francisca!

Recuerdo ese tiempo como el de una rara y nueva indiferencia hacia la falta de afecto de mi mamá. Según yo, ya no importaba... Pobrecita, qué ingenuidad, como si alguna vez dejara de importar. No era muy dada a los pololeos, quizás cultivaba alguna timidez inconsciente, pero aquello me atraía menos que a mis compañeras, era un poco más fría. No se me engrupía con mucha facilidad. O quizás es mucho más simple: me encantaban los hombres y podría haber sido una coqueta pero era tal mi inseguridad, mi miedo a que no me quisieran, que echaba marcha atrás y fingía distancias y frialdades para protegerme.

Un fin de semana largo, una de mis amigas me invitó a la playa. Nunca olvidaré ese domingo en la noche cuando volví a mi casa. Mi papá estaba en el living, solo, sentado en el sofá grande frente a la terraza, con la luz apagada. Los presentimientos fueron inmediatos: algo había pasado con mi mamá. Efectivamente. Pobre padre mío, me dijo que debíamos hablar. Ante tal afirmación, le preparé un trago, una Coca-Cola para mí y un whisky para él, y me senté frente al sofá en la punta de un sillón vanidoso y endeble que nadie usaba, expectante.

Se fue.

Ésa fue su primera frase.

No me quiso mostrar la carta de despedida, sus razones tendría. Pero la idea general era que regresaba a Nueva York, que no sabía si se quedaría allí o seguiría a Europa, pero que a Chile no volvía. Ni a su rol de esposa ni de madre, eso fue lo que, por evidente, no dijo. Que por favor no pretendiéramos buscarla.

¿Se despide de mí en la carta?, pregunté.

Sí, contestó mi papá, sin ninguna vehemencia, e intuí que era una mentira piadosa.

Nunca más la vi. No personalmente, al menos. Quizás por eso hablo de ella en pasado. Tuve que enfrentar lo inevitable: el terror ancestral de perder a la madre, o sea, de perder el sentido de identidad. Lo que aquello supuso para mí es bastante predecible: no sólo era yo una persona imposible de querer sino que mi propia madre había tenido que escapar de mí para lograr una vida. Y el terror de transformarme en ella, ahora que había desaparecido. Incluso entonces llegué a plantearme un tema que más tarde sería decisivo: mi propia maternidad. Intuí un miedo oscuro, no muy definido, imágenes en un agua estancada: el miedo de transferir a mis propios hijos el odio a mi propia madre. El miedo de repetir mis experiencias y de que mi maternidad terminara siendo como fue la suya.

Terminando la universidad conocí a Vicente. Como ya conté, era constructor civil y trabajaba en un taller donde yo hacía una práctica. Lo encontré inmediatamente atractivo, sugerente y difícil. Sus hermanos, de chicos, le pusieron *Cara de Botón,* por tener todas las facciones concentradas en el centro de la cara. Pero aun así, tiene su gracia. Me encanta su pelo negro y grueso, siempre brillante, una mata de pelo hecha para mis dedos, recién peinado adquiere una leve pinta de gánster que me encanta, nunca será pelado. Es un poco arrogante, un poco engreído, un poco escurridizo, pero en el fondo de sus ojos reconocí una bondad parecida a la de mi padre. Era el típico macho que acumulaba toda su dureza en lo aparente guardando su ternura para la intimidad. Muy huraño e inepto socialmente, me usaba como su coraza frente al mundo exterior —no sé por qué hablo en pasado si lo hace hasta el día de hoy— y yo me sentía noche y día tirada a los leones. Pero lo importante es que él me quiso. A pesar de resultar un poco inasible, como si siempre estuviera a punto de escapar, me quiso y aún me quiere. Ante mí misma yo no resultaba digna de afecto: si la sangre de mi sangre necesitaba escaparse de mí, ¿por qué iba a quererme otro? Aun así sucedió. Vicente me amaba.

Nos casamos en cuanto saqué mi título: era la mejor forma de huir. Me pegué a Vicente como una verdadera lapa: él me amaba, él me amaba, mi persona era digna de algún amor. Hasta hoy. Soy una buena esposa. Además, sé hacer tantas cosas que, a pesar de mí, resulto un gran partido. Madrugo, trabajo, gano plata —esto le encanta a Vicente porque él es un poquitín coñete—, cuido a mis hijas a quienes adoro y a quienes dedico toda la calidez que tengo —si es que la tengo— para que no vivan lo que viví yo. He terminado por seguir el modelo opuesto a mi madre. Por ejemplo, no recuerdo a mi mamá en la cocina. Aunque me esfuerce en conseguir una imagen de ella haciendo algo en ese lugar de la casa, no lo logro. Por eso es mi espacio preferido, tengo allí una mesa grande y buena parte de la vida familiar transcurre alrededor de ella. Me encanta perder tiempo ahí, hacer cosas trabajosas. Como con las cerezas. Tanto a mi gato como a Vicente les fascinan las cerezas. Pero ambos son de paladares exquisitos: les gusta comerlas sin cuesco, cortadas por la mitad, vacío el centro. Cuando aparecen, en verano, paso largos ratos en la cocina con un cuchillo pequeño —me lo compré para esos efectos— en una mano y el dedo índice de la otra preparado para el trabajo. Una vez el plato está listo y mi dedo rojo y arrugado, divido las cerezas en dos y sirvo a cada uno su porción.

En ocasiones pienso que me equivoqué demostrando lo enérgica y eficiente que soy, resulta imposible que no se aprovechen de mí. En los días en que amanezco poco caritativa, veo a mi marido como a un caníbal. Se alimenta de mi vitalidad, como un vampiro. A veces, cuando estoy sola, bajo la guardia y caigo exhausta. Les he inyectado tanto entusiasmo a los demás —a Vicente, a las niñas— que ya no queda una gota para mí.

Siempre creí que tendría hijos varones, los consideraba tanto más fáciles. Con suerte, podría lograr alguno parecido a Nicolás. Y con ellos resultaría menos probable repetir las conductas que mi madre tuvo conmigo. Sin embargo, tuve mujeres, tres mujeres. Gracias a ellas hice enormes esfuerzos por traer a la memoria más recuerdos de mi infancia y de mi adolescencia —cuando estaba demasiado ocupada en mí misma— para tratar de entender a mi madre, que había pasado por lo mismo, había parido una hija mujer. Esfuerzos vanos. Siempre llegaba a la misma conclusión: mi mamá es un monstruo. Llegué a adorar las visiones maniqueas porque me daban claridad, una línea que seguir, todo en blanco y negro. Pero quizás mis hijas piensen lo mismo de mí. Hago un enorme empeño por ser una buena madre. Reviso continuamente mis actitudes, lo que les resta espontaneidad, y seré juzgada por eso en el futuro, qué duda cabe... Una siempre lo hace mal como madre: si no es por esto, es por aquello, la culpa estará presente pase lo que pase.

Mi padre volvió a vivir a Nueva York. Con sus sesenta y cinco años, aparenta cincuenta y no se le puede nombrar la jubilación. Volvió a casarse y en apariencia está satisfecho con su nueva vida. Supongo que es innecesario agregar que la esposa en cuestión es veinte años menor que él. La última vez que fui a verlo, hace unos pocos meses, me tenía novedades. (Gracias a Dios, Vicente no pudo dejar su trabajo y fui sola.) Vanessa de Michele, la antigua amiga de mi madre, lo había contactado. Vivía en Connecticut y le dijo a mi papá que tenía noticias de su ex esposa. Mi padre no quiso saber nada, sólo me entregó a mí su teléfono.

Llamé a Vanessa de inmediato. Me citó en su casa.

Entré al jardín del pequeño edificio, una casa antigua transformada en siete minúsculos y preciosos apartamentos, y me encontré con una mujer sentada en el único banco de piedra, con una regadera roja descansando a sus pies, rodeada de cardenales y enredaderas, una imagen muy mediterránea aunque estuviésemos en pleno Estados Unidos, con el blanco radiante de la casa detrás. Se levantó al verme y automáticamente tomó la regadera, que presumí sin agua por lo liviana que parecía. Su porte era mediano pero, por alguna razón, daba la impresión de ser una mujer alta. Su pelo castaño era corto, se veía tras él la mano de algún buen peluquero, y en el mechón que caía a la izquierda de su cara lucían unos destellos rubios. Su aspecto era francamente excéntrico, por decir lo menos. Vestía una camisa de dormir celeste pálida con florecitas verdes muy tenues, un pequeño encaje en el canesú y mangas largas arremangadas hasta el codo. Sobre la camisa llevaba un delantal amarrado por detrás, de aquellos que usan los hojalateros o los que trabajan el cuero... No sé, un delantal masculino, negro y con un enorme bolsillo en el frente. Su cuerpo era grueso y espléndido, como bien construido, y calculé que andaba al final de la cincuentena. Usaba unos lentes sin montura y sus ojos —del mismo color del pelo— eran grandes y expresivos. La boca parecía pequeña pero al ponerse en movimiento se agrandaba de forma incomprensible. Su sonrisa era radiante, le cambiaba por completo la severidad que destilaba su apariencia, y por sus arrugas supuse que habría vivido bien su vida.

Ella era la mensajera del horror.

Una vez dentro de su casa y con un café en la mano, me llevó a una sala oscurecida, encendió una máquina reproductora —no era DVD, era una película propiamente tal— y empezó ese ruido típico del cine de mi infancia en que debe pasar una cantidad determinada de película en blanco hasta que aparezca el objetivo de la filmación: cuando miré las primeras imágenes vi una gran avenida de Nueva York, podría haber sido Broadway o la Quinta. Transeúntes en las veredas, autos por la calle, un par de niños jugando, un vendedor negro altísimo con una mesa enclenque y sobre un paño algo colorido, pañuelos o bufandas. Y de pronto, una *homeless* parada cerca de un quiosco de revistas. La cámara se acerca y se detiene en ella: una persona muy gruesa vestida con harapos negros, los pantalones parecían rescatados de un antiguo traje de hombre y aunque el día se veía soleado, más bien veraniego, ella estaba muy abrigada, cubierta con varios chalecos, unos más cortos que otros, lo que acentuaba su corpulencia. El pelo —entre blanco y castaño— se había convertido en miles de rizos largos y apretados por la falta de lavado, disparados hacia el espacio. Rasta, dirían mis hijas. La cara —que apenas se distinguía— también era oscura. Todo era oscuro, incluso sus pies que estaban descalzos. La mirada era inconfundible, los ojos no necesitaban de un *close-up* para percibir la infinita indiferencia que había en ellos. De repente, empieza a bajarse los pantalones. Se acuclilla y la cámara se acerca y enfoca un enorme trasero, lleno de celulitis, como si debajo de la piel se escondieran miles de naranjas. Y mi madre se baja del todo los pantalones y orina con absoluta tranquilidad. La imagen no está enteramente de perfil, más bien a tres cuartos de costado. Termina de mear, se sube el pantalón negro mientras se levanta y empieza a caminar como si nada hubiera pasado.

Le pedí a Vanessa que detuviera la película. La única frase que me dijo fue: debes aprender, Francisca, que no todos quieren ser salvados. Me escapé de esa casa y de esa mujer. ¿Por qué lo hizo? ¿Qué la llevó a mostrarme esa filmación? Aún hoy no lo sé. Acorté lo más posible la vi-

sita a mi padre, volví a Santiago y nunca he mencionado
lo que vi, ni a Vicente ni a nadie. ¿Debí quedarme en
Nueva York y tratar de contactarla? ¿Debí tratar de *salvarla*? Mi única certeza es que yo era la más miserable de las
criaturas de Dios. Más miserable que mi madre.

Ya en Santiago, andaba por la calle sigilosamente,
como alguien siempre alerta, siempre vigilante, que se con-
cede a sí misma el capricho de guardar silencio, de simular. Alguien que, después de la tormenta, sigue empapada,
sin secarse, que cuida su propia miseria como su único
activo. Quizá reconocer el daño que ella se había hecho
a sí misma podía significar el comienzo de mi propia cu-
ración.

Mi mente y mis estados de ánimo empezaron a virar
en ciento ochenta grados. Cualquier noche me desvelaba
y sin despertar a Vicente me iba de puntillas al escritorio,
encendía mi computador y me metía a *lanchile.com* a revisar las ofertas para Nueva York. No sé cuántas reservas he
hecho ya. Y con la luz del día, desde mi oficina, las cancelo.
Pongo la CNN y espero sólo para ver la temperatura de
Nueva York. El único diario que leo *on-line* es el *New York
Times,* siempre esperando ver algo relacionado con ella.
Me la imagino en las peores situaciones, las que merezcan
una noticia, como, por ejemplo, que se queme a lo bonzo
en plena Quinta Avenida. O que se lance desde el último
piso del Empire State. Y en la noche soñaba, soñaba largamente con esa horrible nalga celulítica. Despertaba y me
encerraba en el baño para llorar tranquila. Mis llantos obe-
decían a razones antagónicas, según el día: a veces lloraba
por sentirme la más ruin de las mujeres del mundo, por
permitir que mi madre sea una vagabunda y no mover un
dedo por rescatarla. Otras noches lloraba de rabia, de odio
puro y no me lo podía quitar de encima: el odio es como
la sangre, es imposible de disimular, lo tiñe todo.

Los que creen que la razón final de toda esta historia fue la pérdida de Nicolás se equivocan. Ese dolor sólo adelantó lo que tarde o temprano, con o sin la muerte de su hijo, ocurriría.

Han pasado ya varios años desde la partida de mi madre. He madurado. Sería presuntuoso de mi parte decir que he superado el tema. No, un tema así no se supera. Pero ya puedo vivir con él. Ya no me destruye. Que a veces me enfrío, que a veces me paralizo, que a veces me convierto en un objeto distante y desprovisto de compasión, me parece irrelevante. Porque he hecho lo único importante que podía hacer: quebré la línea de la herencia, quebré la repetición. Mis hijas están a salvo.

Y aquí sigo con mi vida normal, con mi aspecto normal, con mi familia normal. Con mi gato, con Vicente.

Mané

Soy la Mané y así como ustedes me ven, fui siempre la más linda. Mido un metro setenta y cuatro, que ya es mucho para este país, peso sesenta kilos. Aún hoy, a pesar de los años, conservo mi peso, aunque mi cuerpo lo vea sólo yo. Cumplí setenta y cinco hace unos meses. Apenas me los celebraron.

Fui preciosa. Es una lástima que deba hablar en pasado. Nadie dice «soy preciosa» y menos aún «seré preciosa». Bueno, eso es lo que tengo: pasado. Hay una película de los años cincuenta que se parece a mi vida: *Sunset Boulevard*. Será por eso que me conmueve tanto. Interpretada por Gloria Swanson, está basada en la vida de Norma Desmond, una gran actriz del cine mudo de Hollywood, una verdadera diva que tenía el mundo a sus pies y que actuó en decenas de películas. Sucede que quiso volver a actuar y a tratar de seducir cuando ya había envejecido, pero sólo consiguió que la abandonaran. Todos los directores y productores que antaño la ensalzaban le dieron la espalda, ya no servía. Y ella se negaba a darse cuenta. Ni siquiera respondían sus llamadas al teléfono. Y se fue pudriendo, sola, abandonada. Como yo.

Desde chiquita me gustó disfrazarme y bailar frente al espejo. Cuando mis padres salían, iba de puntillas al armario empotrado de mi mamá —no existían los clósets en mi casa— y le robaba los chales y los pañuelos de cabeza. Tenía muy pocos, pero igual me los ponía de mil modos, en la cintura, en la cabeza, en los tobillos. Mi mamá era costurera y mi papá jefe de la construcción, para que no imaginen que aquellas telas con las que jugaba eran las destinadas a la familia del Aga Khan. Lo importante es que yo *sí* me creía Rita Hayworth y mi imaginación transformaba en sedas orientales los recortes de popelina barata de los vestidos que hacía mi mamá. Las mujeres entonces no estudiaban, no tenían las vidas encachadas que tienen ahora. Sé que en otros ambientes y latitudes sucedía pero no en el mío. Nací en los años treinta, una época macanuda para las mujeres en Europa, el período de entreguerras: ya se habían acortado las faldas, ya fumaban y tomaban, se metían en política, respiraban a fondo como si el mundo se fuera a acabar. Ellas, no las chicas de provincia como yo. En Quillota, donde nací, las mujeres se dedicaban a la casa y sólo hacían tareas pagadas para ayudar a la economía doméstica. Lo que sí teníamos era educación.

En el liceo destacaba en las obras de teatro que representábamos. Me gustaba hacer todos los papeles, hombres o mujeres, jóvenes o viejos. La vida provinciana, tan asfixiante, se me olvidaba cuando subía al escenario. También gané los pocos concursos de belleza en los que se podía competir: fui Reina de Belleza de Quillota y Miss Quilpué. La directora del liceo fue mi cómplice, ella notó que yo tenía pasta para ser algo más vivo que una dueña de casa. Era una mujer muy lúcida, amiga de Amanda Labarca y de las sufragistas, todas esas viejas choras a las que les debemos tanto. Así, ella se las arregló con mi familia para que me fuera a Santiago y estudiara teatro bajo la tutela de un gran director de la época. Viví en casa de una tía y la vida cambió de color. Cómo no, si erei tan relinda, me decía la tía. Santiago era una ciudad viva y entretenida, ná que ver con la lata que es hoy día. Daba gusto vivir aquí. Había poquísimos autos, muchos árboles, casas señoriales en el centro, bohemia, teatros, imprentas, poetas. Y un asesinato sólo a cada tanto, como para recordarnos que éramos humanos. Yo andaba sola de noche, tan campante, por la calle Brasil.

La vida entonces era muy austera. Chile era un país pobre, las cosas importadas no existían, desde un par de jeans a una botella de whisky, nada, parecíamos un país socialista del este de Europa. Recuerdo la primera vez que mi compañía viajó fuera del país, fuimos a Cochabamba, en Bolivia. Vi en la calle un puesto de caramelos y me acerqué pensando en nuestros Ambrosoli y nuestros Serrano o Calaf, los únicos que teníamos aquí, y para mi sorpresa, había chicles de todas formas y colores, pelotitas amarillas, corazones rojos, triangulitos verdes, las etiquetas con letras en inglés, barras de chocolates que parecían regalos de Navidad y encendedores desechables que me parecieron irreales de lo puro mágicos. Me quedé con la boca abierta, fue mi primer encuentro con lo que algún día llamaríamos la globalización. El otro día estaba en casa de mi cuñada con una de sus nietas que quería pegar unos monos en un cuaderno y no tenía con qué. Le sugerí que hiciéramos un engrudo. Me miró como si le hablara en arameo. ¡No sabía lo que era el engrudo! Le expliqué que era una pasta que preparábamos con harina y agua para pegar y me contestó: ¿para qué si podemos comprar cola fría o *stick-fix*? Bueno, en ese Chile vivía yo. Pa qué les recuerdo que no existían los computadores ni ninguno de esos aparatos pa' escuchar música que se usan hoy, le dabas gracias a Dios si alcanzabas a tener una simple radio.

En el ambiente de teatro una conocía a todos los artistas, me topé tantas veces con Neruda, con De Rokha, era de lo más normal si te ibas a tomar un traguito al Bosco en la madrugada. O si cenabas en uno de los boliches cercanos.

Uno de los parroquianos del Bosco era un poeta de pelo claro que tenía una mirada ladina. Como dicen en el campo, nunca abría del todo el ojo izquierdo, y sus dientes —aunque empezaban ya a amarillear un poco por el tabaco— eran chiquitos y perfectos. Siempre sostenía un cigarrillo y me encantaba mirar sus manos, que iban y venían a su boca. Pedí que me lo presentaran. Cuando se levantó del asiento para darme la mano noté que era muy alto y eso me gustó al tiro. Le eché el ojo. Empecé a rechazar otros bares para sólo ir al Bosco y encontrármelo. Un día me senté de lo más decidida a su mesa, él garabateaba palabras en una servilleta. Me quedé calladita a su lado, como deben hacer las musas. Cuando terminó de escribir, levantó la vista y leyó en voz alta su poema. Me pareció precioso y se lo dije. Él me sonrió agradecido. Eres una mujer dulce, me dijo. Yo le contesté: cazas más moscas con la miel. Él rió. Me invitó a una cerveza. Al día siguiente llegué a la misma hora y me senté en la misma mesa, como si nos hubiéramos puesto de acuerdo. Pasaron así cinco días. Al quinto, cuando me levanté para irme, él se levantó conmigo y me encaminó por la Alameda. Íbamos a cruzar esa calle ancha cuando, de sopetón, me tomó de la cintura y me plantó un beso.

Me gustó mucho ese beso.

Ése era el Rucio.

Creo que me enamoré de él porque era más alto que yo, nos veíamos tan bien juntos. A los seis meses nos casamos. Era casi ridículo casarse en ese ambiente y momento pero lo hice por mi familia, ¿cómo iban a enfrentar mis pobres viejos a los parientes de Quillota si yo no mostraba la libreta? El Rucio —así le decían todos, poco acostumbrados en ese Chile a ver una mecha que no fuera un clavo negro— era talentoso. Me compuso decenas de poemas, tan relindos todos, y el único libro que alcanzó a publicar llevaba como título mi nombre. Todo el mundo consideraba de lo más natural que él se dedicara a ensalzar mi belleza, tampoco me sorprendía a mí, me reía de que estuviera tan chiflado. Por mientras, yo, dale con actuar, y cada día me iba mejor. Me ofrecían solamente papeles de joven hermosa. Pa'provechar tu guapura, decía el Rucio.

¿No será que no soy suficientemente buena?, le preguntaba yo. Porque, a pesar de todo, fui siempre insegura. Como todas. Algunas de mis amigas me decían: ¿insegura tú, con lo linda que eres? Y yo les contestaba: no tiene ná que ver una cosa con la otra.

Al Rucio no le interesaba tener hijos. Y yo, la tonta, le hice caso. Me da rabia la expresión en la cara de las mujeres cuando me escuchan decir que no tuve hijos porque no quise tenerlos. Cómo me atreví a desafiar las leyes de la naturaleza, me dicen sin decirlo. Las desafié porque entonces no me importaba demasiado, porque me bastaba el Rucio y el teatro, porque vivía el momento y creí que las buenaventuras serían para siempre. Hoy en día a veces me arrepiento. Esas mujeres que se llenan de hijos programando su futuro me dan espanto, pero dejémonos de cuentos: la vejez con o sin hijos hace toda la diferencia. Entonces, el arte era lo único que importaba. El Rucio escribía y yo actuaba.

¡Lo pasábamos tan rebién! Teníamos tantos amigos, las noches eran eternas, nadie se levantaba temprano, nadie tenía un trabajo normal como quien dijera. Y esos domingos maravillosos, nos quedábamos hasta tarde metidos en la cama haciendo «juegos chulos», como los llamaba el Rucio. Casi no veíamos la luz del sol. A mí me da un poco de risa cómo las nuevas generaciones veneran la vida al aire libre. ¡Puros mitos! No se nace ni se muere al aire libre, todo lo importante pasa adentro.

Llegué tarde para la tele. Habría sido un *hit* en las telenovelas. Pero a esas alturas ya me habían dejado de lado. Porque pasaron los años. También para el Rucio, no encontraba editorial y se frustraba y tomaba. Nadie quería editar poesía porque no se vendía. Neruda jodió harto a sus contemporáneos, aunque el Rucio fuera bastante más joven. Pero igual me quería, nunca se descargaba conmigo, me cuidaba como a un cachorro nuevo. Recuerdo que entonces llegó a Santiago un virus —o lo que fuera— al que le decían «la fiebre equina», no sé qué tendría que ver con los caballos, pero la cosa es que me pescó a mí. Era como morirse por unos días, una gripe fuerte parecía un rasguño al lado de esto. El Rucio no me dejó ni a sol ni a sombra, me administraba los remedios, me hacía unas sopas de cabellitos de ángel que yo pudiera tragar, me cambiaba las sábanas cuando se mojaban de tanto sudor. Mi recuerdo de esa famosa fiebre —la única vez que me enfermé a su lado— es como entrar de lleno al escenario de *La dama de las camelias:* yo, como Margarita Gautier, me daba el lujo de agonizar con un hombre arrodillado a mis pies, amándome y cuidándome.

Me aparecieron las primeras patas de gallo y los ojos brillaban menos. Empezó a escasear la pega. Cuando no tenía que ir al teatro, me quedaba en la noche al lado del Rucio y sus amigos, tomando. Vivíamos al tres y al cuatro. Nunca tuvimos mucho y nos arreglábamos. Pero la plata disminuía seriamente. No nos alcanzaba pa'l arriendo. Algún amigo nos prestaba y cuando yo agarraba un buen papel se lo devolvía. Pero pa'l trago, fuera como fuera, siempre teníamos. Lo que nos faltó fue la chaucha pa'l peso, y lo digo en ambos sentidos, el real y el otro: ni el Rucio era tan buen poeta ni yo tan buena actriz.

Por fin el director del Teatro de la Universidad de Chile decidió apostar por mi talento, no por mi belleza. Y me dieron el papel de Blanche en *Un tranvía llamado deseo.* Estaba justo en la edad, cuando ya no eres joven pero te desvives para que no se note. El papel de Blanche es el que toda buena actriz quiere interpretar algún día. Es un papel dificilísimo, lo hizo Vivien Leigh en el cine, al lado de Marlon Brando, ¿se acuerdan? Debe haber sido una de las primeras películas de Brando, tan, tan buenmozo el tonto, cada músculo que mostraba en esas camisetas ajustadas llenas de transpiración, las mujeres se morían por él, tenía una mirada de niño malo... Volvamos a Blanche, la del tranvía. Ensayé con el ardor que una le pone sólo a algo que sabes que vas a perder, como los últimos polvos de un viejo al que le aguarda la impotencia. Estaba tan aburrida —y un poquito humillada— con mis últimas apariciones en escena, Blanche me daría el prestigio que nunca tuve y nadie tendría la mala voluntad de decir que mis papeles se me asignaban sólo con un criterio estético. Llegaba exhausta por la noche, habiendo dejado el alma en el ensayo. Casi no veía al Rucio, ya no podía acompañarlo a sus tomateras y caía dormida al minuto que veía la cama. Pero él no se quejaba, ¡estaba tan orgulloso de mí! Recuerdo ese tiempo como uno muy rico, vigoroso.

Fue entonces que viví el «efecto luna llena». Así lo llamé. Me sentía como si yo misma fuera una gran luna, creciendo y creciendo de a poquito, noche a noche, para llegar a ese estado completo, absolutamente luminoso, donde nada falta ni sobra. Intuía que cuando ese equilibrio terminara, empezaría a decrecer, a achicarme poco a poco hasta casi desaparecer. En toda vida hay una luna llena. Si una pudiera reconocerla para gozarla, al menos para sentirse diáfana y completa.

Organizamos una gran fiesta para el día del estreno. No había permitido que el Rucio asistiera a los ensayos: deseaba sorprenderlo como la Blanche que llegaba a Nueva Orleáns, con mi vestido, el sombrerito y todo. La verdad, aunque parezca poco humilde, ¡actué de maravilla! El teatro se vino abajo aplaudiendo y mientras yo saludaba y recibía un ramo de rosas, buscaba en vano la cara del Rucio. Imaginaba las críticas en los diarios y los títulos «¡Por fin mostró su verdadero talento!», «Renacimiento de una actriz» y tonterías por el estilo.

Cuando terminó la obra y me fui, casi desmayada por la emoción, al camarín, no era el Rucio quien me esperaba sino Pancho, su íntimo amigo. La expresión de su cara debiera haberme advertido pero yo estaba tan imbuida de triunfo que no la vi.

El Rucio había muerto. Lo habían atropellado cruzando la Alameda, cuando se dirigía al teatro a verme. Un bus le golpeó la cabeza y lo mató al instante.

Interpreté el papel de Blanche sólo para el estreno. Dicen que al día siguiente yo estaba en estado de *shock,* no escuchaba nada, no hablaba, sólo los ojos abiertos revelaban que no dormía. Mis ojos eran un par de lágrimas, tan claros y aguados. Del funeral recuerdo poco, alguien recitaba un poema al lado de la tumba y era un mal poema, mucho peor que los del Rucio. Un par de amigas actrices se apiadaron de mí, calentaron sopa y se preocuparon de que me la tomara. Se turnaban los primeros días para quedarse a dormir porque mis noches eran insólitas: me sentaba en la cama a mirar un punto fijo con los ojos muy abiertos y no los cerraba durante horas. Lo que entraba en mi estómago salía al tiro, vomitaba sin parar, de la cama al guáter y del guáter a la cama. Así fueron esos días. No pude volver al escenario, no recordaba ni una sola línea. Como si la obra nunca hubiera existido. Hasta ahí llegó el renacimiento de la gran actriz.

¿Cómo creen que subsistí? Pues con tres cosas: el trago, los hombres y el teatro. Y en ese orden. Tomé como una condenada, lo que fuera, pisco, gin, vino. Lo importante era dormir, ser una muerta, de eso se trataba. Me iba al Bosco y los amigos del Rucio me invitaban a tomar, yo no tenía con qué pagar. Habiendo fiesta y velorio regado, no hay novia fea ni muerto malo. Pero después de las parrandas llegaba inevitable el día siguiente. Abría los ojos y antes de sentir el dolor de cabeza, la boca pastosa y todos los efectos de la resaca, recordaba que había enviudado. No, no puede ser, es un mal sueño, decía, e intentaba dormirme de nuevo. Entonces, pa resistirlo, pescaba la botella de vino tinto. No me levantaba durante días enteros, ¿pa qué iba a hacerlo? No me duchaba y trataba de dormir, ojalá todo el día. Me acostaba con quien se me pusiera por delante. En todas partes se cuecen habas, no cabe duda. Muchas veces desperté al lado de hombres que no había visto en mi vida, no me acordaba de nada. Alguno de ellos era gente de teatro y me conseguían alguna obrita, pa comer, nomás. Papeles insignificantes, nadie confiaba en darme algo importante. Y yo lo hacía, a pesar de haber sido Blanche, sólo por las lucas.

Al poco tiempo dejé —tuve que dejar, mejor dicho— el departamento que arrendábamos en la calle Merced, no podía pagarlo. Irme de ahí era como volver a despedirse del Rucio. (Tantas veces odié a la famosa Blanche, si no fuera por ella el Rucio viviría, me lo repetía y me lo repetía.) Como no tenía plata pa un departamento partí en busca de una pura pieza. La encontré en un edificio en la calle Londres y ahí me instalé con mis cuatro pilchas. Al menos tenía una linda vista, es una calle muy bonita, allá abajo, en el centro. Pero era frío, más helado que candado de fundo. Y seguí metiendo hombres a mi cama. Tanto va el cántaro al agua que por fin se rompe: agarré una infección bien fea. Entonces mi cuñada, la hermana del Rucio, llamó a mis padres. La Charo. Cuando la conocí, el día de mi matrimonio, me pareció una persona convencional y demasiado recatada para mi gusto. Se vestía con trajes de dos piezas y usaba perlas, aunque fueran falsas. ¡No se le movía un pelo! Quizás por esa razón tardé en acercarme a ella. Siempre me dio la impresión de alguien que, bien o mal, se tenía a sí misma, que era dueña de su cabeza. Cuando enviudé, ella debió decidirse a intervenir y hacerse cargo de mí. Mi único hermano vivía en Punta Arenas y me resultaba lejano y desconocido, por lo que Charo pasó a ser «mi familia». Es una buena mujer, es enfermera, trabajadora, seria y empeñosa. Hace unos turnos con horarios espantosos en el hospital pero nunca se le nota cuando no ha dormido. Sus hijos son mi único contacto con las generaciones jóvenes, si no fuera por ellos entendería bien poco de cómo va la cosa hoy día.

Llegaron a Santiago, mis padres, enteritos, ordenados y con buena salud. Ambos olían tan bien. Me sacaron de la calle Londres a rastras y me llevaron a Quillota. Me metieron en una cama, *mi* cama, que seguía igual que en mi infancia. Todito igual, el corredor, la cocina grande, la decencia. Y me cuidaron. En la casa familiar empecé a recuperarme, dejé de tomar, me alimenté como Dios manda, me curé la infección. Pero el único trabajo posible en Quillota era atender el almacén de un tío y fui rigurosa: no había sido actriz para terminar pesando el azúcar. La provincia es fatal en un país centralizado: un lugar donde siempre falta algo, donde todos y todo es siempre igual. En la capital quizás vuelvas a casarte, me dijo mi mamá ilusionada, sigues siendo tan linda... Me apenó despedirme de ella, tan inocente, tan modesta en su vestidito camisero, con su olor a limpio, tan lejana a mis lados oscuros y desesperados.

Volví a Santiago y a mis antiguos círculos. Mi papá me había pasado parte de sus ahorros y pude arrendar un pequeño, pequeñísimo departamento, no importaba el tamaño, mi único sueño era un baño para mí. (En la casa de Quillota siempre hubo un solo baño para toda la familia, y aunque siempre relucía, nunca me atreví a entrar en ese estado de ocio sensual y profundo que inspira una tina caliente o un espejo que me reflejara entera.) Así empezaron mis años en la calle Vicuña Mackenna —yo cuento las épocas según la calle donde vivía—, y los primeros fueron difíciles. Mientras insistí en ser una actriz, no viví más que humillaciones. Experimenté lo que significa que un amigo se negara al teléfono, igual que la pobre Norma Desmond. En ese entonces no existían estas secretarias ridículas de hoy que niegan a sus jefes por principio y que compiten entre ellas sobre quién tiene el jefe más importante, no, la gente atendía sus propios teléfonos. Y hombres que habían implorado por mi cuerpo algunos años atrás me traspasaban ahora con la mirada como si yo fuera invisible, como si no existiera. Mendigaba por un pequeño papel como si las tablas fueran a solucionarlo todo. No tenemos papeles para tu edad, ésa fue la frase que más escuché en ese tiempo. Me teñí el pelo, cambié mi indumentaria, me maquillé como las jóvenes, pero no sirvió de nada. La ilusión es más peligrosa que mono con navaja. Y me daba vueltas en la cabeza la ilusión de mi madre: volver a casarme. No sería un hombre quien lo resolviera todo pero ayudaría. Hubo, en efecto, un par de candidatos, aunque ellos me tenían para la cama, no para la casa. Sin embargo, nos encontrábamos en fiestas o en el teatro, y ellos aparecían con sus esposas. Ya llegaron las legítimas, decía yo enojada, ¡odio a las legítimas!

Un marido es un lugar. Un lugar de solidez. De pureza, incluso, si una se empeña. Me hacía falta un lugar de sosiego.

Una noche llegó mi cuñada a mi departamento. Me sacó a comer a un restorán de lo más bonito y me dijo así: basta, Mané, se acabó el teatro y punto. En nuestro país no hay cine y la tele recién comienza. Piden jovencitas prometedoras o actrices de carácter y tú no eres ninguna de las dos. ¿Por qué no das clases de actuación a otras? Hay una buena academia donde trabajan un par de amigos míos, te los puedo presentar. Y vives de un ingreso permanente, cotizas, hasta podrías tener una jubilación.

Le hice caso porque no tenía otra alternativa. Me dije: hay que arar con los bueyes que haya, Mané.

Y así se me fue la vida. Enseñé en la academia, fui una buena profesora, pagué imposiciones —tal como me decía mi cuñada— y hoy vivo de mi jubilación. Cuando mis padres murieron vendimos la casa de Quillota. La compartí con este hermano casi desconocido que tengo y me tocó la mitad. La junté con una platita que me dejaron los padres del Rucio y me sentí una reina cuando compré mi primera y única propiedad: un minúsculo departamento en la calle Santo Domingo, muy mono, tiene luz y es mío. No sé en cuántos metros vivo, no serán más de cincuenta, pero alcanza para un pequeño cuarto de estar, un dormitorio, una cocina como de casa de muñecas y un baño *privado*. ¿Qué más quiero? A veces pienso que un balcón, aunque fuera uno chiquitito, me habría hecho muy feliz, pero no importa. Mis gastos son muy, muy controlados y respiro tranquila, ya no moriré como mendiga, sin ni siquiera un perro que me ladre. Y además, fue en esa época —la época de la serenidad, como la llamo— que comprendí que la vida me había dado un regalo enorme: había sido amada. Y había amado a mi vez.

Amar y ser amada, según me han confirmado el tiempo y los ojos, es raro. Muchos lo dan por sentado, creen que es moneda común, que todos, de una forma u otra, lo han experimentado. Me atrevo a afirmar que no es así: yo lo veo como un enorme obsequio. Una riqueza. Son tantas las personas que no lo conocen, no es un bien que se encuentre en cada esquina. Es como que te toque la lotería. Te transformas en una millonaria. Aunque después se termine la plata, ¿puede alguien quitarte lo vivido?, ¿puede alguien acusarte de haber tenido una vida ramplona? Nada es ramplón si fuiste millonaria. Algo así es el amor. Aunque el Rucio se me murió, aunque me quedara sola hasta el fin de mis días, no importa, lo que había sentido me transformaba, eso era inamovible. A partir de esa comprensión, se fue la ansiedad. Y con ella, todas sus compañeras, ninguna muy aconsejable que digamos.

Ser vieja es estar siempre cansada. Es despertar cansada, es andar cansada durante el día y es acostarte cansada.

Cada mañana, al despertar, recuerdo quién soy y debo empezar a amigarme con mi propia persona. Me pregunto por qué se me ha permitido un día más de vida. ¿Debo agradecerlo? Mi cuñada me dice que yo todavía me muevo con desenfado, que sólo los cuerpos que fueron hermosos se mueven así. Puede ser, quizás tenga razón, pero esa hermosura que ya no existe vuelve todo aún más doloroso.

Quizás lo peor sea eso: el deterioro físico. El aviso es el cuello, cuando empieza a moverse por su cuenta, a colgar, cuando te atraviesan verdaderos cordones de una oreja hasta la otra, entonces ya no cuentas más con la belleza, se va, se va. Tú sigues viéndote internamente como una persona joven y resulta que no lo eres y es el cuello el primero en deletrearlo. En segundo lugar están los labios. Empiezan a retroceder, a retirarse, como un par de animales vencidos, y una se pregunta: pero ¿quién ha peleado con ellos? A mí se me han convertido en una línea, pensar que yo tenía unos labios encachados, así, carnosos, al Rucio le mataban. Sí, ya sé que hoy existe la silicona pero, vamos, no me dirán que se ve natural, ¡parecen peces con esas bocas protuberantes! La vejez se va midiendo según el porcentaje del cuerpo que resiste el escrutinio. Cuando ya quieres taparte entera, cagaste. Me acuerdo cuando yo decía que —de estar desnuda frente a un hombre— me taparía la guata pero luciría las tetas. Cuando las tetas se empezaron a caer, decidí que sólo mostraría las piernas. Más tarde quise taparme las piernas y dejar al aire los puros brazos. Un día cubrí los brazos. Listo: no quieres mostrar ninguna parte. Entonces ya eres vieja. Y nada de andar echándole la culpa al empedrado.

Hablemos del deterioro. Vas en una micro y quieres mirar algo que quedó atrás, das vuelta el cuello y éste no llega... Está tan contracturado y los músculos tan desvencijados que sólo ves detrás de tu hombro, y eso, apenas. Hablo de levantarte de un sillón. Hay un impulso determinado que hace el cuerpo para levantarse, un impulso inconsciente, automático, que las personas normales hacen varias veces al día sin percatarse y que a mí me cuesta mucho. Un sillón hundido puede ser fuente de grandes humillaciones, una vez que te sientas en él ya no puedes salir. Hablo de agacharte a sacar la pantufla que quedó debajo de la cama y no llegar, las rodillas están petrificadas. Hablo de articulaciones doloridas y tiesas. Hablo de músculos entumecidos. De piernas anquilosadas (por no referirme a la estética, a la cantidad de venas moradas que van apareciendo por toda la piel de las piernas, hasta los cincuenta yo no tenía ninguna), y no sabes cuándo ni qué pasó, de la noche a la mañana tus piernas no te responden como antes. En el reposo de la noche, duelen. Hablo de no dormir nunca una noche completa, porque me duermo temprano, no aguanto el sueño a las diez de la noche y a las dos de la madrugada tengo los ojos abiertos como platos y sé que me esperan las tinieblas, o sea, los recuerdos y las obsesiones. No prendo la luz por el miedo a desvelarme pero me desvelo igual. Tipo cinco echo una cabezadita pero me despierto para ir al baño porque la vejiga ya no retiene mucho. Una amiga mía, una actriz famosa en su tiempo, usa pañales. Y huele mal. Cuando la veo pienso que prefiero morirme antes que eso, uno dice que quiere morirse con tanta facilidad pero a medida que pasan los años te aferras a cada día y no lo sueltas por nada. El cuerpo tiene que vaciarse de lo líquido y de lo sólido y los esfínteres aguantan cada vez menos. Hoy digo «primero muerta que usar pañales» pero cuando suceda estaré dispuesta y seguiré queriendo estar viva. Para qué, no lo sé. ¿Para qué se vive? La mamá del Rucio, mi suegra, murió sin poder caminar, se quebró una cadera y no se levantó más, era un peso para todos y su vida una porquería pero ahí estaba aferrándose a ella porque era lo único que tenía.

Cualquier vida, por mala que sea, es mejor que la nada. Y que el terror. Que ese miedo helado a la muerte. Es raro que a la única certeza que la vida te da le temamos tanto. Los ojos. Uso tres lentes distintos. Para leer, para mirar de lejos y para mirar de cerca. Se me confunden, se me pierden, tomo unos para leer el diario y son los equivocados, y doy veinte vueltas por mis cincuenta metros cuadrados buscando los anteojos para leer pero no aparecen, al final colgaban de mi cuello y no me daba cuenta. Tantas veces, cuando voy por la calle, sólo encuentro los que no sirven para mirar de lejos. La mitad de mis torpezas tiene que ver con eso. Los ojos dejaron de ser parte de la cara, siempre con los cristales precediéndolos, y yo que los tenía tan bonitos. Ya no puedo maquillarme aunque quisiera, no distingo bien ningún contorno y puedo terminar como un mimo. Luego está el problema de los dientes: un dentista bueno es impagable. Entonces vas a uno malo. Cada día son más las cosas que no puedes comer, la carne, por ejemplo, ya no tengo dientes para la carne, me quedan pocas muelas y uno de los delanteros es postizo. Las encías me sangran. Me afecta lo muy caliente y lo muy frío. Debería hacerme cosas que no puedo pagar, así que, en vez de tratamientos de canales, me saco la muela y punto, se necesita demasiada plata pa salvarla. A veces la boca entera me duele y si me río a carcajadas me delato, se nota todo lo que me falta.

La vejez es también dejar de reírse.

¡Por no hablar de los remedios! Tomo nueve pastillas al día, cada una para algo distinto, que la presión, que el colesterol, que el azúcar, que el ansiolítico, pa qué sigo. Parezco de lo más normal, pero para esto, son nueve las pastillas diarias que he tomado. Mi velador es una vergüenza, cajas y cajas. Y cuando no hay genéricos en Laboratorio Chile, entro en pánico. No puedo pagarlos.

Mientras hablo de deterioro me voy dando cuenta de que debo antes hablar del dinero. Dicen que los viejos se vuelven avaros. ¿No será, más bien, que los pesos han mermado y que eso asusta?

Un porcentaje tan, tan ínfimo de la tercera edad vive holgadamente. Ya les conté de mi exigua jubilación, me la da el INP, si me hubiera pescado la previsión privada que inventó Pinochet estaría pidiendo plata en la calle. Los artistas nunca se han caracterizado por ser previsores ni por pensar en el futuro, quizás es la franja profesional que vive más insistentemente en el presente. Son escasos los que ganaron plata con su arte, por lo tanto nadie ahorra, se vive al día. Y así es como leemos en el diario que tal o cual escritor o músico murió y siempre en la más vil de las miserias. Esto para decir que si mi cuñada no me obliga a ponerme las pilas, no sé qué habría sido de mí. Pero aunque no mendigo, no puedo darme ningún lujo. Y es allí donde la palabra *lujo* empieza a ponerse tenebrosa, ¿es un lujo hacerse un tratamiento de canales para no perder los dientes? Los remedios nuevos, esos hallazgos que revolucionan: cuando se sabe de ellos, los que pueden los encargan a algún país, cosa a la que yo no tengo acceso, y el día en que llegan a Chile igual no puedo comprarlos por el precio. Los ricos no toman las mismas medicinas que los pobres. Tampoco nos podemos deprimir, es otro lujo, ¿cómo pagar una terapia?

(Entre paréntesis: estoy aquí porque la mitad de las pacientes de Natasha no pagan, o por ponerlo en mejor forma, porque ella concibe así su profesión: las más ricas pagan por las más pobres. No sé cuántas de ustedes pagan los servicios de Natasha en lo que realmente valen, pero a las que lo hacen, cuánto se lo agradezco, yo entro en la categoría de su trabajo *pro bono,* concepto que ella me enseñó.)

Una mujer contaba el otro día en la tele que su antidepresivo costaba sesenta mil pesos los treinta comprimidos. Dos lucas la pastilla. Yo me alimento dos meses con sesenta mil pesos. A las mujeres populares les dan una aspirina cuando van a los consultorios públicos tratando de explicar sus síntomas de depresión. Extraño país éste, según las estadísticas todos se deprimen, ni que viviéramos en Islandia. Pero los que tienen plata se curan de la depresión, los otros no. Una chica que conozco, hija de un actor de la tele, es bipolar. Bueno, eso no es decir mucho, todo el mundo es bipolar estos días, se ha puesto de moda. Pero esta chiquilla, entre siquiatra, sicólogos y remedios, me contaba su padre, gasta varias veces un sueldo mínimo. ¿Qué hace esa misma mujer a la que le dieron la aspirina en el consultorio si su hija es bipolar? Pues nada, la cabra se suicida y punto. Volvemos a lo mismo: la terapia y sus medicamentos son un lujo.

Distingamos los lujos que merecen esa palabra, los verdaderos: la cirugía estética, los masajes reductivos, la comida hipersana, los viajes a Estados Unidos para tratarse cánceres difíciles, las casas en la playa, la ropa hecha a medida. En fin..., todo ello. Lo de la comida es cómico: cuanta más sanidad, más lucas. Un atún de Isla de Pascua, crudo, como el que usan en la comida japonesa, pura proteína, ¿saben ustedes cuánto vale el kilo? Pues lo mismo que once o doce paquetes de lentejas. El kilo de filete de vacuno, diez kilos de pan más la mortadela. Y así suma y sigue.

Ya, no tienes dinero para la salud. Tampoco lo tienes para el entretenimiento ni el ocio. Los libros son carísimos. Yo sólo leo si me los prestan. Al teatro a veces me invitan pero al cine ni voy ya, a mí, que me gustaba tanto. Un arriendo en el Blockbuster sale más barato pero sólo en días de oferta. Así que estoy condenada a ver lo que ponga la televisión abierta, porque tampoco puedo pagar televisión por cable y me trago todos los eternos comerciales, me los sé de memoria. No tengo auto —nunca aprendí a manejar, ¿pa qué?, nadie tenía auto en mis tiempos— y a mi edad los viajes largos en bus son demasiado pesados. Sólo para ir a Quillota, que está aquí al lado, yo me demoro tres horas y media. Entonces empiezas a angostar la mirada, no sólo se hace todo complicado y difícil sino que comienzas a pedir cada vez menos, las aspiraciones van achicándose y cuando el mundo externo se te hace tan pequeño, el interno le sigue la corriente. Y terminas volviéndote bastante idiota.

Y el clima: cuando era joven no era un tema, me daba lo mismo la estación en que estuviéramos, enfrentaba el frío y el calor sin grandes molestias. Ahora, como las viejas inglesas que salen en las películas, el clima lo es todo. Paso los meses de verano en la ciudad, acalorada hasta morirme, hirviendo en mis cincuenta metros cuadrados, tan requete rodeada de cemento en pleno centro. Si no tienes amigos ni hijos con plata, ¿dónde veraneas a mi edad? Simplemente no lo haces. Verano e invierno, otoño y primavera, todo lo veo a través de la calle Santo Domingo, con un ruido infernal porque las micros te matan los oídos en el centro. ¡Qué Transantiago ni qué nada! En mi calle pasan las micros amarillas de siempre con el mismo ruido horroroso, la única diferencia es que las pintaron de verde con blanco. Y el invierno: no creerán que mi departamento tiene calefacción central. En mi edificio no existe el concepto. Tengo una estufa a parafina que acarreo conmigo allá donde voy, a la pieza o al living. El problema es comprar la parafina. Le hago la pata al cabro del aseo para que me traiga el bidón y le convido un pedazo de queque o algo así porque propina no puedo darle. Cada año me vuelvo más avara con la parafina, por lo del bidón y por el precio... La apago de noche, por no gastar y para no intoxicarme, y me echo todas las frazadas arriba de la cama porque, en el fondo, estoy siempre un poco helada. Ni les explico el peso de mi cama en invierno, con todas estas frazadas más las calcetas y la mañanita de las que no me separo. Cuando la temperatura llega a bajo cero, no me levanto. Los viejos están siempre helados, eso es parte de la vejez. Y cuando veo en las películas a mujeres en camisa de dormir de manga corta en pleno invierno me pregunto si nos están mintiendo o si de verdad existe algún mundo donde el invierno pueda pasarse dentro de la casa en manga corta.

Me estoy poniendo demasiado doméstica. Es que al fin la vida es eso: la manga larga o la manga corta, no los grandes acontecimientos.

También cambia el sentido del tiempo. Todo se vuelve un suspiro, un santiamén. Cuando hablamos de alguien y yo digo, sí, el otro día lo vi, y entonces me preguntan cuándo, me doy cuenta de que «el otro día» fue hace más de un año. Es que para mí un año entero *es* «el otro día». Se pierde la relación concreta y real del tiempo, si es que tal cosa existe. O quizás sólo tenga que ver con la monotonía, como nunca pasa nada y ya no esperas nada, el tiempo es una línea recta.

Y lo mismo la ciudad. Es plana. No invita, se pliega sobre sí misma. Encierra pocas sorpresas. Por ejemplo: las viejas del centro. Como yo, todas son decadentes, pobretonas, con el mismo abrigo un poco raído pero digno, el mismo pelo corto con un poco de permanente, las mismas carteras negras de tamaño medio —ni muy chicas ni muy grandes—, los mismos zapatos negros un poquitín desvencijados, marcados en el costado por los juanetes. Todas pisan con la misma inseguridad, con miedo de tropezarse y de ser quienes son. Los estudiantes: los mismos pelos largos, los polerones con capucha, los jeans ojalá rotos, los pañuelos árabes en el cuello, las mochilas colgando y algún audífono taponándoles los oídos. Otro nicho: las feriantes. Si van a La Vega y las miran, se fijarán que son todas cortadas con la misma tijera: gordas o siempre con algo de sobrepeso, usan ropa ajustada, con idéntico pelo teñido y dañado, todas con la piel oscura, con jeans o buzos cortados a la cadera, hablan de la misma forma y se llaman con los mismos nombres, preferentemente extranjeros (en mi juventud los nombres eran siempre en castellano). Y las cuicas del barrio alto con camionetas 4x4: prepotentes por principio, pelos largos, lisos y con visos claros, más bien delgadas, siempre haciendo sonar algo en las manos, pulseras, llaves, lo que sea. Las carteras son bolsos enormes de marca y usan botas o botines, nunca zapatos. Sus hijas se llaman con nombres de hombre, Dominga, Fernanda, Antonia, Manuela.

En fin, todas ratas que intentan salir de un aprieto. Empezando por mí.

Santiago no conoce la diversidad.

Y en los países desarrollados, dale y dale con alargar la vida. Me pregunto, lisa y llanamente: ¿pa qué? Los niños hoy, mírenlos bien, nacen teniendo bisabuelas como la cosa más normal. ¡En mi época habría sido imposible! Con suerte te quedaba una abuela viva y punto. Entonces, vuelvo a mi pregunta: ¿cuál es el afán, caramba? ¿Coleccionar vejestorios que nadie tiene tiempo de cuidar? Ni tiempo, ni dinero, ni espacio y a veces ni siquiera ganas. Ya no existen las casas grandes donde un viejo apenas se notaba, ni las mujeres ociosas que se hacían cargo de ellos. La vejez se está transformando en el gran estorbo del planeta. Dios, no quiero imaginarme lo que será dentro de veinte años. A veces miro la caravana de un funeral en la calle y veo hombres hechos y derechos, por no decir de frentón entraditos en años, y ahí están, enterrando a la mamá. ¡Pero si esa mamá debería haberse muerto hace siglos!

Si participáramos de alguna cultura, como las orientales, en las que se venera la ancianidad, ¡con otra chichita nos estaríamos curando!

A propósito de la característica principal de la vejez, la tan consabida soledad: si de algo me arrepiento es de no haber invertido más en la amistad. Tuve amigas pero ninguna, aparte de mi cuñada, fue amiga del alma. Y a ella ni siquiera la elegí, era la hermana del Rucio y me tocó nomás. Tampoco somos tan cercanas como para desahogarme con ella de las tantas pequeñas penas diarias. Yo tendía a desconfiar de las mujeres, eso estaba muy en boga en mi juventud. La otra era siempre tu potencial enemiga. Y como yo era tan linda... parecía ser enemiga de todas. No habían aparecido aún las feministas y nadie hablaba de la solidaridad de género, de las redes de mujeres y de esas cosas. En fin..., pa qué me quejo, demás que si hubiera tenido una amiga íntima, lo mismo ya se habría muerto.

Asumir la vejez es la única salida. La que no la asume está perdida: el patetismo ronda sin cesar. Quizás a las mujeres que tienen marido e hijos les resulte más fácil, el entorno no les permite engaños. Pero cuando estás sola, como tanta vieja en esta ciudad, la tentación de cerrar los ojos y no darse por enterada es grande. ¿Vieron la película *Qué pasó con Baby Jane*? Actuaba Bette Davis con Joan Crawford. Eran un par de hermanas ancianas que se odiaban. Al final una mata a la otra, pero eso no es lo que me ocupa: es la facha de Bette Davis. No ha asumido sus años y se viste y se peina y se pinta como una adolescente, a veces como una niña. Siempre me acuerdo del colorete en sus mejillas, dos manchas rojas sin ton ni son. Y pensaba que el día en que me pareciera a ella sería mi día final. Pero no lo fue, por supuesto. Nunca el día final es el que una cree.

Voy a contar una pequeña historia.

Un día, hace como quince años —yo ya había cumplido los sesenta—, recibí una carta de Mendoza. Miré el remitente y el corazón se me aceleró. Era de un hombre que me había gustado mucho, quizás el que más me gustó de esos romances locos que tuve después de la muerte del Rucio. Me decía en la carta que había pasado por Mendoza una amiga común que le había dado mi dirección y que quería tanto saber de mí. Le contesté al tiro, le hablé más o menos de mi vida —adornada, por supuesto, el papel lo aguanta todo—, y así empezó una activa y nutrida correspondencia. Él se dedicaba a los negocios y su legítima, o sea, su mujer, que no tenía nada que ver con el ambiente, era una lata. Tenían varios hijos. Pero no me cabe duda de que estaba aburrido de ella. Bueno, la cosa es que comenzó el coqueteo por carta. Es gratis, el otro no te ve, puedes desenvolverte como si fueras la estupenda mujer que fuiste años atrás. Sus cartas me hicieron tanto bien. La vida empezó a gustarme más, tenía algo que esperar, cada carta era como meterse a la cama con él y él no se medía en las palabras. Fue un tiempo lindo ése, lleno de ilusiones, de expectativas. Lo que me estaba pasando era que volvía a sentirme *mujer,* probablemente por última vez. Entonces me llegó una carta perentoria: venía a Chile y quería verme. ¡Mierda! ¿Quiere verme? Y tengo sesenta años, fue lo único que pensé. Corrí al espejo. Me miré de cerca, tratando de hacerlo con los ojos de él, y no me gusté. Se trataba de un encuentro sexual y yo estaba como loro en el alambre. Me miré de lejos y la impresión fue distinta. La facha lo hace todo, me decía siempre el Rucio, y constaté que si me alejaba un par de metros del espejo —con luz indirecta— y me movía con gracia, podía parecer de cincuenta o de cuarenta y cinco. Después de todo, el huevón tenía mi edad, no es que fuera un jovenzuelo. Empecé a bailar frente al espejo como lo hacía en la infancia, a varios metros de distancia, tres, cuatro, y ahí sí que la pegaba. Pero él me vería de cerca. Bueno, pasé diez días anticipatorios pensando en cómo demonios verme joven y gustarle a este hombre. Llegó el día esperado, habíamos quedado en encontrarnos a las siete de la tarde en un café (si yo ofrecía mi casa como lugar de reunión, podía parecer provocativo u obvio, después de todo la cama estaba a un tris del living). Él inventó lo del café y me pareció adecuado y cuidadoso de su parte y le seguí la corriente. Me probé *todo* lo que tenía en el clóset, incluso el vestido con el que me quedé después de Blanche, que de puro pasado de moda había vuelto a ponerse de moda. Me lavé el pelo, me cepillé cien veces, me maquillé como recordaba que lo hacían las maquilladoras del teatro. El objetivo era lucir bien sin que se notara el esfuerzo. En fin..., pueden ustedes imaginarse los nervios con que partí a ese encuentro. De verdad tenía esperanzas puestas en él, no para casarme, entendamos bien, sólo hablo de por fin tener ilusiones, una aventura a los sesenta es como volver a nacer.

Más arreglada que la yegua del toni, entré al café y él había llegado, qué alivio me dio. Hablaba por teléfono desde la caja. Lo reconocí al tiro: aparte de una doble papada y un poco de guata, estaba igual. Me vio y me hizo un saludo de lejos y siguió hablando. Se demoró harto, a decir verdad. Y cuando cortó la comunicación y se dirigió hacia mí sentí en el aire que al acercarse se distanciaba. Parecía preocupado y concentrado en cualquier cosa que nada tenía que ver conmigo. Le pregunté de qué se trataba y me habló de un bloqueo de su camión en el paso del Cristo Redentor. Y que si se demoraba, la fruta se pudriría. Bueno, nos sentamos y pedí automáticamente un café y él también (no un trago aunque ya eran las siete de la tarde) y siguió hablándome de la llamada telefónica (mientras yo pensaba en mis ojeras), de los problemas de la frontera (mientras levantaba el cuello para ocultar las arrugas), de la mercancía que podía echarse a perder (mientras me mojaba los labios para que no se angostaran), nada muy interesante, y la conversación adquirió una nota de preocupación que no correspondía. Bueno, seguimos conversando, de puros temas impersonales, Chile, la Concertación, las dificultades para comerciar con Argentina, la nieve de la cordillera. Tomamos otro café y nos pusimos más o menos al día. No había ninguna relación entre las cartas de mi antiguo amante y este hombre en el café. Ni la más míni-

ma malicia en sus ojos, ni siquiera una broma, ni un recuerdo de antes. A las nueve me paré y le dije que tenía
una comida, ¿ya tienes que irte?, me preguntó, casi alivia-
do, y me retiré. No le gusté. Él se acordaba de mí veinte
años antes, era ésa la mujer a la que había estado coque-
teándole por carta. Así de brutal, de simple, de crudo. Nos
separamos con la típica forma de los chilenos, nos vemos,
sí, nos vemos, avísame cuando vuelvas a venir a Chile, sí,
te avisaré... No supe nunca más de él, ni una palabra. Eso
fue todo.

Volví a la casa y no crean que me puse a llorar, no.
Saqué de la cómoda la caja de maquillaje de los tiempos
del teatro —todavía la conservo, aunque todo lo que hay
dentro se ha secado bastante—, me paré frente al espejo y
retrocediendo varios metros, atenta al más mínimo detalle,
me dediqué a observar. Luego me limpié la cara, instalé
una luz indirecta y volví a maquillarme, desde cero. Empecé con el colorete. Con inmenso cuidado tomé el pincel
de pelo de marta y di a mis mejillas los primeros toques,
vuelta a observar, luego los segundos, más observación, los
terceros: cada uno rebajaba, según mi parecer, un par de
años en mi apariencia. Cuando ya parecía una mujer joven,
continué con el *rouge* más intenso de los que tenía, una
ráfaga de sangre aquel rojo, y me pinté los labios en forma
de corazón: el rebaje de los años continuaba. El celeste en
los ojos y el rímel en las pestañas eran pan comido. Lo que
me llevó más tiempo fue el pelo: practiqué distintos peinados juveniles, pa'rriba, pa'bajo, hasta dar con dos colas
a los lados, un par de chapes, y rebajé más años. Me subí
las polleras y las amarré para que cayeran arriba de las
rodillas. Hecho todo eso, decidí que tenía quince años
menos y me puse a bailar frente al espejo. Al final, agotada, me tendí en la cama vestida y así me dormí.

Al día siguiente pesqué la crema desmaquilladora
y me refregué la cara, y decidí que junto con el algodón
tiraría a la basura lo ocurrido. Aunque algo dentro me

decía: pamplinas, no hay por qué arar con los bueyes que haya. Una noche después, con un segundo trago en la mano, no me pude resistir y empecé todo de nuevo: el maquillaje y el baile frente al espejo, siempre a varios metros de él. Mi Baby Jane era menos ridícula que la de Bette Davis: yo era más linda que ella y todo lo hice con más sutileza. Pero el fenómeno era el mismo. Empezó a pasar más o menos seguido. Me instalaba detrás de esta máscara dibujada por mi propia mano, me vestía con las polleras cortas, bailaba frente al espejo y luego me echaba encima de la cama, inmóvil, como una muñeca de trapo. Hecha tiras.

Así nació una Mané nueva, niña envejecida y grotesca, mientras crecía en mi interior la voluntad de que ningún hombre volviera a tenerme cerca al natural. Me empecé a aficionar: cuando estaba sola le daba vueltas y vueltas a lo sucedido con este amante del pasado y a medida que avanzaba el miedo de que nunca más nadie me tocara, herida de muerte, comenzaba el disfraz y el baile. Sólo entonces me convencía de que era capaz de gustarle a alguien. Siempre ese espejo nebuloso, a la distancia, contándome verdades mentirosas, sofocando los enormes deseos de botar la cabeza exhausta sobre una camisa arrugada y amiga.

La vejez tiene, sin embargo, una cosa fantástica: nadie espera nada de una. El fin de las expectativas. Ya es muy tarde para muchas cosas, para casi todo. Por lo tanto, ya es muy tarde para volverte loca. Para transformarte en una alcohólica. Para sacar de debajo de la manga una personalidad malévola. Para inventar males de los que nunca fuiste víctima. Si la envidia no te torturó de joven, no vendrá a hacerlo ahora. Es un alivio.

Y si supiste a tiempo entretenerte contigo misma, lo seguirás haciendo. La falta de ambición de la vejez da espacio para cosas buenas y da mucha, *mucha* libertad.

Hay personas que se dedican a los recuerdos, abren sus baúles, miran una por una las fotografías de antaño, leen cartas escritas hace décadas. Yo no tengo ningún baúl. Sólo una caja con un par de objetos guardados: mi certificado de matrimonio, el libro que publicó el Rucio y las copas de cristal de mi mamá. Esas copas me traen algo a la mente: mi abuela se las regaló a mi madre, son sólo dos —seguramente eran más y se fueron quebrando— de un cristal tallado muy fino, de un color azul cielo. Mi mamá las adoraba y nunca las usaba porque, según ella, eran demasiado elegantes. Cuando me las entregó, poco antes de morir, me advirtió que las cuidara. Así lo hice. Y de tanto cuidarlas, nunca las usé. Me las encontré hace poco, pa qué mierdas las tenía si no las usaba. Ningún sentido esperar el momento adecuado, *nunca* llega. No existe ese momento.

Quizás la solución pase por tener un pequeño proyecto cada día. Bien podrías estar viva o muerta cuando no hay una razón para levantarte cada mañana. Si yo decido quedarme en camisa de dormir y no vestirme ni ducharme, pueden pasar muchos días antes de que alguien lo note. Supieran ustedes cómo me exijo y me disciplino cada mañana para salir de la cama, empleo toda mi fuerza en ese momento y gracias a ella soy capaz de llegar al baño, de echar a andar el agua, de inyectarle a mi cuerpo decaído un poco de vigor. Me recuerda los atributos de las buenas actrices: exigencia y disciplina. ¿Y saben por qué lo hago?, ¿por qué me lo impongo? Porque el día que deje de hacerlo me quedaré en cama para siempre. Para siempre jamás. Si me entrego, no habrá fuerza en el mundo que me saque de ahí. Porque ése es el deseo profundo del cuerpo. Y entonces podría considerarme muerta.

Hace poco llegó a Chile una película italiana que vi con la Charo: *La mejor juventud*. Allí hay un papel que me dejó pensando días y días, el papel de la madre de los muchachos. Una mamá muy típica, de cualquier país, da lo mismo que fuera italiana, española o chilena. De aspecto, era bastante poca cosa. Trabajaba en un colegio impartiendo clases y además cocinaba y se encargaba de la casa y los hijos. Clase media típica. A medida que pasa el tiempo los niños crecen y dejan la casa, los padres envejecen y al final ella enviuda. Todo hace pensar que va a desmoronarse. Pues, ante la sorpresa de los espectadores, ella decide no joderse. Y a esas alturas, vieja ya, decide cambiar su vida y *lo hace*. Se levantaba con ganas cada mañana y a alguien le habría llamado la atención si se quedaba por días en camisa de dormir. De partida, a su nuera y a su nieto. Cuando murió la echaron de menos. ¿Quién me va a echar de menos a mí? Ese personaje me dejó marcada. ¿Qué pasó que yo no fui así? Claro, en Chile te congelas, no hay Sicilias ni por casualidad ni yo tengo familia. El proyecto de esta mujer fue su nieto. Fue el que evitó la soledad final: la soledad de la piel.

Nadie te toca. La gente no se anda tocando, con justa razón. Y el sexo es un recuerdo perdido. Das tu vida por un abrazo fuerte, por esa fuerza única que te sujeta, te contiene. O por ese cariño en el pelo para que te quedes dormida. A veces, creo que sólo pido eso: una mano en el pelo antes de quedarme dormida para siempre.

Juana

Un año atrás habría comenzado diciendo: ¡qué buena es la vida! Y lo era, ¡claro que lo era! Tantas cosas buenas, desde un orgasmo largo hasta un vaso de mote con huesillo heladito en el verano. Pero hace un año, por la Susy, todo cambió. Ya no soy la Juani de antes —porque Juana es mi nombre— y yo quiero traerla de vuelta.

Mis males no son míos, pero me matan igual. Me pregunto cómo es posible que el dolor apriete así cuando ninguno de sus nudos los he hecho yo. Si una la caga, bien, paga las consecuencias. Pero hay males que aparecen sin que una mueva un dedo. Todo el mundo sufre, ¿quién no, por la puta?, entonces debiera existir una receta de cómo coño se recobra la alegría a pesar de las penas.

Aunque quizás me vea más vieja, porque estoy tan cansada, tengo treinta y siete años. Soy depiladora, trabajo en un salón de belleza, así le gusta a Adolfo que lo llamemos, salón de belleza, no peluquería, en el barrio alto, en Vitacura, cerca de Lo Castillo. Se me considera buena en mi oficio y tengo clientas fieles. Soy soltera, qué huevada, harto que me gustaría tener un hombre, no sé si de marido, pero sí de compañero de vida. Y de cama. A los dieciocho años parí a mi Susy, hace una eternidad, y ella es mi joya.

Fui madre soltera. Como mi madre, que nunca llegó a casarse. Tuvo una pareja que no fue mi papá, convivieron y todo, pero él la trataba mal, el concha de su madre, la trataba como el culo. Desde muy chica aprendí a defenderla y lo hago hasta el día de hoy, ya no de los hombres, ahora de la enfermedad. Fui hija única. Nací en la calle Viel, entre Rondizzoni y avenida Matta, al costado oriente del parque O'Higgins. Era un barrio amable y tranquilo, la casa —propiedad de mi abuelo— era de material, bien sólida y yo pensaba que iba a durar pa siempre. El almacén de la esquina nos fiaba, la vecina entraba y salía como Pedro por su casa, yo caminaba al colegio, andaba tranquila por todos lados, jugaba con los demás cabros del barrio, pasaban pocos autos y en tiempos de calor las mujeres estaban todo el día afuera. Las noches eran calladitas. Mi abuela era una vieja mandona y seca pero cariñosa a su modo. Sus manos eran como dos cacerolas de fierro enlozado, siempre duras y ocupadas. Me enseñó hartas cosas, gracias a ella cocino bien, coso, tejo y arreglo enchufes. Del abuelo no tengo mucho recuerdo, murió cuando yo era chica. Resulta que un día decidieron hacer una carretera. Ahí, mierda, justo frente a la casa. Cuando nos avisaron algunos se alegraron, pensaron que la calle iba a ser más importante, hasta hicieron planes de poner pequeños negocios ahora que habría tránsito. Pero no, ¡qué negocio ni qué perro muerto! Nos cagaron. Cemento, cemento y más cemento. Y se llenó de obreros, de máquinas, de ruido. Resultado: el Metro y la Norte Sur. Nos aislaron del resto de la ciudad, quedó una calle enorme, llena de rejas, con vacíos por todos lados y autos pasando a toda velocidad. No se podían detener en nuestra calle, les servía nomás pa entrar como cuetes al centro de la ciudad, como cuetes los huevones, a todo chancho. El bullicio no nos dejaba vivir. Se acabó todo, la privacidad, la intimidad, quedamos en vitrina. Y pasamos a sentirnos solos.

Eso es el progreso, dirán. Pero nadie me negará que el puto progreso se hace a costa de la gente común y corriente, a costa de una cabra chica mirando cada día cómo su infancia se destruye, ante sus propios ojos cambia el paisaje que una creía eterno. Tuvimos que irnos de ahí, chao. Me acuerdo de las discusiones, mi mamá y mi abuela —ya había muerto el abuelo— que adónde ir, a cuál barrio, que los subsidios, que si casa o departamento, en fin... Terminamos en Maipú. Fuimos pioneras, entonces no había las miles de poblaciones que hay hoy día, ni los *supermalls,* ni la cantidad de autos, eso vino después. La Susy nació en Maipú y cuando yo le mostraba mi antiguo barrio no me creía que alguna vez habíamos vivido ahí en paz.

Las casas importan mucho. Dime cómo es tu casa y te diré quién eres. El mundo de una está ahí. Es lo que te cubre, como las plumas de un pájaro.

Me gustaría ser rica nada más que para tener una casa bien linda. Uno de esos departamentos elegantosos que hay cerca de la peluquería donde trabajo: tienen portero las veinticuatro horas, no pasan miedo, son calentitos en invierno y bien aireados en verano, con terrazas desde donde tocas las copas de los árboles. Las piezas son luminosas y grandes, especialmente en las construcciones más antiguas, las que ya tienen veinte o treinta años. No es que me queje, pero me habría gustado que nuestra casa en Maipú tuviera las paredes un poco más gruesas, más aislante, techos un poco más altos, más luz, y un poquitín más de metros cuadrados. Cuando estoy corta de plata hago depilación a domicilio y me toca visitar esas casas y las miro y me gustan tanto y me digo: por la mierda, algún día compraré una casa linda pa mi vieja y pa la Susy y estaremos las tres bien requete cómodas y cada una con su propio dormitorio. Nosotras tenemos dos nomás, uno es de mi mamá y el otro de la Susy y yo me cambio de uno a otro según la necesidad o las circunstancias.

Soy bien trabajadora, no le hago asco a nada. Aprendí a depilar cuando estaba todavía en el liceo. Me gustaba más que nada hacer la manicura, pero en general me cuesta concentrarme o, mejor dicho, no se me dan bien las cosas que requieren motricidad fina, como que me impaciento y las hago mal y me dan ganas de mandar todo a la chucha. Una vecina mía tenía una peluquería clandestina en su casa —digo clandestina porque no pagaba impuestos ni tenía permisos, trabajaba pa la gente del barrio nomás— y muchas veces me iba donde ella después del colegio y la ayudaba, me gustaba hacerle de asistente. Mi vieja me decía: mejor quédese en la casa, mijita, estudie, mi abuela la contradecía, que se haga un oficio la niña, mejor que sepa hacer algo bien a que ande estudiando, igual va a tener que trabajar. Aprendí a hacer de todo, corte de pelo, tintura, uñas en manos y pies, depilación. Practicaba con mi familia y mis amigas, a veces —al principio— las quemaba y las pobres ni chistaban. Creo que mi vieja tuvo la ilusión de que yo siguiera estudiando, algo técnico, que fuera la primera en la familia en tener estudios superiores, pero yo era porra, porra, putas que me cargaba estudiar, lo único que quería era terminar de una vez la maldita educación media y chao, mierda, ¡a trabajar! La Hormiga, me llamaba la abuela, trabajadora sin descanso. Y aunque lo diga yo, con bastante alegría. Alegre, pero con una gran debilidad: los hombres. Porque putas que me gustaban los hombres. Desde siempre y hasta ahora. Salí del colegio y la misma noche de graduación me encamé con uno de los músicos de la orquesta. Al mes empecé a sentirme mal, pleno verano, muerta de calor y con náuseas. Me fui a la farmacia y me compré el test de embarazo. Me encerré en el único baño de la casa. Ya, puh, Juana, apúrate, me gritaba la abuela desde la puerta. Y yo, esperando el puto resultado (que hoy día se demora casi un segundo). Ante mis ojos: positivo. ¡Chuchas! *Positivo*. Ya estudiar era imposible. Tanta cabra joven que las caga con el embarazo, ¡tanta!

La Katy —con K como le gusta a ella, nunca con C—, mi amiga más amiga, cada vez que llego al salón de belleza bajoneada, me mira y me dice: ya llegaste con cara de poto. Sí, le digo yo, qué creís, que siempre voy a andar con la sonrisa en la cara. Es que ya se acostumbraron. Entonces, cuando las clientas y Adolfo —ése es mi jefe— se han ido, la Katy me lava el pelo y me hace *brushing* pa levantarme el ánimo y la Jennifer hace un té y nos quedamos en la conversa y vamos fumando y les cuento mis penas y salgo de ahí tan reconfortada. No sé cómo habría sido este tiempo malo sin ellas. Y también los buenos. Las mujeres entre mujeres saben no sentirse solas. Los hombres entre hombres, sí.

Mi mamá trabajó mucho tiempo en una fábrica de chocolate artesanal. Junto a otras mujeres, lo hacían con sus propias manos. La obrera achocolatada, le decía yo. Vivía entre aromas cálidos y formas llenas de encanto, los moldes que usaba eran corazones, tréboles, globos, casitas, botellas, y tanto ella como nuestra vida juntas tuvieron un saborcillo dulce, amable, calórico, bonito. Suculento. Me gustaba la pasta cuando todavía no solidificaba, era imposible no meter los dedos, tocarla, tan carnosa y cremosa a la vez, tan sensual. Por supuesto, yo aprendí la técnica y se la enseñé a la Susy. Todas hacemos chocolates. A sus amigas —cuando aún venían a la casa— les gustaba tomar las onces con nosotros porque siempre, siempre había un platito con chocolates. Mi mamá ya se jubiló y ahora, con la enfermedad, ya no puede hacer nada, así que yo compro la cocoa y cuando tengo tiempo, un domingo descansado, saco los moldes de la despensa y me pongo a trabajar y a ella le gusta mucho. Me observa. Una diría que después de su larga vida laboral quedó con los alambres pelados de tanto chocolate, pero no, todavía le apetece y me mira tan agradecida cuando lo hago yo.

Una vez, hace muchos años, desperté de repente, cerca de la medianoche, y vi la luz de su cama aún encendida. Compartíamos dormitorio en casa de la abuela. Al día siguiente yo tenía una representación en el colegio donde iba a actuar de hada madrina de la Cenicienta y una compañera había quedado en prestarme el vestido-disfraz. En el último minuto me dijo que el vestido estaba a su vez prestado y que no alcanzaba a recuperarlo. Llegué a la casa al borde de las lágrimas, tendría yo unos catorce o quince años, y decidí hacerme la enferma y no actuar. Imposible llegar a la obra sin disfraz. Y me dormí malhumorada. Quizás por eso desperté. Abrí los ojos en mitad de la noche, mi madre cosía en la cama de al lado. Ella solía levantarse a las seis de la mañana cada día, dejaba preparadas las cosas de la casa y partía a la fábrica de chocolate a las siete. Hacia la medianoche su espalda estaba curva, no sólo por el acto de coser sino por el peso de la vida. Su cama estaba intacta, la colcha —estampada con anchas flores verdes y amarillas— se extendía sin una arruga, en el velador de melamina blanca la única lámpara encendida, un modesto pie de madera con una pantalla de papel mantequilla, su ampolleta no tendría más de cuarenta vatios. Al lado de la lámpara, el vaso de agua intacto, limpio en su vidrio verdoso y la luz lo traspasaba y daba la impresión de que habían quedado prisioneras dentro del vidrio pequeñas olas del Pacífico; me acuerdo aún hoy de ese vaso, también estaban sus remedios y una estampita de la Virgen del Carmen, todo eso contenía su mesa de noche. Ella no vio que yo despertaba. Pude observarla a mi antojo sin que se diera cuenta. Su concentración era absoluta. En su falda reposaba una tela muy delgada y vaporosa, azulada, una especie de gasa que reconocí como una cortina de la pieza de mi abuela. Mi vieja daba unas puntadas a la basta y por eso me di cuenta de que había transformado la cortina en una falda. Sólo un hada madrina puede usar una falda así, lo pensé al tiro. En la silla, la polera celeste y ajustada que yo usaba en el verano, plagada de brillos superpuestos, hileras de lentejuelas sacadas quién sabe de dónde, se había convertido mientras yo dormía en la elegante blusa de un hada. Con el dedo índice embutido en un dedal, con la pura luz de su lamparita prendida, el ceño fruncido por el esfuerzo de enfocar, mi madre cosía un disfraz único para mí. Su mirada insistía en la concentración, no en el padecimiento, y eso fue importante para mi adolescencia: no tenía a mi lado a una madre sufriente que se sacrificaba sino a una mujer que hace algo prolijamente por su hija. Me di cuenta por primera vez que las venas en sus manos sobresalían y los pequeños montículos se habían vuelto morados, ¿en qué momento las manos de mi mamá habían envejecido? Su pelo, mal cortado, se pegaba en la nuca sin ninguna gracia ni brillo, asomando las canas en la partidura y mezclándose con los colores cobrizos y opacos que la tintura le había dejado meses atrás. No hay nada más vulnerable que una figura trabajando en mitad de la noche que no se sabe observada. Volví a cerrar los ojos, conmovida, y me dormí muy luego bajo un manto de protección.

Una tarde, hace dos años, volví del trabajo como a las siete, nunca logro llegar antes de esa hora. La Susy no estaba, me había avisado que se quedaría en casa de una compañera a estudiar para la prueba de matemáticas. Había pasado por el mercado a buscar un pernil, andaba con antojo de pernil ese día y metí las llaves en la cerradura pensando que quizás mi vieja ya tendría el agua hervida y las tazas puestas en la mesa, ojalá las marraquetas calentitas —nosotras nunca cenamos en la noche, tomamos unas onces cuando yo llego—, y abrí la puerta y encontré a mi vieja botada en el suelo, justo al lado del único sofá. Tenía los ojos cerrados y la boca abierta y le chorreaba un poco de baba por el costado de los labios. Al lado de su cuerpo, en el piso, un par de palillos del número 8 y una madeja de lana gruesa color verde olivo. Las venas cansadas de sus piernas parecían nudos de cordel ciruela. Ese día se había puesto un vestido camisero, de esos abrochados adelante con un lacito en la cintura, y varios de los botones de la falda se habían abierto. Era color crema el vestido, de viscosa, con unas pequeñas flores café con amarillo. Seguí viendo esas flores en sueños por mucho tiempo, chiquitas, café y amarillas.

En la posta me hablaron de un derrame. El doctor habló de apoplejía. Infarto cerebral. Da lo mismo. Lo importante es el resultado: quedó semiinválida; el lado izquierdo, casi paralizado; el brazo y la pierna, inútiles; y la boca, torcida para siempre. Ésa es mi vieja hoy. Ya apenas tiene palabras, quizás las dijo todas y se vació, como una tetera cuando el agua se ha enfriado y ya no sirve. Conchuda la enfermedad. Ella, la más activa y trabajadora, la que me enseñó a mí a ser incansable, pasa los días sentada en el sofá esperando que ocurra algo, que alguien llegue, que la vida le cuente algo distinto de lo que dicen las voces de la tele que yo le dejo encendida al partir en la mañana para que se sienta acompañada. Cómo hubiera deseado yo quedarme a su lado, arreglarla con tiempo, bañarla a diario, lavarle el pelo y hacerle cachirulos, conversarle, cocinarle, alegrarla. Pero no puedo dejar de trabajar. La jubilación de mi vieja es una porquería, como todas las putas jubilaciones de este país, sin mi sueldo nos morimos de hambre. La veo envejecer, cada vez con más pelos en algunas partes y menos en otras, y tomo la pinza y le saco la barba. La mantengo siempre bonita. Pero confortable. Nada de vanidades que incomoden. Parece una muñeca con los calcetines que le pongo, ya no panties, meterse adentro de un par de panties es como envasar salchichas, hasta yo las uso lo menos que puedo. Durante el primer año de su enfermedad la Susy la cuidaba mucho, nos organizábamos con las horas de llegada, ella del colegio, yo de la peluquería, con las compras, con el aseo, en fin, entre las dos nos arreglamos más o menos bien aunque yo andaba siempre apurada, siempre, siempre. No se imaginan cómo ando ahora: la palabra *apuro* me quedó chica hace tiempo, ya no hay palabra que me sirva.

Tengo déficit atencional. Así lo llaman. Al menos hoy en día se diagnostica y se puede medicar, antes ni eso. Dicen que es bastante hereditario y como mi vieja no lo tiene —y la Susy tampoco, gracias a Dios— se lo cargo, como tantas otras cosas, al padre desconocido y concha de su madre que salió arrancando en cuanto mi vieja se embarazó. ¿Qué es el déficit atencional? Es como una amplitud de la mente. Una extensión que hace eco. Por ejemplo, el otro día hojeaba una revista en el trabajo mientras esperaba que se calentara la cera y leí sobre un gallo que se había muerto, decía que había sido narrador, cantante, traductor, ingeniero, trompetista de jazz, dramaturgo y autor de óperas. Evidente, dije yo, este huevón tenía déficit atencional. Hay mil cosas que me gustaría hacer y para las que tendría cierta habilidad. De partida, todas las relacionadas con la peluquería, vale decir, peluquera, manicura, masajista, reflexóloga, colorista, también podría ser una estupenda chef o una buena modista o una bailarina o una instructora de yoga y, si me apuran, una pintora. Para todas esas cosas tendría habilidades si me dedicara a ellas. Pero, claro, no hay tiempo, siempre estoy ganándome la vida. Yo, si hubiese nacido rica, tendría un epitafio como el huevón de la revista.

Siempre fui un poco torpe, no me resultaban bien las cosas ni finas ni demasiado femeninas, por eso terminé siendo depiladora y no manicura porque si pintaba las uñas, se me salía la pintura (a veces lo logro, pero con harto esfuerzo). He pasado mi vida tratando de no ser torpe, torpe con las cosas del cuerpo pero también con las de la mente. Soy más rápida que la mayoría, me aburría mucho en las reuniones, por ejemplo las de apoderados en el liceo de la Susy, la gente me parecía fastidiosa, lenta, yo habría corrido por la vida, como el Correcaminos, llegando para irme, nunca para quedarme. Torpe también porque me acusaban de descuidada, perdía todo, aun las cosas más queridas y, claro, debo haber parecido desagradecida, arrogante. No era así. Viví asustada de la crítica, siempre me retaban, la abuela, las profes, los jefes, las amigas, porque hacía o decía cosas inadecuadas. O sea, sigo haciéndolo, un poco menos porque ahora ya estoy diagnosticada y medicada pero, me guste o no, soy la misma. A pesar del remedio, sigo haciendo miles de movimientos inútiles, porque si voy a buscar mi celular y veo mis anteojos me quedo en eso y luego en la taza de café que hay que llevar a la cocina, y claro, no recuerdo bien por qué me paré hasta que reparo en el celular, pero la verdad es que para llegar a una acción cualquiera debiera tener un desierto vacío al frente mío para no distraerme. Todo me distrae, los ruidos, la gente, las ideas que salen de mi cabeza sin mi control. Y, bueno, me canso más que la mayoría. Me molestan las etiquetas de la ropa contra el cuerpo, las arranco para no sentirlas. Técnicamente, lo que pasa es que proceso más estímulos de los que soy capaz de asimilar, así me lo han explicado. Es como no llegar nunca a puerto por una línea recta, por eso me canso tanto. Pero no son puras malas noticias, también soy más creativa e imaginativa y seguro más original, porque hago asociaciones raras y pueden salir lindas ideas de ahí. Y a veces soy divertida, si alguien me aguanta.

Dicen que las personas con déficit atencional suelen ser muy inteligentes. No es mi caso, tengo mis recursos pero no soy especialmente inteligente. Soy bien incapaz de enchufarme en los temas sin desparramo, siempre me estoy interrumpiendo, empiezo a hablar del salón de belleza y al minuto me he ido a la Susy o a comentar la ropa de la mujer de enfrente o a preocuparme porque no he pagado el gas. No puedo concentrarme en un solo tema.

Tengo una clienta, María del Mar, que es una de mis favoritas y que va muy seguido al salón, vive como a dos cuadras de ahí. Ella es una mujer culta e instruida y siempre discuto mis cosas con ella, que también padece del famoso déficit. Ella le llama ADD, como le dicen los gringos. Toma un Ritalin al día y anda como bala. Y lo define así: la incapacidad para seleccionar lo urgente. También dice que ser mujer equivale a sufrir de déficit atencional. En palabras suyas, la gama de estímulos que tenemos es tan alta que no podemos *jerarquizar* —le encanta esa palabra—. Así, los pañales, las acciones de la bolsa, el miedo a la muerte, las tres cosas tienen la misma importancia, la misma urgencia. (Cuando yo me quiero hacer la interesante delante de un gallo que me gusta, imito a la María del Mar. Soy buena para imitar y para retener las palabras ajenas y saco a colación las suyas para parecer lista.)

He concluido con los años que, entre huevá y huevá, sé muchas cosas pero confusamente.

Creo que el tiempo es distinto para mí. Para la gente normal, el tiempo es el que es, o sea, corto. Para mí, es largo. Siempre pienso que cuento con mucho tiempo y me organizo con ese pensamiento y vivo así, dándome cuenta cada día que lo hice mal, que no alcancé.

Y a pesar de todo, no puedo decir que no fui feliz. He sido loca, brava y desatada y lo he gozado todo. Si mi destino fue sufrir, pues se equivocó el puto destino, se quedó con las ganas.

Tampoco hago mucho drama con el tema del padre desconocido. Era un vecino de la calle Viel. En realidad, ni siquiera un vecino, era amigo del vecino. Mi vieja se encaprichó con él por buenmozo y suelto de raja y bueno pa'l baile. Era de Concepción y pasaba unas vacaciones en Santiago. Como mi pobre vieja nunca salió de vacaciones porque el abuelo usaba ese tiempo para dedicarse a su club de fútbol, estaba en Santiago muerta de calor y parqueada y el vecino la incluyó en los carretes que le hacía al amigo de provincia. Tuvieron un bonito pololeo, según ella, pero el día en que se enteró del embarazo, él volvió a Concepción. Concha de su madre. Inmediatamente después vino el golpe de Estado, lo tomaron preso y cuando lo soltaron partió al tiro y se radicó en Venezuela. Esos datos los supo mi vieja por el vecino. Se supone que ahí está, hasta el día de hoy. A veces me imagino a unos venezolanitos que pueden ser mis hermanos pero, dicha sea la verdad, no me quita el sueño, a lo más un poco de curiosidad. Ni siquiera he indagado por su familia en Concepción. No había padre y punto, para eso estaba el abuelo.

En las revistas de la peluquería a veces aprendo cosas inútiles, por ejemplo que la zona del cerebro encargada del placer es una corteza con un nombre difícil que se activa con lo que más le gusta al dueño del cerebro en cuestión. Mi corteza se activa con el sexo. Frente a él, me abro como una fruta. Me pregunto en *qué* está el que a algunas mujeres les pidan matrimonio y a otras no. Lo que es yo, estoy chapada a la antigua. Creo en la dignidad a pie juntillas pero esa palabra es rara, equívoca. Para mí es digno lo que una de veinticinco consideraría estupidez. Creo en el cortejo masculino. Yo no persigo a los hombres, nunca tomo la iniciativa, nunca peleo por ellos abiertamente. Dejo que me seduzcan. Todo esto hasta que me viene la locura y pierdo los estribos, pero como sé que estoy perdiendo lo que yo llamo *dignidad,* me odio y me desprecio. Así es como me va con los hombres... Casi todos terminan dejándome. Y el sexo por el sexo no me resulta mucho, si me encamo con alguien termino enamorándome, o al menos creyéndome enamorada. Envidio mucho esa cualidad masculina, la de ir por un buen polvo y chao. Nosotras nos quedamos enganchadas, como tontas, nos cuesta amanecer al día siguiente y no esperar nada. A veces me siento usada, los hombres nunca se sienten así porque aunque los usen no se dan cuenta y creen estar usando ellos. Mi último novio fue un griego. Entró al salón de belleza a cortarse el pelo, Adolfo —mi jefe— se lo corta a sus amigos aunque la peluquería no es propiamente unisex.

Como la Jennifer estaba ocupada, para adelantar le lavé yo el pelo. Él quedó prendado. Le gustó mi risa, le dijo a Adolfo, y los masajes que le hice en el cráneo, que no iban incluidos en el precio. En la tarde me llevó unas flores. No hablaba español, apenas un poco de inglés, que yo no hablo. Salimos a comer, me llevó a un restaurante bien bonito. Ustedes dirán cómo lo hicimos. ¿Qué importa el idioma? Cuando juegan dos equipos de fútbol, por ejemplo, Uruguay y Holanda, ninguno habla el idioma del otro, ¿acaso lo necesitan?, pero el lenguaje es perfecto, entre pelotazo y pelotazo la comprensión de lo que hacen juntos es impecable. Así fue con mi Alekos. Partió a Grecia después de dos semanas y chao romance, pero me hizo mucho bien. Quedé recompuesta y contenta. Porque la falta de sexo a mí me hace mal. El otro día empecé a quejarme delante de la hermana de la Jennifer, Doris se llama, que es algo mayor que yo y me dijo: lo que es a mí, se me cerró allá abajo y los labios mayores y menores se fueron subiendo por la espalda y ahora, ¡tengo unas alitas!

La Susy se preparó mucho tiempo para el viaje de estudios que haría con su curso, el último año de colegio. Durante el tercero medio estudió como mala de la cabeza, estudió tanto que yo pensé que se le reventaba el cerebro. Fue un año difícil porque mi vieja ya se había enfermado y la obsesión que le vino a la Susy con los estudios no ayudaba mucho. Es que quiero ser profesional, mami, me decía cuando yo le preguntaba por qué aperraba tanto. Dicen que el tercero medio es famoso por lo estresante y yo estaba preocupada de que mi pobre cabra colapsara en cualquier momento. Festejamos el fin de ese año de mierda, que lo terminó con bastante buenas notas. Me pareció a mí que se merecía el viaje de estudios del último año. Junté la plata y recuerdo su carita contenta cuando la dejé en el terminal de buses. Estuvo fuera una semana, en el sur. A la vuelta, pocos días después, hacía sus tareas y de repente se largó a llorar. ¿Qué pasa, Susy?, le pregunté sorprendida. Me contestó que le daba miedo morirse. ¿Morirte tú?, pero, guachita, si tú eres inmortal, le contesté tomándomela a la ligera. La abracé y noté cómo se pegaba al abrazo. Esa noche se metió a mi cama y durmió conmigo. Al día siguiente la desperté como siempre y mientras hacía el desayuno y preparaba algo para dejarle de comer a mi vieja me fijé en sus ojeras. ¿No dormiste bien, Susy? No dormí, mami. La observé pero me dije a mí misma: ya se le pasará, es un arrebato adolescente. Cuando ese día volví del trabajo, mi vieja me hizo un gesto con su mano buena mostrándome a la Susy que dormía en el sofá. Ella no suele dormir a las siete de la tarde y menos en el living. La desperté y la invité a cocinar algo rico, eso siempre da resultados. (A ella le encantan las sopaipillas con chancaca pero a mí me cuesta hacer la chancaca porque cuando la disuelvo en la olla me parece la cera de depilar y me viene el rechazo.) Le ofrecí sopaipillas pero esta vez me dijo que no, que no tenía hambre, que quería seguir durmiendo. Mi vieja y yo nos miramos: intuimos al mismo tiempo que se nos estaba presentando un problema. Durmió hasta el día siguiente, ni se dio cuenta cuando la pasé del sofá a su cama y le saqué la ropa.

Cada mañana suena el despertador a las 6.15 de la mañana y ése es el comienzo oficial del día. Yo salto fuera de la cama y me meto a la ducha y despierto a la Susy a un cuarto para las siete. Cuando ella sale del baño, el desayuno ya está preparado, el agua hervida, el pan tostado, cada minuto es clave para alcanzar a dejar las cosas listas y no llegar atrasada al trabajo. Y esa mañana ella me dijo, con una voz bajita, que no quería ir al colegio. ¿Te sientes mal, hija? No, no estoy enferma, es que no tengo ganas. Eso me respondió. Tenía carita de pena. Bueno, hazte cargo de tu abuela entonces. Me fui preocupada y pensé durante el día que debería llevarla al doctor. Hay un consultorio cerca de la casa y el doctor es amigote mío, quizás me daría una hora con cierta rapidez. El famoso tercero medio me rondaba, ¿no será que tanto esfuerzo la fundió?, me pregunté una y mil veces, ¿no será esto un efecto retardado?

Las chiquillas en el salón de belleza me aconsejaron y me dieron unos pocos Alprazolam, que eso la tranquilizaría. Es que está demasiado tranquila, contesté yo, pero insistieron. Llamé a la Susy a su celular como tres veces durante el día pero me dijo que no me preocupara, que estaba bien. Putas la huevá, pensaba yo, entre la vieja casi inválida y la cabra bajoneada, por qué no estoy yo en la casa, por qué estoy obligada a pasarme el día afuera, metida en los pelos de las mujeres, entre axilas y piernas, pendiente de la cera y de tirarla bien, porque lo que importa para una buena depilada es el tirón, si no tiras bien los pelos se cortan y no salen de raíz. Le di el Alprazolam esa tarde, una dosis bajita, al día siguiente volvió al colegio pero sus ojos seguían tristes. Ese fin de semana no quiso salir. La Susy tiene muchas amigas y se juntan y escuchan música y bailan, en fin, huevean, se entretienen. Pero se quedó en la casa y apagó el celular, lo cual es *muy* raro porque estas cabras se la pasan con las llamadas y los mensajes de texto, entregarles un celular es como amarrar perros con longanizas, viven comunicadas entre ellas como si en eso se les fuera la vida, siempre me pregunto qué tanto tienen que decirse, si además se ven todos los días.

Se encerró en la casa mi Susy, hasta el día de hoy.

Cuando mi vieja se enfermó y tuve que empezar a dejarla sola durante el día hasta que llegara la Susy del colegio, le compré un celular de prepago, le grabé mi número y el de la peluquería y lo instalé en la mesita al lado del sillón donde ella pasa el día. Todas las mañanas se lo dejo encendido con mi número en la pantalla, listo para comunicar, sólo debe apretar la tecla. Lo hice pensando en la posibilidad de un futuro ataque estando sola en la casa, el médico me lo advirtió. Un día, hace un año, estaba yo en plena depilación cuando sonó mi celular con el número de mi mamá llamando. Lo atendí aterrada, me puse a gritarle: ¿estás bien, vieja? —como si el problema de ella fuera la sordera—, y en su media lengua me dijo que se trataba de la Susy. Dejé todo tirado y partí. Es tan largo el camino desde Vitacura hasta Maipú, es como una prueba de obstáculos, una montaña plagada de rocas y acequias y hendiduras, tiene los kilómetros de una vida entera. El último trecho lo hice en taxi, a la chucha, me dije, aunque no llegue a fin de mes llegaré antes a la casa.

Resulta que la Susy se había ido, tal cual. Según las dificultosas explicaciones de mi vieja, había amanecido rara, como medio enojada, ya sin la carita de pena a la que nos estábamos acostumbrando, le había pegado un par de gritos a su abuela, había hablado cosas que mi pobre vieja no entendió, la dejó sin almuerzo, no hizo la cama, nada, y se fue. Habían pasado cuatro horas y no se sabía de ella.

Llamé a cada una de sus amigas, llamé al colegio, nada. Entonces me fui a la calle. Como una loca organicé con un par de vecinas una búsqueda por el barrio. Recuerdo, mientras doblaba por las esquinas, la sensación de que lo único que me importaba en la vida era la Susy, de cómo se achicó el mundo hasta desaparecer y lo que el día antes parecía importante hoy no existía. Me acuerdo del cuerpo, de cómo me dolía el cuerpo, cada centímetro de piel tragándose el miedo. La encontré en una calle lateral donde ni autos pasaban, sentada en el suelo a la salida de una casa desconocida, jugando con unas pelotitas como un saltimbanqui. Despacito la llamé, no se me fuera a asustar, pero no me contestó. Fui acercándome de a poco pero me evitó, se levantó del suelo y se puso a caminar en la dirección contraria. Cuando al fin di con su brazo, se zafó con violencia y se fue corriendo.

Partí a la policía.

Me la trajeron de vuelta.

Esa misma noche la internaron.

Mi pobre cabeza había logrado, con harta dificultad, hacerse a la idea del primer diagnóstico: depresión
severa. Llevaba dos meses acunando a mi niña triste y
observando su propia angustia sin poder removerla de su
pecho. Había ido al colegio, hablado con sus profesores,
pedido permisos temporales, peleado para que no perdie-
ra el año de estudios. La llevaba a su terapia y la esperaba
afuera y hasta no verla sana y salva adentro de la casa,
echadita al lado de su abuela frente a la televisión, no
volvía a salir. Pasaba noches enteras preguntándome por
esta enfermedad, en qué consistía, hablé con cuanta persona pude, leí toda la información que encontré a mano,
me hice veinte mil preguntas sobre la crianza de la niña,
sobre la calidad de mi papel de mamá, sobre sus genes.
Conseguí ayuda. El hermano de María del Mar —aquella
clienta de la que les hablé— es sicólogo y empezó a ver a
la Susy. Sin cobrarnos: un santo. Los días en que tenía
terapia —dos por semana— eran los únicos en que salía.
En la misma consulta atendía el siquiatra que la medica-
ba. Porque quedaba en Providencia, yo me la llevaba a la
peluquería, la instalaba en la camilla de al lado de donde
yo depilo, corría la cortina para la privacidad de mis clientas, le hacía una agüita de cedrón y le enchufaba una revista. Y las chiquillas la acompañaban si estaban con poco
trabajo y la Katy trataba de hacerle reír, la Jennifer le
hacía cariño en el pelo y hasta Adolfo la consolaba. Tran-
quilita y pasiva ella, hacía caso en todo y la Katy me dijo:
¿sabís qué, Juani?, la Susy está sumisa como si la hubiera
mordido un vampiro. A veces me daban ganas de chillar,
de que se enojara, de que me desobedeciera para comprobar que estaba viva pero nada, me seguía como un corde-
rito, entregándome su vida porque a ella le sobraba, y la

primera vez que se enojó la internaron y le cambiaron el diagnóstico.

Trastorno bipolar.

La puta que te parió.

Entiendo que hay cuatro grados distintos. No saben bien, o todavía no se ponen de acuerdo, cuál es el de la Susy.

Cuando la internaron me costó mucho entender que el temor del médico era que la Susy se suicidara. Era como si me hablaran de otro ser humano, de otro planeta y en otro idioma. ¿Quitarse la vida, mi Susy? Pero ¿por qué, por qué?

Cada vez que suena una sirena o pasa una ambulancia pienso en la tragedia que se vive alrededor de ese ruido que una da por sentado, que casi no escucha. Pero alguien sufre intensamente, eso es lo que anuncia el ruido y nadie le hace caso. Podría ser la Susy, por ejemplo. O mi madre. Nunca sabré de quién fue cada dolor, no saldrá en el diario ni en la tele pero la vida de alguien quedó marcada.

Cuando Mané, aquí a mi lado, habló de la bipolaridad, se me heló la sangre. Como si supiera mi historia. Sí, es cierto que se ha puesto de moda, tal vez antes no la diagnosticaban con ese nombre. Pero el verdadero tema que expuso Mané fue el económico. Les cuento: la primera terapia de la Susy fue gratuita, con el hermano de María del Mar. Luego, cuando ya teníamos diagnóstico, continuó con un médico experto que hoy la ve como una vez al mes, la medica y le pago con bonos de Fonasa. Aunque los remedios son imposibles. Porque hay todo tipo de remedios, existen algunos más primitivos que son más baratos pero que tienen todo tipo de efectos secundarios. Los mejores, los más modernos, ésos son los caros, caros. No tenía de dónde chuchas sacar plata. Se me ocurrió pedir un préstamo en un banco, me lo negaron de plano con el certificado de sueldo que presenté, y eso que Adolfo, para ayudarme, lo había abultado. Recibí el soplo de que si hipotecaba la casa de Maipú, me lo darían. Está a nombre de mi vieja, ¿se imaginan la de trámites que hice?, ¿la cantidad de depilaciones que dejé de hacer para andar de banco en banco, de notaría en notaría? El caso es que resultó. Y me lo dieron, el préstamo. Pago intereses cada mes, voy a acumular una fortuna pagando intereses, pero si no... ¿qué hacer? No saben cuánto le he agradecido al abuelo el haber tenido casa propia, si no es por eso pierdo a la Susy, la pierdo si no compro los remedios adecuados, que, además, se los han cambiado varias veces. Más vale ni preguntarse qué hará esa otra mamá que no tiene qué hipotecar.

Ha pasado un año desde que mi hija volvió del viaje de estudios. Dejó el colegio. No es que lo terminase —estaba en el último año— sino que tuvo que abandonarlo. Está permanentemente medicada y ya no es la niña dócil y triste de los primeros meses sino más bien una persona enojada con el mundo. A veces le viene la rebeldía con los remedios, se siente separada de la vida y culpa a las cosas químicas de esa separación. Dejó la terapia, no hubo cómo convencerla. No sale de la casa. En esta etapa no quiere salir ni a la esquina. Se relaciona sólo con su abuela y conmigo. Y como su abuela está enferma, su canal con el mundo soy yo. Este pechito, su único contacto con el exterior. Hace cosas mínimas como calentar el almuerzo en el microondas mientras yo estoy en la pega y ayuda a la abuela a comer. Pero si se acaba el pan se quedan sin pan, una inválida y la otra paralizada. Dos incapacitadas. Bonito cuadro. Todo lo que pasa en la casa de Maipú depende de mí, todo. Más encima, pago. Entonces a veces pierdo la paciencia y me dan ganas de que me obedezcan, el que paga las mentas se lleva las putas, ¿cierto? Bueno, yo corro y corro para asegurarme de que todo está bien. Arrastrándola la llevo al siquiatra, ella nunca quiere ir. Tuve que hablar seriamente con Adolfo. Cuando tomar hora para depilarse conmigo fue más difícil que conseguir entrada pa un concierto de rock, tuvimos que hablar. Llevo quince años con él y nos avenimos de perlas y sabe que soy buena y yo sé que me paga lo mejor posible, así que decidimos contratar por un tiempo una ayudante para mí pero por supuesto que eso significa menos lucas, por ahora es mejor eso que quedarse sin pega. Todo esto es temporal, así le aseguro a Adolfo, así me lo aseguran los doctores a mí. La niña aprenderá a vivir con su enfermedad, eso me dicen. Y tendrá que medicarse para siempre.

No, no es culpa suya, señora, me insiste el doctor. No tiene nada que ver con usted ni con su crianza. Es genético. Ella nació con esta inclinación. Me pidieron los datos del padre, las enfermedades hereditarias en la familia. Tuve que llamar al susodicho, que se presentó, de lo más decente, pero confesando varios locos por el lado de su madre.

Reconozco que me dio un poco de bochorno llamarlo. Tenemos tan poca relación. Nunca se ha preocupado de la Susy, a lo más la saca de vez en cuando a tomar helados. Y nunca ha puesto un puto peso para su manutención. Dice que yo quise tenerla, que es problema mío. Pero aparte de eso, no es una mala persona. Y cuando le conté de lo que se trataba, vino al tiro. Al menos eso a su favor.

Así, la vida dejó de ser la vida. ¿Cómo tanto, se preguntará alguien? Cómo tanto, me pregunto también yo. Sigue habiendo luz y noche, frío y calor, el corazón palpita, los riñones trabajan, los pulmones respiran, las piernas son capaces de caminar. Pero la alegría, ¿dónde se fue la alegría? Ya ni me acuerdo de la risa de la Susy. Toda mi atención está en cuidarla y en ganarme el sustento. Dos personas enfermas dependen enteramente de mí pero esas personas son mi madre y mi hija, casi no puedo llamarlas personas, más bien prolongaciones mías, dónde empiezan ellas y dónde termino yo, soy yo enteramente ellas, no lo sé, no distingo ya, como si las tres fuéramos un todo y yo debiera calcular cómo salvarlo. Las manos de la Susy se le han vuelto blandas y húmedas y las cubro con las mías mientras miro a mi madre, inmóvil en su sillón, con una baja capacidad de dolor, no siente como yo, ya se cansó de sentir. Bendita ella, mi madre, cuyo corazón no se hace tiras cada mañana.

Mis emociones están patas pa'rriba. Mi cansancio es enorme, he llegado a un tipo de cansancio tal en que ya no vale la pena gastar energía en hacer un solo gesto más, a veces saludar, algo tan básico como eso, me quita fuerzas que debo guardar para la Susy. Cuando era chica, cerca de mi antiguo barrio, había una población callampa que a veces cruzábamos para llegar a la feria —esas poblaciones ya no existen, pero en dos palabras, eran un montón de pobres juntos—. A mí me impresionaban las mujeres que salían de debajo de las tablas y cartones y jirones de trapo que componían sus casas, llenas de chiquillos mugrientos colgando de sus faldas, y yo las miraba fijo porque me daba cuenta de que esas mujeres tenían un cansancio tan grande que hablarle a uno de los cabros ya era mucho esfuerzo, ni abrir la boca podían. Había que economizar hasta eso para no caer exhaustas. Han reaparecido en mi memoria esas mujeres, como si yo me hubiera vuelto una de ellas.

No, no me voy a poner a llorar.

¿Estás durmiendo, mamá?

No, mi amor.

Si pinto un mono con tiza en la vereda, ¿cuánto tiempo se demora en borrarse?, ¿se borra algún día?

Sí, supongo.

¿Cómo se borra?

Con la lluvia, por ejemplo.

¿Y si no llueve?

Con las pisadas de la gente.

No te duermas, por favor.

Tengo que trabajar mañana.

No trabajes más.

¿Y cómo compramos tus remedios, entonces?

No quiero tomar más remedios. Tengo miedo, mamá.

Así son mis noches.

Siempre he sido estúpidamente sentimental. Yo sé que la gente elegante odia esto, como dice la María del Mar, es *tan* de mal gusto ser sentimental. Cuando a veces me defiendo, ella me contesta: hay una gran diferencia entre los sentimientos, Juani, y la sensiblería. Será que me falta cultura, debe ser un problema de educación, no sé, se lo cuento para que se imaginen ustedes cómo me he puesto. Siempre al borde de las lágrimas, por la chucha, emocionándome con las cosas más cursis, haciendo declaraciones sobre mis sentimientos. No hay caso, me sale solo. Por ejemplo, todas las huevadas que se dicen sobre la maternidad y sobre el dolor de una hija. A veces pienso que sólo yo sé realmente lo que es eso.

Es bueno hablar y que a una le escuchen. La Katy me oye pero siempre hablamos interrumpiéndonos, nos pasamos de un tema a otro y al final no terminamos ninguno. Antes, cuando yo no corría todo el día, nos instalábamos con un cigarrillo y un tecito caliente una vez que las clientas se habían ido y le dábamos a la conversa, aunque cada cosa que ella decía me llevaba a mí a otra y así, el hilo rompiéndose veinte veces. Pero ahora no tengo disculpa para distraerme. Conozco a Natasha desde hace poco, le tengo un poco de miedo, es *tan* seria. Yo tampoco pago, ¡de dónde!, fui derivada a ella por el hospital, el médico de la Susy quiere que yo me mantenga entera para hacerme cargo de mi hija. La terapia me ha vuelto más lista, entiendo más de todo, pero no he superado nada. Sólo sé que lo estoy pasando muy mal, nada más. Claro que eso es externo a mí. Mi dolor viene desde afuera y se me mete adentro, no como el de la Susy, que sale enterito desde el hueco más profundo de ella. La pobrecita parece como si planificara cada palabra para no decir nada. Como el gato. El otro día me quedé un rato sola en la cocina de mi vecina con su gato. A raíz de nada al muy huevón le vinieron ataques de terror, se erizó, corrió como si el diablo lo persiguiera, echó las orejas pa'trás como si se las hubieran planchado. En la cocina no había nadie, sólo un ventanal donde el gato se había estado mirando. Sorprendida, observaba a este animal que daba vueltas despavorido sin nada alrededor que pudiera asustarlo. Y de repente caí: el gato se aterra de sí mismo.

Mi Susy.

Como bien asegura el doctor, esto no será eterno. Algún día ella mejorará y, como dice Perales, sonarán mil acordes de guitarra. Tal vez a esas alturas ganemos la lotería y compremos uno de esos departamentos como los de mis clientas. Yo juego todas, toditas las semanas, segura que un día voy a ganar. Entonces, cuando voy en la micro, hago planes sobre qué vamos a hacer con la plata. Siempre, lo primero es el departamento. Y con calefacción central, ¡cueste lo que cueste! Después me imagino tomando aviones, nunca me he subido arriba de un avión, por la puta madre, cómo es posible, si hasta los más picantes compran paquetes pa Cancún. Me imagino con la Susy echadas pa'trás en una silla de playa con tragos de colores en las manos y bronceaditas por el sol, con un nativo que ojalá me haga cosas ricas en la noche. (¿Y mi vieja?, ¿dónde dejaré a mi vieja?) Siempre he soñado con tener ojos verdes y piernas largas, eso no me lo puede dar la lotería, y estoy segura de que *toda* mi vida habría sido distinta si hubiera tenido ojos verdes. A seguir soñando, Juani, pero la lotería no se transa, cada semana el boleto se compra puntualmente. Pagaría el préstamo al banco, recuperaría la hipoteca, compraría todos los remedios del mundo. Y me compraría ropa bonita, de esa fina que tienen mis clientas, poco acrílico y mucho algodón o seda, no sé con qué crestas se visten mis clientas pero las telas caen de otra manera, como suavecitas, como que no quiere la cosa. Y hartos zapatos de taco alto, de cuero, de charol, de cocodrilo, me encantan porque al caminar una va bien derecha y paradita, como instalándose en la vida, segura y sexy, todo lo que yo quiero ser. Y un vehículo. Haría el curso para conducir y la vida me cambiaría, podría hacer más depilaciones de noche, ir y volver con menos miedo de que pase algo y de no estar, cómo me cundiría el tiempo, aunque mis clientas que *sí* tienen auto no paran de putear contra el tráfico, que Santiago se ha vuelto insoportable, dicen, que es un horror el aumento del parque automotriz. Claro, el terror de ellas es que gente picante como yo agarre vehículo y les llene las calles. Me da risa cómo se quejan las cuicas, se quejan de todo, de puro llenas las tales por cuales.

Hay dos mujeres cerca de mí que me recuerdan a mí misma, que me hacen balancear en la cuerda floja, voy hacia una, luego a la otra, reconociendo en ellas una parte importante mía, pero aprendiendo de ellas, a fin de cuentas. Una es Lourdes, una migrante peruana que hace el aseo de la peluquería, y la otra es la clienta que ya mencioné, María del Mar. Entre ellas dos existe un desierto, no, el desierto es muy pequeñito, más bien un océano de distancia. De partida una es pobre y la otra rica, una es morena y la otra rubia, con eso digo lo más importante tratándose de este continente maricón, tan reclasista y racista.

Partamos por Lourdes. Un día le pregunté cuándo era su cumpleaños y me contestó que no sabía. ¿Qué infancia tuviste, mujer?, le dije. Una de diez hermanos. Nació en la sierra, a muchos metros de altura. Su padre era cargador y se pasó la vida masticando hojas de coca para tener fuerza. Su madre criaba a los hijos y se hacía cargo de una pequeña huerta para darles de comer. El pueblo más cercano estaba a una hora caminando y el hospital, a tres. Los hermanos de Lourdes se morían como moscas. A ella no la dejaban ir a la escuela porque tenía que ayudar en la casa, que los hombres estudiaran pero no las mujeres, ya saben, mano de obra indispensable (y gratis, por supuesto). Así y todo, pasaban mucha hambre. Desde los tres años hacía pan y cocía el maíz y lavaba la ropa. Por descontado que nadie le enseñó a leer ni a escribir. El papá le pegaba de lo lindo, le sacaba la chucha cada vez que llegaba borracho. Quizás también se la violó el concha de su madre, pero ella no me lo ha dicho. Que los hermanos empezaron a manosearla como a los doce, los muy boludos, eso sí me lo contó. Un día, cuando tenía quince, decidió que había dos alternativas para ella: o tirarse al río más cercano o escapar de su casa. Aprovechó una fiesta religiosa que los llevó a un lugar más lejano que el mísero pueblo en que vivían y llegando ahí se fue, sencillamente partió. Entre tanto hijo, tardarían en darse cuenta de su desaparición. Se subió a un camión y le ofreció al chofer lo único que tenía —su cuerpo— a cambio de que la llevara a Lima, así, derechamente. El otro huevón aceptó al tiro, ni tonto. Y Lourdes llegó a la capital, de lo más saludable y de lo más aliviada. Ninguna nostalgia, ningún remordimiento. Nunca miró hacia atrás. El primer tiempo fue muy difícil, ¡de qué otra forma podía ser! Se ofreció para cocinar en un restaurante de los barrios más pobres pero la tuvieron un año lavando platos y fregando el piso por comida y alojamiento, sin pago. Alojamiento es un decir, la dejaban dormir en un jergón botado en la despensa, entre los choclos y las papas. En su desesperación, fue a ofrecerse a un prostíbulo de mala muerte y no la aceptaron, la hallaron demasiado joven y malnutrida y no les valía la pena tener problemas con las autoridades. Entonces empezó a llevarse a algunos clientes del restaurante a la despensa: ése era el único pago en efectivo que lograba. Se mantuvo un buen tiempo con ese sistema. Y como no es nada de tonta, cachó que siendo analfabeta no llegaba a ninguna parte y se puso a estudiar. Uno de los tipos que comían en el restaurante casi a diario le llevaba material. Desde el silabario. Le puso mucho empeño la pobre Lourdes hasta que aprendió. No vamos a decir que hoy es una erudita pero se maneja harto bien. Su otra obsesión era arreglarse los dientes. Así como yo creo que con ojos verdes sería otra, Lourdes decidió que con una buena dentadura toda su vida sería distinta. Lo logró aquí en Chile y sus dientes son su orgullo, todavía le paga cuotas al dentista todos los meses. Pero, para no desordenarme, vuelvo al restaurante de Lima. De tanto mirar al cocinero no le quedó más que aprender y hoy hace los mejores ceviches y ajís de gallina que nadie haya probado. Un día, uno de sus clientes —que le había tomado cariño— le dio la idea de viajar a Tacna con él y tratar de cruzar la frontera. Le explicó que en Chile podía hacer el mismo trabajo, o sea, lavar platos y limpiar el suelo, pero que le pagarían mucho mejor. ¡Ni que fuéramos Estados Unidos! Cómo andará la pobreza en otras partes, en Bolivia, en Perú, en Ecuador, como para que quieran venirse a Chile.

Lourdes es una migrante pero es ilegal. Comparte una pieza con tres compatriotas, chiquillas jóvenes como ella, en el centro. La pieza no tiene más de tres metros por tres y les cobran ochenta lucas al mes, con baño compartido y derecho a cocinar en la pieza. Se cuelgan de la luz y varios edificios como el suyo se han incendiado. ¿Qué tal? Vive en un verdadero cuchitril pero dice que nunca ha estado mejor en su vida. Se siente libre y sale los sábados en la noche a echar el pelo con otros peruanos, se juntan en la calle Catedral, al costado de la plaza de Armas, y ya agarró novio y todo. Adolfo la presiona para que consiga los papeles y le dice que si no se apura, la va a echar. Si yo tuviera una pieza más en la casa, me la llevaba. Es dulce y trabajadora como nadie, hace todo sin chistar, nunca se queja. Hace esta pega porque no tiene papeles, si fuera legal podría aspirar a cocinar en un restaurante. Muchas veces he oído a alguna clienta llegar desesperada porque *se quedó sin empleada.* (Es la gran tragedia de sus vidas.) Y siempre escucho a otra que le contesta: consíguete una peruana, son el descueve. Y pienso en Lourdes, pero mientras no legalice su situación tendrá que seguir barriendo y ganando una cagada de plata. No sé qué ángeles rodearon su cuna al nacer que la han perseguido sin darle tregua, ángeles de tristezas y penurias.

Me identifico con ella porque, como yo, ve el vaso medio lleno antes de verlo medio vacío.

¿Qué hago contando cuentos ajenos? Se supone que debo contar el mío. Sin embargo, a veces pienso que la historia de una siempre es parte de la historia de otras.

María del Mar va a cumplir cincuenta años, es casi una vieja y se ve juvenil a pesar de todo lo que fuma y de que no hace ejercicio. Lo que pasa es que nació bonita, llena de bendiciones ella, es el extremo opuesto de Lourdes. Su padre se dedicó a la política y tenía plata familiar. Con la democracia hasta llegó a ser embajador. Su mamá es historiadora, una de las primeras mujeres que estudiaron en la universidad, hasta hoy pasa la mitad del día leyendo. A veces ella también viene a la peluquería y me gusta verla, acercándose a los ochenta y feliz de la vida, con su pelo muy blanco y liso hasta los hombros —no se peina como las señoras de su edad— y la cara siempre un poco quemada por el sol. ¡Y también fuma! Vive la mitad del tiempo en el campo y el resto en Santiago, en un departamento muy lindo en Vitacura, cerca de su hija. (¿Cómo habría sido yo con una mamá así? Depiladora, no, quizás una pintora famosa.) La gran pasión de los padres de María del Mar eran los viajes y llevaban a los hijos con ellos. Les daba lo mismo el colegio, la mamá pescaba a los profesores y decía: me llevo a María del Mar a Roma, aprenderá muchas más cosas allá que viniendo a clases así que no me la pongan inasistente. Los profes no se atrevían a discutirle. Y partían.

Tiene recuerdos de muy chica colgando de la mano de su madre en los museos más lindos del mundo y escuchándola decir: no importan los nombres de los movimientos ni de los pintores o arquitectos, lo que quiero es que tus ojos se acostumbren a la belleza. Y puchas que se acostumbraron. La estética es el tema número uno de María del Mar. Estudió algo así como Historia del Arte y hoy da clases en la universidad, escribe artículos en el diario, *crítica* le llama ella, y ha publicado un par de libros, bien cototudos, imposible leerlos. Todo con el Ritalin, aclara. Cuando le pregunto si gana plata con un trabajo así, me contesta que no mucha pero que, como tiene unas rentas que le dejó de herencia su papá, con eso le basta.

(*Rentas*. Qué cueva la de ella. Nadie a mi alrededor tiene rentas, o sea, ganar plata sin mover un dedo, me da la impresión de que sólo en otro planeta podría pasar algo así. O en un cuento de hadas.)

Cuando los milicos se tomaron el poder, el famoso año 73, año en que yo nací, y María del Mar era una pendejita entrando en la pubertad, su papá tuvo que abandonar el país. Él era de la Unidad Popular, diputado o senador, algo así. Ella todavía se acuerda de esos días como el paso de una nube negra que lo oscurece todo pero que no se decide a reventar, sus padres ya no salían a trabajar, todos hablaban en voz baja a su alrededor, entraba y salía gente extraña de su casa, gente que nunca había visto pero que sin embargo parecía más cercana a sus padres que su propia familia. Sin ninguna preparación un día le avisaron que partían. Ella hacía maletas entre llantos pensando en sus amigas, en su colegio, en todo lo que le era familiar. No quería dejar su país. Llegaron a Washington, a la capital mismita del imperio, como le dice ella, y de un día para otro empezó una vida totalmente distinta, con otra gente, en otro idioma, con otros sabores y otro clima. Su rebelión fue negarse a aprender inglés. Por supuesto, no le duró mucho, al poco tiempo quería hacerse amiga de su compañera de curso y de un chico guapo que vivía en la casa de al lado. Terminó educándose en los mejores colegios y universidades y hoy agradece con toda el alma esa parte de su historia.

Cada vez que puede parte a Washington de visita, me cuenta lo que ha visto, qué muestran las vitrinas. Me parece conocer la casa de la amiga con quien se aloja, en un barrio detrás del Capitolio, una casona larga y angosta de cuatro pisos. No para de hablar de Obama, Obama le «pasó a ella», así lo vive. Me comenta lo preciosa y contradictoria que es la ciudad. Le hago preguntas, le pido detalles y termino envidiando las muchas áreas verdes de Washington y emputeciéndome con las de Maipú. Cómo será que hasta me trajo un libro de regalo, un libro precioso con fotografías de todos los monumentos y parques y ríos. El día que yo vaya para allá todo me va a sonar conocido.

Se enamoró de un científico inglés que también estudiaba en Washington y se casó con él. Vivieron cuatro años en Londres, donde aprovechó para hacer un posgrado, y hasta ahí llegó el matrimonio. Cuando se vio joven, libre e independiente, decidió volver a Chile. Convenció a su único hermano —el sicólogo que atiende a la Susy— de hacer lo mismo y se instalaron aquí con ganas de participar en la caída de los milicos y en la formación de la nueva democracia, según sus propias palabras. Entonces se enamoró de nuevo, de un chileno esta vez, y volvió a casarse. Para hacer la historia corta, va en su tercer matrimonio y lo cuenta con toda naturalidad, como si casarse tres veces fuera lo más normal del mundo. Cada separación, según ella, ha sido espantosa y llena de sufrimiento. Igual, considera que hay que arriesgarse. Sin riesgo no se llega a ninguna parte, Juani, me dice de vez en cuando. Tiene dos hijos, uno de cada marido chileno, y tanto ellos como los maridos la adoran. Por supuesto: a los hijos les va estupendo, son aplicados y bonitos y ninguno heredó el déficit atencional.

A ella le encanta hablar mal de sí misma y cuenta su historia como si fuera una tragedia, cuando, en el fondo, lo ha pasado tan rebién y su vida es tan envidiable desde todo punto de vista que supongo que lo hace para que le perdonen su propia fortuna. Exagera sus defectos para que no se noten sus talentos. Por ejemplo, entra a la peluquería con un dedo vendado y dice: como soy *tan* torpe, me corté anoche mientras trataba de cocinar, soy incapaz de entrar a la cocina sin cortarme o quemarme. Pero yo sé que es una fantástica cocinera y me ha dado recetas harto buenas. O entra apurada para hacerse un *brushing* y comenta: mierda, ya dejé el celular en la casa, si es que tengo la cabeza *tan* mala, soy incapaz de hacer nada bien. Pero yo sé que es ordenadísima, es justamente por el déficit atencional, se puso obsesiva para poder funcionar. Soy un *asco,* un *asco,* dice mirándose al espejo, y el único reflejo que a mí me llega es el de una mujer estupenda, con un precioso pelo rubio grueso y abundante y con piernas largas, largas. Cuando la ayudo a sacarse las botas para depilarse, toco el cuero, parece terciopelo de tan suave y fino. Entonces yo me digo: quiere que la perdone, que la perdone por ser tan inteligente, tan regia, tan amada y más encima rica, por eso me dice que es un asco. Pero en vez de envidiarla yo la quiero. Es una persona generosa porque conoce lo privilegiada que es y, sin saber mucho cómo, desea compartir sus privilegios. Todo alrededor de ella tiene algo de etéreo, como si la envolvieran unos tules celestes que la protegen del mal y que hacen que, al encontrárselo, le dé la espalda y se niegue a participar de la jugada.

Ustedes dirán por qué mierda yo me identifico con una persona como ella. Es que tenemos la misma vocación para la felicidad. He aprendido que la misma experiencia puede ser gozada por una y sufrida por otra. Pienso que si mi pobre vieja hubiera sido culta y educada, yo podría haber sido como María del Mar. (Tuve que estudiar un discurso de Bernardo O'Higgins con la Susy y me acuerdo que decía que sólo la civilización y las luces hacen a los hombres sociales, francos y virtuosos. ¿Civilización? ¿Luces? ¡Mierda!) La pobreza es relativa. Soy mísera al lado de María del Mar y millonaria al lado de Lourdes. Soy un poco de las dos.

Me falta hablar del Flaco y con eso termino. El único pecado del Flaco era tener caspa y ser casado. Hace más de once años, para un Dieciocho, asistí a la fonda del parque O'Higgins, de esas que me gustan a mí, que cuando chica me quedaban al frente de mi casa, con harta cueca, empanadas, causeo y vino tinto. Soy rebuena pa bailar y vi que un gallo en el público me miraba y me miraba. Era más o menos alto, parecía alambrado, o sea, flaco y fibroso, y los miembros se movían solos como si estuvieran apenas atornillados al cuerpo. Sus ojos eran muy negros, igual que los rulos en su pelo. Me gustó, me gustó al tirito. Yo vestía una falda negra ajustada con una polera amarilla y zapatos amarillos también. Entonces se me acercó y me dijo: quiero bailar con esta abeja tan alegre. Después me invitó una piscola. De repente eran las dos de la mañana y yo seguía bailando con él y mi grupo ya había partido a otro lado. En ese momento el mundo entero parecía vacío y no sé qué pasó, quizás se alinearon mis estrellas, la cosa es que me fui con él. Su sexo era el mejor don del cielo. El problema es que después de probarlo supe que el muy huevón tenía mujer. Me lo contó a la mañana siguiente, y ya era muy tarde. Ése fue mi Error, con mayúscula. Me fui a la casa ese día pensando que sería bueno no volver a verlo, no me gustan los hombres casados, nunca me meto con ellos. Pero el Flaco no era cualquier hombre.

Aunque bueno para la fiesta, la vida del Flaco era una vida de esfuerzo y seriedad. Había partido como chofer de taxi. Poco a poco, con préstamos y ahorros, se compró su propio auto. Con lo que ganaba fue ahorrando para comprarse otro mientras seguía manejando el ajeno. A los treinta y cuatro años era dueño casi de una flota y hoy no le debe un peso a nadie. Le costó llegar arriba y se acuerda de cada paso del camino. Muy empingorotado él, se convirtió en un microempresario. Y hasta el día de hoy siempre maneja uno de sus taxis, no se queda en la casa a mirar lo que ha ganado ni a hacer que otros trabajen pa' él. De ahí tal vez salió tan responsable con el matrimonio, que más fue por apuro que por otra cosa. Embarazó a una prima lejana y toda la familia —que es grande y metiche— lo cercó y presionó y tuvo que casarse nomás. Tiene cuatro cabros. Quién lo habría dicho, un hombre grande, un fortachón que se las daba de Rocky y tan apollerado con la familia.

Una semana después del Dieciocho apareció con su taxi por el salón de belleza. Y yo que creí que ni me había oído cuando le conté dónde trabajaba. Me invitó al McDonald's y nos comimos una hamburguesa con papas fritas. Después de eso me llevó a la casa, muy educadito, ni una palabra de sexo. Y yo no paraba de temblar, con disimulo, por dentro, pero temblaba igual la muy tonta.

Como mi tema preferido siempre fueron los hombres, he tratado de imaginarme cómo es ser uno de ellos: sentir genuinamente que el mundo comienza y termina en ellos, sentir cada uno que es el centro de la tierra, por la puta, ¡con todos los que son!

No crean que el Flaco se salvaba.

Así, empezó a cortejarme. De a poco. Con mucho respeto. Como una mosca de verano, grande y pesada, saltaba entre mis labios y mi lengua y aunque yo aleteara no se iba. Hasta que se me hizo indispensable. Hasta que me enamoré, como una pendeja. No lo veía los fines de semana y eso me apenaba, quería compartir con él mi casa, mi vieja y mi hija, los Sábados Gigantes, los paseos, las compras. Pensaba en la otra mujer y aunque la odiaba, sentía pena por ella. El Flaco me quería, putas que me quería. Como a los tres meses yo le dije que no deseaba volver a verlo, que me hacía sufrir que él fuera casado y yo soltera, que me sentía en desigualdad de condiciones. Nos dejamos de ver por diez días. Ésa fue la primera de las veinte veces que decidimos cortar la historia. Pa qué les cuento el encuentro al cabo de esos diez días, ni perros hambrientos que hubiéramos sido. En el garaje donde guardaba los taxis tenía una pieza para él. La convertimos en nuestro nido, hasta le cosí cortinas nuevas y le compré una colcha bonita. Cuando llevábamos un año, le di un ultimátum. O se separaba de su mujer legítima o nada. Eres pedigüeña, Juani. Así me decía. Estuvimos lejos como dos meses y el concha de su madre no se atrevió a separarse y yo volví con él.

Ése fue el Error. ¿Saben cuánto duró esta historia? ¡Diez años! Diez putos años. Que cuando crecieran los cabros, que cuando se muriera su papá, que cuando los cabros salieran del colegio. Yo peleé por él, sin remilgos ni pudores, lo necesitaba más que su propia esposa, lo quería más, así de simple. Pero él no tuvo los cojones para dejarla. Tanto vociferar el hombre para terminar dócil y entregado. Y más encima la esposa se *embarazó,* se embarazó cuando llevábamos cinco años juntos. Eso fue demasiado. Ahí sí que perdí la paciencia, yo cuidándome como una estúpida cada ciclo y ella embarazándose. Yo, sin poder tener un hijo suyo. Conchuda la vida. Aquella vez sí que lo abandoné. Miento, lo abandoné un tiempo nomás pero fue la vez más larga y más dolorosa. ¿Y qué puedo hacer yo?, me preguntaba el Flaco con cara de inocente. Convencerla de que se haga un aborto, le gritaba yo, indignada, fuera de mí misma. Le di una semana de tiempo para que tomara una decisión. El día indicado tocó el timbre y salí a recibirlo. Lo saludé con voz cantarina sabiendo que una cuerda, como en un violín o una guitarra, se había desafinado. Y, claro, ya se pueden imaginar la respuesta. Entonces sí que morí un buen poco.

Cobarde el Flaco, ¡putas que le faltaron bolas! Y yo, como dice una clienta mía, desolada, desolada.

Pasamos casi un año separados. Le dio tiempo hasta para ver nacer a su hijo sin sentir culpa. Cuando volvimos, yo ya estaba distinta. Sabía que no iba a ningún lado, que no teníamos futuro, que él nunca abandonaría a la madre de sus hijos. Pero igual éramos tan felices juntos, puchas que nos queríamos y nos aveníamos. Seguí viendo el fútbol con él, mamándome hasta los partidos de tercera división, qué fanático del fútbol el Flaco. Todo parecía igual pero yo ya no me pasaba películas.

¡La cantidad de artículos que leí en las revistas de la peluquería dedicados «a la otra»! Porque aunque yo no quisiera, eso era yo: la otra. A partir del tercer año, más o menos, empezó a dormir en mi casa algunas noches. La Susy se fue al dormitorio de mi mamá. Nunca supe qué disculpa le daba a su mujer, los taxis supongo, no pregunté. Igual, yo le decía siempre a la Susy: cuando seas grande, no se te ocurra meterte con un hombre casado, Susy, no hagas semejante huevada. Sí, mami, me contestaba ella, con la misma naturalidad como si yo le hubiera advertido que no tomara café de noche para no echar a perder el sueño.

No me arrepiento de nada. Pero yo, chiquillas, como los buenos equipos de fútbol, vendo caras mis derrotas.

Y hasta el día de hoy el Flaco anda llorando por mí. Él sabe que no puede volver a pisar mi casa si no ha cambiado su situación legal. Quizás algún día lo haga, y quizás ya no me encuentre. Mañana mismo puedo conocer a otro, como conocí al griego. Claro, que con la pena con que ando este tiempo, con estas agujas que se me clavan en el diafragma, no estoy en las mejores condiciones pa conocer a nadie.

En verdad, qué Flaco ni qué nada. Lo que ronda mi cabeza son otras cosas. Todas esas que me dicen los doctores sobre la enfermedad de la Susy: que la alteración de la autoestima, que el trastorno del sueño, que la euforia sin depender del estímulo, que la irritabilidad, que la angustia. De esas cosas me hablan. Ésas son las palabras que he debido aprender. En eso se me va la vida.

Hace unos días una clienta me contaba de una tribu de nativos americanos que viven en una pequeña islita del Ártico, allá arriba, muy, muy arriba. Lo sorprendente es esto: en torno al 10 de mayo de cada año amanece y no anochece hasta fines de agosto. La idea me ha quedado rondando: empezar un día y no terminarlo hasta tres meses después. Claro, qué es un día, me pueden preguntar. Pero no puedo apartarme de la cabeza la pesadilla de la luz. ¿Cuándo, entonces, escupir al diablo para que deje de dar vueltas por mi casa y se vaya de una vez por todas a dormir? Siempre la luz, a toda hora, sin descanso, el blanco, la iluminación, la falta de sombra. Un sol casi eterno. Como si nada se pudiese hacer a escondidas. El día gigantesco, ardiente, agotador. Cómo soñarán con la noche esos habitantes, con el descanso de la oscuridad. Y pensé que yo me sentía indefensa como ellos ante esta luz que apunta sin piedad. Que acusa, que maltrata.

La puta que lo parió.

Ya vendrá la noche. Ya vendrá.

Simona

Cada una con sus obsesiones. La mía es la siguiente: estoy hasta las huevas de ser testigo de cómo las mujeres lo ceden todo por mantener a su hombre al lado. Los hombres no son más que un *objeto simbólico* y, créanme, se puede vivir sin tal emblema. Estoy de acuerdo en que un símbolo ha llegado a serlo por razones primigenias, de representación, y se puede insistir en su metáfora o alegoría. Sin embargo, me niego a ser cómplice. Me angustia presenciar cómo las mujeres se desangran para no estar solas. ¿Quién inventó que la soledad de pareja es una tragedia?

Primero me presentaré. Me llamo Simona: mi mamá era una devota de San Simón, no sueñen ni por un instante que tuvo un rapto de lucidez luego de leer *El segundo sexo*. Tengo sesenta y un años, estudié Sociología en la Universidad Católica, soy una persona de izquierdas y he pasado más de la mitad de mi vida luchando por la igualdad de derechos de la mujer, por el respeto a su diversidad. Participé de los primeros grupos que se juntaron en este país para discutir y analizar y escribir y publicar sobre el tema. Se podría decir que ése fue el verdadero nacimiento del Women's Lib en Chile, aunque alguna historiadora me lo discuta. Antes hubo movimientos de mujeres que fueron lentamente construyendo una voluntad determinada, pero nosotras fuimos las primeras en enfrentar y estudiar la teoría de género como tal. Fuimos casi unas descastadas, así nos miraban cuando introdujimos la palabra *feminismo* en nuestro entorno. Qué palabra fea se ha vuelto, satanizada, mal usada, manida, sobada. Se trata de algo tan básico y simple: jugarse por una vida más humana, donde cada mujer tenga el mismo espacio y los mismos derechos que un hombre. Simple, ¡qué digo!, romper un diseño milenario, cambiar las reglas del poder... ¡Una tarea titánica! No alcanzamos a salir a la calle con los sostenes en una mano y las tijeras en la otra, no fuimos tan vociferantes porque llegamos —en un país pobre como el que entonces éramos— atrasadas a la fiesta, el mundo aún no se globalizaba y nosotras aprendimos de las norteamericanas y de las europeas cuando ellas ya habían avanzado varias etapas en su propia lucha. Leímos a Betty Friedan cuando *La mística de la feminidad* era un libro manoseado y subrayado mil veces en los otros continentes. Llegamos tarde y por entonces ya vivíamos en dictadura. No necesito explicar, supongo, cómo puede ser el machismo en una dictadura militar. Cuando veo a un papá joven con la guagua en brazos, dándole su comida en un parque en horas de oficina, sonrío y me dan ganas de preguntarle a su mujer al oído: dime, afortunada, ¿sabes tú por qué puedes asistir a una reunión mientras tu marido se hace cargo del niño? Pues, gracias a cada mujer que peleó antes de ti, a tu madre que fue apaleada un 8 de marzo en la calle por la policía de la dictadura, a tu abuela que apoyó a las sufragistas, a las obreras norteamericanas que se negaron a trabajar de pie en una fábrica, a Simone de Beauvoir, a Doris Lessing, a Marylin French, en fin, gracias a miles y miles.

En inglés, idioma que utilizo frecuentemente para pensar y trabajar, la palabra *historia* se puede diferenciar entre la personal y la colectiva: para hablar de la historia chica, dicen *story;* para hablar de la grande, usan la palabra *history.* En español *story* también se puede traducir como *cuento.*

Éste es el cuento de mi vida.

Nací en una familia acomodada, grande y entretenida, y mi infancia fue todo lo que los personajes de Dickens habrían envidiado. Existen las infancias felices, felicísimas, y así fue la mía. Esto me convirtió en una persona más o menos confiada en el mundo y en mí misma. Sentía —sin sentirlo— que éramos los dueños del universo; del país, al menos. Mis antepasados habían intervenido en la formación de esta república y eso se transmitía de generación a generación. Creíamos fervientemente en el servicio público. Escuché hablar de política desde mi más tierna infancia y alguna vez acompañé a mi madre a alguna marcha o cierre de campaña. Desde siempre, en la mesa, a la hora de la comida, se conversaba y todos podían emitir opiniones. Esto me convirtió en una persona relativamente curiosa e informada. Y mi familia tenía la virtud de serlo, siempre que no se llegara al tema de la religión. Allí se perdía toda cordura y racionalidad y se decían verdaderas imbecilidades. *Of course,* estudiábamos en un colegio católico —y norteamericano, allí empezó mi hábito del inglés— y durante doce años tomé cada mañana el *trolley,* me gustaba su ritmo y que tuviera suspensores, un paisaje bonito de la infancia de mi generación. En el colegio éramos lo que se podría tildar de «beatas». Todas unas beatas. No hacíamos más que rezar, ir a misa, celebrarlo todo, el mes de María, la Cuaresma, en fin... Ayunábamos mucho y comulgábamos casi todos los días. Esto me quitó inteligencia, de eso estoy segura. Vivíamos saturadas de escrúpulos morales inútiles. Todas queríamos ser monjas con tal de satisfacer a ese Dios tan hambriento y exigente. La Biblia me llamaba la atención, sentía a Yahvé muy malo, ¿cómo iba a ser Dios alguien así de castigador y de egoísta? Ya en el Nuevo Testamento la figura de Cristo me aplacó los miedos que irradiaba su Padre y me confortaba el alma, linda figura aquélla.

Las reglas eran infinitas. El mundo no existía fuera de nuestro entorno. Y nuestro entorno era encantador. Ninguna anteojera logra impedir que mis recuerdos sean soleados. Hacerme olvidar lo cálidas que eran las rutinas. Lo sólido de esas cocinas grandes. Las nanas maravillosas que nos contaban cuentos (y nos manducaban de lo lindo). La protección que emanaba de la sola voz de mi padre. Sin embargo, lo ignoraba todo del mundo real. (Lo que me lleva a preguntarme: mis hijas, que nada ignoran, ¿serán más felices?) Nunca conocí a alguien de mi edad que estudiara en un colegio público, no es sólo que no tuviera amigas de un liceo, no, es que apenas sabía de la existencia de la educación pública. Todas las referencias y actividades tenían que ver con lo que nos rodeaba a *nosotras*. Lo inaudito era que había mundos ahí, cerquita, a mi lado, en la misma ciudad, paralelos al mío, que respiraban el mismo aire y sin embargo yo no sabía, no los veía.

Los signos exteriores se respetaban muchísimo, como si cada padre le hubiese dicho a cada hijo: no te perteneces a ti solo, no lo olvides. El vestuario y el lenguaje eran buenos ejemplos. Siempre, siempre íbamos bien vestidas. Entonces las mujeres no solían llevar pantalón, usábamos medias transparentes que se enganchaban a las pinzas de un calzón —una especie de faja, nada sexy— y luego llegaron, para nuestro alivio, las panties. Nunca he podido, de adulta, usar las medias transparentes, como si ellas fueran culpables de la ñoñería y de la falta de imaginación. Nos vestían de viejas a los quince años, con vestidos de seda o shantung y polleras ajustadas, llenas de pinzas, con trajes de dos piezas de tweed, con tacón alto, zapatos reina y pelos escarmenados. Cuando veo a mis hijas ponerse dos trapos y despeinarse para ir a una fiesta, me pregunto por qué nací en un tiempo tan equivocado (nunca sé bien cuándo andan con pijama o cuándo están vestidas, se ven iguales). Yo tuve mis primeros jeans cuando estudiaba el segundo año de universidad. No volveré a contar cómo era Chile entonces: éramos un país pobre donde incluso algunos de los más ricos vivían con sencillez.

Y el lenguaje: maldito y bendito a la vez, el que nunca descansa, el que desenmascara todo, el que te sitúa en un espacio de mundo, el que te da identidad. También el que te hace mostrar la hilacha.

Como en todo lo demás, nuestra forma de hablar era rígida, *muy* rígida. Mirando hacia atrás, comprendo que nuestro vocabulario terminaba por ser pobre, eran demasiadas las palabras omitidas por causar sospecha de alguna índole y nos dejaban cosas sin nombrar. Por ejemplo: la palabra *ambo* entraba en la categoría de lo no decible, pero el día que necesitabas hablar de un traje de hombre que definiera que la chaqueta era distinta al pantalón pero que combinaban, no tenías palabra. Recuerdo la primera vez que un novio mío la usó delante de mí, yo ya llevaba años alejada de mi *background* y de sus prejuicios; sin embargo, recuerdo haberme helado. Yo venía saliendo de la cama con él, ¿había tenido ese nivel de intimidad con una persona que hablaba de los *ambos*? (Cuando le pedí, amablemente, que no volviera a decirla, me dio una lección sobre la pobreza del léxico de mi franja social, sobre nuestra incultura y bla, bla, bla, ¡qué huevón con tan poco sentido del humor!)

Los garabatos no existían. A veces oí alguno en boca de mis hermanos, peleando entre ellos, pero jamás delante de nuestros padres. Tampoco en el colegio, era un colegio de niñas, impensable. Ni mi padre ni mi madre dijeron nunca algo inconveniente frente a nosotros, e igual el resto de la familia extendida. Me faltó la tía excéntrica que todo el mundo tiene, suelta de lengua y cagada en la leche. Entonces, cuando entré a la universidad y empecé a oír los garabatos, tuve que tragar saliva veinte veces y morderme la lengua para que nadie se diera cuenta del horror que me causaban. Cuando una compañera mía se refirió al pene como «el pico» casi me desmayé. Jamás pensé que aquélla llegaría a ser, algún día, una de las palabras preferidas de mi lenguaje cotidiano. (Cara de pico, el día del pico, me importa un pico, etcétera, me encanta... ¡Es perfecta para apuntar a lo que dice!) Una anécdota para cerrar este tema: un día iba yo con mi madre por la calle Providencia, andábamos de *shopping* y ella manejaba su camioneta Volvo. Para ese entonces yo cursaba tercer año de Sociología, por lo tanto tendría unos veinte años. De repente, un taxista nos chocó por detrás, provocándonos un feroz susto con el ruido de las latas y la frenada que se pegó mi mamá. Yo fui lanzada hacia delante, me golpeé en la frente con la guantera, y en ese momento —vivía ya la esquizofrenia de ser una persona en casa y otra en la universidad— grité ¡chuchas! No me van a creer: mi madre, en medio del choque, en vez de bajarse a pelear con el taxista y a mirar el daño, se inclinó sobre mi asiento, abrió la puerta lateral, la mía, y me dijo muy seria: bájese.

Nada que tuviera relación con el sexo o con las necesidades del cuerpo tenía nombre. Tampoco, *of course,* los diferentes aparatos genitales.

Éramos tan impecables.

Bueno, volviendo al inicio, fui feliz de chica, de adolescente lo pasé muy, muy bien, estudiaba mucho pero siempre había espacio para las fiestas, las amigas, los pololeos. Yo era bastante guapa y atrevida. Elegí a los hombres que quise, era bien enamoradiza.

La vida social se realizaba primordialmente en las casas y sólo salíamos a bailar a un par de discotecas que aceptaban los padres: Las Brujas —que echaron abajo hace poco, allí en el barrio de La Reina, para la pena grande de mi generación— y Lo Curro, arriba de la ciudad, cerca de la cordillera. Lo importante es que sólo llegabas allí si un hombre te invitaba, ni por asomo habría ido una mu-

jer sola, habría resultado tan desubicado como presentar-
se en pelotas en la plaza de Armas. A las que no tenían
éxito con el sexo opuesto, no las invitaban y se quedaban
sin ir a estos lugares. Y él, el caballero galante, pagaba todo,
ni por broma nosotras habríamos abierto una billetera. En
las fiestas particulares, en casa de amigas, se llevaba que
los hombres te sacaran a bailar. Y las que tenían éxito,
daban los bailes por número —casi como el carné de baile decimonónico— y recuerdo mi arrogancia cuando daba
hasta el número diez. ¡Pensar que había un pobre huevón
que contaba los bailes uno por uno para llegar hasta el
décimo y poder bailar conmigo! Qué horror. Y las feas...
planchaban, ése era el verbo: así le llamábamos al hecho
de quedarte sentada porque nadie te sacaba a bailar.

El sexo no jugaba ningún rol: la castidad era la
protagonista número uno de nuestra vida social. Los bailes eran reglamentados: tantos centímetros de distancia entre él y tú. Nada de juntar las mejillas, eso lo llamaban
cheek to cheek y sólo lo hacían los pololos o las «frescas»,
apodo usado para cualquier mujer que se saliera un centímetro de tal convención. Ser fresca era lo peor que te
podía pasar, nadie se casaba con las frescas. En los pololeos
sólo se tomaba la mano y a un cierto tiempo venían los
besos. ¿Qué hacíamos con la calentura? Me lo pregunto...
El concepto no existía. Cuando ya éramos un poco más
grandes, antes de salir del colegio, los besos se hicieron
más apasionados y había que sujetar las manos del otro
para evitar la tentación. Sabíamos —de alguna forma u
otra— que los hombres hacían de las suyas pero con mujeres que no eran como nosotras. Y eso se aceptaba: ¡tenían
derecho a desahogarse! Ni que hablar de la virginidad: no
sólo era el estado natural con que todos —además de ti
misma— contaban, no se nos habría pasado por la mente no llegar al matrimonio intactas. La virginidad era *tan*
importante que logró amarrarse a sí misma con músculos
y nervios para que resultara casi imposible liberarla.

Quiero volver, antes, al lenguaje. ¿Es éste una mortaja, una camisa de fuerza? ¡Cómo nos coercionaba, cómo nos amordazaba! Aún hoy, con todos los años que han pasado, me sorprendo siendo víctima de mis prejuicios. ¿Alguien cree que una se libra de la educación que recibió? Una no se libra, se rebela, pero nunca llega a ser del todo independiente.

Cuando entré a la universidad la vida cambió por completo. Me encontré con un mundo donde no todos eran iguales, descubrí que había gente distinta en mi país, ¡qué sorpresa! Entré a estudiar Sociología con la esperanza de entender un poco del mundo; quedé más confusa que nunca. Vivíamos el fin de los sesenta, los últimos años de Frei Montalva, la polarización en Chile y en el mundo entero. Era difícil mantenerse de derechas en ese ambiente. Todo lo que valía la pena estaba al otro lado, desde los curas revolucionarios, el Che, Cohn-Bendit, Miguel Ángel Solar y la toma de la Católica (los de la Universidad de Chile, que siempre nos miraron en menos, no resisten hasta hoy la idea de que los alumnos de la Católica se hayan tomado la universidad antes que ellos). Por alguna razón que entonces no comprendía, todo lo relacionado con el arte odiaba a la derecha. Los escritores y poetas, los músicos y actores, los pintores y los cineastas, todos eran de izquierdas. La libertad sexual también parecía ser propiedad de ellos. En buenas cuentas, todo lo entretenido y valioso pasaba por la vereda del frente.

Con toda esta avalancha de dudas y quiebres, desaparecieron muchas ideas y llegaron otras. La más vilipendiada en el proceso fue mi fe. Sencillamente desapareció. Como diría Updike: *The Holy Ghost... who the hell is that? Some pigeon, that's all...*

Cambié la religión por la política. Entré a militar en la izquierda.

La mía es una historia muy trillada. Niña-bien-rebelde-abandona-clase-social-para-hacer-la-revolución. ¡Soy de manual! Y aquí estoy, cuarenta años después, viendo cómo he vivido de molde en molde, sólo cambiando su contenido.

No quiero extenderme más de lo necesario: soy, para usar el lenguaje de mi profesión, de las que pasaron de la ética de la convicción a la ética de la responsabilidad. Difícil transición aquélla y creo que la hicimos con bastante éxito, no nos mantuvimos, gracias a Dios, en la adolescencia; es un ámbito en el cual aprendimos, casi siempre a golpes, a crecer.

Me enamoré de un compañero de carrera que estudiaba unos años más arriba que yo y que hacía una ayudantía a mi curso. Se llamaba Juan José y fue mi primer gran amor. Tardé mucho en formalizar cualquier tipo de relación con él porque era tan rico esto de andar con varios hombres a la vez luego de la rigidez de mi vida anterior. Descubrí, entre manifestaciones callejeras y pintura de muros, que el sexo era fantástico y no quería perdérmelo. Si yo me hubiese casado a la salida del colegio —con algún futuro empresario o político, era lo que me correspondía— y permaneciera casada con él hasta el día de hoy, como muchas de mis compañeras de colegio —casi todas, a decir verdad—, en rigor, habría conocido un solo cuerpo masculino en mi vida.

La decisión la tomaron las circunstancias por nosotros: Juan José, el Juanjo, como le decía, se ganó una beca para hacer un magíster en la Universidad de Duke, en Carolina del Norte. Tuvimos que casarnos. No se te ocurra empezar con ondas liberales, Simona, o te dejarán sin visa, los gringos son muy fregados. En eso quedó cualquier balbuceo mío en contra del matrimonio.

Tengo buenos recuerdos de ese tiempo. Bendije cada día la existencia de la píldora —la anticonceptiva, especifico— porque con la exigua beca de la que vivíamos, un embarazo mío habría resultado muy inadecuado. Conozco casos de mujeres que fueron incapaces de vivir la maravillosa despreocupación y oportunidad de formación que significa una beca del marido y que los obligaron a embarazarlas para resolver sus propias carencias y miedos, sin la más mínima consideración por el que debe estudiar y concentrarse en ello. O sea, no perdí ni por un minuto de vista que Juanjo hacía un enorme esfuerzo y que yo era libre de usar y gozar mi propio tiempo. Me pareció un regalo y elegí tomar algunos cursos en el Departamento de Inglés, sólo para descubrir que odiaba la lingüística y la fonética y que lo único que me gustaba era leer; el placer de la lectura estuvo a punto de serme arrebatado por culpa del exceso de análisis, al fin y al cabo eso es lo que hacen en una universidad con los libros, los analizan... Entonces dejé el curso, aproveché los apuntes y la magnífica biblioteca para dedicarme, a conciencia, a leer durante meses tendida en el único sofá de nuestro departamento. Chile se venía abajo mientras yo coqueteaba con el apuesto Mr. Darcy o abría las puertas de la mansión de Brideshead.

Las familias se partieron por la mitad, los unos se odiaron con los otros, se profundizó la Reforma Agraria, se perdieron las tierras, en fin..., todo el proceso que nos condujo a la muerte de Salvador Allende, habiendo sido la primera nación del mundo en llevar el socialismo al poder democráticamente. El desenlace ya lo sabemos todas, preferiría hoy no detenerme ahí, hay dolores que nos perseguirán, tenaces, hasta nuestros últimos días.

Ya en dictadura, volvimos a Duke; esta vez Juan José iría por el doctorado y yo había recién parido a mi primera hija, Lucía. Ni siquiera pude darme el lujo, como en años anteriores, de rechazar la lingüística: sólo veía pañales, mamaderas, puré de acelgas y zanahorias y horas y horas adentro de la casa, despachada por el frío norteamericano y con el corazón cada día más duro. De repente sentí que se abría una grieta en la tierra. Volví a Chile con mi hija y hasta ahí llegó mi matrimonio.

Habría de emparejarme aún un par de veces hasta encontrar a Octavio, el amor de mi vida. *Fucking* Octavio. Ambos somos Leo, con eso les digo todo. Fuego puro a lado y lado. Pocas veces he conocido una pareja más pasional que nosotros. Nos adorábamos, nos odiábamos, peleábamos como dos napolitanos de los barrios bajos, tirábamos de lo lindo, viajábamos, conversábamos, leíamos los mismos libros, lo pasábamos infinitamente bien. Quise embarazarme de él, sólo por la cantidad de amor que sentía, y lo logré, aunque sin demasiado entusiasmo de su parte. Entonces nació mi segunda hija, Florencia. Mi santa madre se hacía cargo de ellas cuando era necesario y así nosotros lográbamos seguir con los viajes y nuestro ritmo loco. Estuve poco más de veinte años con él. ¿Por qué puede fracasar una relación a nuestra edad luego de veinte años? Suena imposible. Pues... así fue. Y la razón: Octavio era mal genio y un adicto a la tele. O al fútbol. O a las dos cosas. Como el aparato al que veneraba, tenía una tecla en su cerebro que decía On/Off y cuando el On se encendía, que Dios nos pille confesadas.

Of course, es culpa mía. Nadie me forzó a ser su mujer. Y lo supe desde el principio. Llevábamos unos tres meses saliendo juntos cuando me invitó a España, él debía trabajar un par de días y luego nos tomaríamos una semana para recorrer el sur. Partí con él, sabiendo que un viaje descubre cosas que en la vida diaria de la ciudad puedes bien esconder y consideré el viaje —en ese sentido— ilustrativo. Arrendamos un auto y, pueblando, llegamos a Sevilla. Tras instalarnos en el hotel salimos a caminar y nos encontramos con un letrero avisando que cantaba Joan Manuel Serrat en la Maestranza, la plaza de toros de la ciudad. Me emocioné muchísimo (estábamos en dictadura, Serrat no podía pisar Chile) y quedamos en asistir esa noche al recital, pasara lo que pasara. Comimos temprano y nos fuimos a descansar un rato al hotel antes de partir. Octavio se tendió en la cama y prendió la televisión. Jugaba en ese momento el Manchester United y él se enfrascó en el partido. A los quince minutos le pedí que se levantara, que debíamos partir a la Maestranza. Me respondió con un escueto «espérate». Me senté en la cama. A cada dos minutos yo miraba el reloj. Octavio, vamos a llegar tarde. No, no te preocupes, si ya vamos. Cuando se hacía imprescindible partir, me puse delante de la pantalla y le dije, con voz firme: tenemos que irnos. Entonces vi por vez primera su cambio de expresión: enrojeció, se le enturbiaron los ojos y la boca se desfiguró en una mueca muy fea. Me pegó un grito: ¡no me tapes la pantalla! Octavio nunca me había gritado, me quedé mirándolo, incrédula, inmóvil, como hipnotizada. Repitió, con un tono amenazador: no me tapes la pantalla. Cuando reaccioné, dejé al tiro la pieza y me encaminé al recital, sola. La tecla se había puesto en On. Y mientras caminaba, desconcertada, triste y enojada, pensé: ¿es éste mi nuevo galán? El hombre con el que yo había viajado desapareció. Supe que debía tomar el próximo avión y volver a Chile. No sólo me había tratado mal, tampoco cumplía sus compromisos. Esas dos cosas bastaban para terminar el romance. Hoy es Serrat, mañana será quizás qué cosa, ya sé suficiente de él para *no quedarme*.

Llegó en el intermedio al recital, como si nada hubiera pasado. Y yo no tomé el avión de vuelta.

(Durante nuestra relación, muchas veces le comenté lo loca que había sido yo al no tomar el maldito avión ese día y su respuesta era invariable: ¿te imaginas lo que te hubieras perdido?, ¿quién en el mundo te habría amado más que yo?, ¿con quién podrías haber sido más feliz? Y lo dramático es que, puesto así, él tenía razón.)

La pregunta del millón: ¿por qué me enamoré de un hombre indolente? Porque la indolencia no era permanente, no aparecía todos los días, sólo cuando se encendía la famosa tecla. Y para hacerlo aún peor, era un fanático de la comida: nunca oí tantas reglas de cómo debían ser y hacerse las cosas en ese rubro. Con él, *las cosas nunca se hacían bien*. En mi casa natal se consideraba de mala educación hablar de comida. Loca yo, desde allí pegué tal salto que terminé viviendo con alguien que no tenía otro tema. A mí me encanta comer, pero como cualquier cosa. (Debo reconocer que en otros ámbitos Octavio era adorable, pero la comida *sí* es un tema cotidiano, quizás como ningún otro, por lo que resultaba difícil soslayarlo.)

Una anécdota: estaba al final del embarazo de Florencia y se jugaba en esos días la Copa Libertadores. Tendido arriba de la cama, Octavio miraba el partido, totalmente enajenado. Yo a su lado trataba de dormir la siesta, aunque sabía que no lo iba a lograr por el sonido de la tele. Me levanté a la cocina a buscar algo para comer y cuando iba por el pasillo sentí como una puntada y un frío raro entre las piernas, seguido por un chorro de agua. Cuando me di cuenta de lo que pasaba, pegué un grito: ¡Octavio, se me rompió la bolsa de agua! No hubo respuesta. Obvio, no me oyó. Caminé difícilmente hasta el dormitorio, mojando todo en el camino. Volví a gritarle: *¡se me rompió la bolsa de agua!* Entonces me miró, no pudo eludir el espectáculo que era yo, enorme, con las piernas abiertas, chorreando. ¿Creen que se levantó de inmediato y buscó las llaves del auto para partir a la clínica? No. Me dijo: espérate un poco, ya va a terminar el primer tiempo. Recuerdo que, en mi impotencia profunda, le quité el control remoto de las manos y lo tiré contra la pared, lo que al menos logró asombrarlo, y lo hice tiras. Quedó para siempre la huella en el muro y, quince años más tarde, la miraba cuando estaba enojada y me decía a mí misma: *sorry, baby,* pero ¿qué mierdas haces *todavía* al lado de él?

Cuando era chica, tuve un perro en quien deposité todo mi amor. Se llamaba Copito. Copito comía conmigo, salía conmigo, dormía conmigo, no nos separábamos. Entonces —como buena católica— decidí un día que Copito tenía que hacer la primera comunión, como la había recién hecho yo. Organicé toda una ceremonia, invité a algunos de nuestros primos, a todas las nanas, a mis hermanos y a nuestros padres. Hice santitos como los que me habían hecho a mí. Recorté cartulinas, dibujé en ellas ángeles y pesebres y por detrás puse una frase del Evangelio, el nombre de Copito y la fecha. Todo iba viento en popa. El día anterior a la ceremonia me vió de lejos uno de mis hermanos en el jardín... ¡pegándole a Copito! (Es él quien suele contar esta historia, no yo.) Se acercó alarmado a averiguar qué había sucedido. Es que no quiere rezar el padrenuestro, le dije, furiosa, ¡llevo horas enseñándole y no lo quiere rezar!

Ni puños ni gritos: la gente no cambia. Hay que aprender eso desde el primer día y no gastar años, penas y fatigas tratando de lograrlo. Y si Dios creó algo de flexibilidad en el mundo, se la acapararon las mujeres. Ellos se quedaron sin nada. Nunca cambian. Sólo con Prozac, si logras que lo tomen.

A propósito del Prozac, un tema de género importante es el de los medicamentos. Los hombres sienten que son muy viriles por «superar los problemas solos». *Solos* significa sin remedios ni terapias. Consideran una gran aventura de la masculinidad enfrentarse a sus problemas sin la química. ¿De dónde vendrá tamaña estupidez? He escuchado a hombres relatar lo orgullosos que se sintieron por salir de una depresión *solos,* por su cuenta. ¿Cómo no entienden que la química puede ser la salvación, que una pastilla al día, una estúpida y pequeña pastillita, puede descorrer los velos negros que tapan el sol? Por cierto, Octavio consideraba que todo lo relacionado con la terapia y los sicotrópicos era un horror.

Cuando abandoné a Octavio, no hubo *nadie* que no me dijera que yo era una tonta, una loca. Sucedió así: estaba yo deprimida, en terapia con Natasha y tomando los medicamentos del caso. Él entendía bastante poco de lo que me ocurría. Para él, conectarse con las emociones es un ejercicio prescindible. Trataba de apoyarme pero como no entendía nada, su apoyo resultaba irrelevante. Creía que debía «sacarme de la depresión» inventando formas de diversión para mí. Decidió que nos fuéramos a China, que el viaje me haría mejorarme. No captaba el sacrificio que era para mí salir de la cama... Arrendé una casa en la playa para pasar una temporada ajena a cualquier presión con el compromiso de que él me visitaría los fines de semana.

El primer viernes en la noche llegó, encantador, con un lindo canasto lleno de cosas ricas que a mí me gustan especialmente: paté, queso *brie,* pan campesino, vino tinto. Me dijo cuánta falta le había hecho, lo vacío que estaba todo sin mí. Comimos en la cocina, muy cerca uno del otro, y esa «nada-adolorida» de mis días deprimidos pareció alivianarse. Al subir al dormitorio, miró a su alrededor y muy desconcertado preguntó: ¿y dónde está la tele? No hay tele en la casa, le contesté. ¡Pero cómo has arrendado una casa sin tele! Bueno, me defendí, en mi condición es un alivio. Entonces subió la voz: ¡pero si esta noche transmiten el partido del Barça con el Real Madrid!, me vine temprano de Santiago para poder verlo aquí. Lo siento, le contesté un poco asustada por no haberle avisado, pero podemos llamar a las niñitas para que te lo graben. Se encendió la tecla y a gritos me acusó de egoísta, de no pensar en él y de maltratarlo. La deprimida soy yo, Octavio, apenas puedo hacerme cargo de mis propias necesidades. Me miró, rojo, furioso, hecho un energúmeno, tomó las llaves del auto y partió. Por la escalera gritó: ¡no vuelvo más a esta casa!

Lo miré irse y pensé en lo aterrador que era ser testigo de cómo un hombre lúcido e inteligente se transformaba en un idiota, todo en un segundo. Mi depresión era un detalle al lado del partido del Barcelona. Me sentí como aquel tonto de Steinbeck que, a falta de otras pieles, acariciaba ratones, con el dedo adentro del bolsillo.

Efectivamente, no volvió. Por teléfono le recordé mi condición y mi estado de fragilidad y le pedí que viniera a verme. Pues no lo hizo. La ira se había desbordado. Cuando volví a Santiago, dos semanas después, lo dejé.

Me dije a mí misma: nunca más seré el recipiente para la basura de mi marido. Otro ser humano, porque vive contigo, porque contrajo una alianza determinada llamada matrimonio, cree que puede usarte para derramar en ti cada uno de sus desperdicios, ya sean sus rabias, sus fallas, sus frustraciones, sus miedos, sus inseguridades. Esto no es originalidad mía, lo leí una vez en una novela. La protagonista se nombraba a sí misma «el basurero de su marido» —por cierto, la había escrito una mujer— y entonces me cayó la teja: eso es lo que somos o hemos sido casi todas. La que no, levante la mano para aplaudirla.

Todos a mi alrededor, con la mejor de las intenciones, me recordaban lo felices que habíamos sido, cuánto nos habíamos querido, lo bien que lo pasábamos. Era todo cierto. Pero algo muy profundo en mí se había dañado. Si hubiese vuelto a presenciar una pataleta de Octavio, me habría deshecho, convirtiéndome en pedazos de mí misma. O sencillamente lo habría matado. Además, estaba convencida de que iba a terminar idiotizado, ¿cuántas horas de tele resiste un cerebro? Y sabía, con toda certeza, que el precio para mantener la vida con él era la *concesión*. Qué de peligros encierra esta palabra. ¿Hasta dónde conceder sin vulnerar seriamente la identidad, sin perderse definitivamente el respeto? Imaginaba el futuro. ¿Cuántas más veces se pondría en On la tecla de su cerebro?

Como feminista convencida, me espantaba comprobar cómo decaía mi autoestima. Si esto me pasa a mí, me decía, ¿qué les pasa a las otras? La contradicción me hacía mal, sentía que mi vida y yo éramos un *bluff*.

Al conocerlo, le regalé, escrita con una caligrafía convincente, una cita de Shelley que me lo escenificaba: «Tú Maravilla, y tú Belleza, y tú Terror». Cuando la maravilla y la belleza se empequeñecieron, le envié la cita de Shelley, veinte años después, subrayada la última palabra.

Me quedé sola. Tenía en ese momento cincuenta y siete años.

Descartaba tener otra pareja. El mercado es cruel, como decía nuestro presidente Aylwin, y los hombres que emocional e intelectualmente podrían estar con una mujer de cincuenta y siete eligen a la de treinta y siete. Y si es que... No me apetecía —visceralmente hablando— volver a mirar la vida de a dos. Ya había tenido lo que tenía que tener. Y cuando me quedé sola empecé a sentir un enorme alivio.

Nunca más el fútbol en la pantalla.

Nunca más un hombre con el control remoto, tendido en la cama, con ojos de enajenado.

Nunca más el sonido perenne de la tele prendida.

Nunca más ponerme tapones en los oídos para quedarme dormida.

Nunca más partir con mi libro a buscar un lugar donde leer porque en mi pieza no se podía.

Nunca más competir con el Colo Colo para obtener un ratito de atención.

Nunca más:

—Simona, compra tú el vino para la noche porque estoy ocupado, recién empieza el primer tiempo.

—Por Dios, Simona, está jugando la U, ¿cómo es posible que no hagas callar a las niñitas?

—Escucha, Simona, puedes descolgar el teléfono, no va a pasar nada mientras veo el partido.

—¿A esto le llamas hogar? Con el refrigerador vacío... ¡Cómo es posible que un hombre no encuentre la más mínima comprensión en su propia casa!

—Apaga esa luz, Simona, por favor, no se puede ver la tele con la luz del techo prendida, anda a leer a otra parte.

Ya no debía hacerme cargo de otra mente, de otro cuerpo, de otras ambiciones, de otras domesticidades, en fin, de otros dolores. Me sentí definitivamente más liviana. Natasha fue de una enorme importancia para apoyar esta osadía mía. Cuando pienso en mujeres casadas, me pregunto: ¿cuántas de ellas están donde quieren estar? A veces salía a caminar por mi barrio en Santiago, miraba las casas y los departamentos, los movimientos cotidianos detrás de las cortinas, y me preguntaba: ¿cuántas de ellas no desean estar en otro lugar?

Mi debate interno era: o me entrego al cinismo o abandono a Octavio. Lo del cinismo es una herramienta a la que muchos acuden, más aún con los años. Nos decimos que ya somos adultos, no debemos pensar en el amor como algo integral, una mancha no ensucia todo el mantel, y si la mancha es horrible, ¿qué tal si ponemos sobre ella un florero y punto? ¡Es tan malditamente fácil! El cinismo se instala tras cada espalda como una pequeña serpiente, tentando, tentando.

Pero a pesar de las tentaciones, el cinismo no me sedujo. Estoy en el lugar que elegí. Las mujeres estamos poco acostumbradas a E-LE-GIR, entrampadas en nuestras dependencias, desde las económicas hasta las afectivas.

Sin embargo, es mucho lo que perdí. Porque haciendo el ejercicio que Octavio siempre me pedía, el de poner lo bueno y lo malo de nuestra relación en una balanza, lo bueno era *muy* bueno, por eso me quedé tantos años con él. A veces pienso: mierda, ¿qué pasó con nuestra intimidad?... Éramos tan, tan íntimos. Nunca logré estar con él en un mismo lugar sin percibir su presencia, había tanta fuerza y goce dentro de mí que nunca pude dejar de verla... Y si me levantaba a buscar un vaso de agua, interrumpía su lectura del diario sólo para tocarlo, así, levemente, para decirle siempre que lo advertía, que agradecía a la vida que estuviese ahí. Siempre lo tocaba. Nunca dejé que se acostumbrara a nuestra cercanía, la apreciaba cada día. Y su nobleza para amarme..., nunca conocí una igual. Nunca fue avaro con su amor, nunca lo midió, nunca lo calculó. Me amaba entera y abiertamente y jamás cerró una puerta, ni en los peores momentos. Jamás dejó de abrir gentilmente su cama si yo quería entrar en ella. Jamás admitió que yo me sintiera insegura de su amor, ni por un solo segundo.

Era una relación tan honda, podía desaparecer bajo ella, esconderme, protegerme del mundo entero. Menos de él. Mil veces le rogué que se tratara la indolencia, la adicción o como quisiera llamarla, su mal carácter, que iba a terminar quebrando esta cosa tan única que poseíamos, le rogué y le rogué, porque sabía que tarde o temprano esa misma indolencia y ese mismo mal genio me despediría. No me hizo caso.

Fue mucho lo que perdí.

Ya lo dijo Shakespeare: *Love is merely a madness.*

Mis amigas, especialmente las que viven de forma más o menos convencional, me contaban de lo patéticas que resultaban las mujeres solas. Que en las fiestas de matrimonio siempre les tocaba alguna en la mesa y que siempre las pobres estaban a la expectativa, mostrando con su solo gesto lo maldita de su condición. Que se reunían para hacer listas de los que se iban separando o de los que enviudaban para lanzarse al ataque. Que sólo se juntaban entre ellas, tratando de que la soltera de al lado le cumpliera el rol de marido en el sentido de ir al cine, de conocer un nuevo restaurante, de pasar la tarde de un sábado, cosas así. ¿Por qué no pueden ir solas al cine, me pregunto? No hay nada mejor que ver una película en silencio. No soy nadie para juzgarlas, pero me duelo por ellas, por lo injusto que resulta que vivan en la permanente sensación de ser unas desalojadas. Cuando me contaban del *horror* de no tener pareja, mi mente se oponía pensando: a la mierda el objeto simbólico, viviré por fin como me dé la gana. Más angustia aún me producía —y me produce— la forma en que, para conseguir a un hombre, bajan los estándares. A medida que cumplen años, descienden las expectativas y se conforman con hombres que en su juventud no habrían mirado dos veces. Las exigencias pasan a ser nulas. Se acaba la paridad. Si de verdad sintiera que tiene elección, ¿lo habría elegido? Y así, veo a mujeres espléndidas con verdaderos tarados, todos muy contentos.

Una de mis hermanas está casada con un empresario importante y se la pasa asistiendo a «deberes sociales» que le pertenecen a él. Yo, como la *loner* que soy, anticipo su noche cuando la miro arreglarse frente al espejo, pienso en las conversaciones formales y obligatorias que le esperan, en la comida que se servirá tarde, en las horas de *small talk* que deberá llenar, en cómo va a aparentar interés por su compañero de mesa —que a ella le da exactamente lo mismo—, en cuántos tragos deberá tomar para resistir el aburrimiento, en cuántos comentarios inteligentes deberá expresar para que no crean que su marido se casó con una idiota, en cómo le dolerán los pies a la vuelta con esos tacones, en la languidez con que recordará su cama cuando la mujer de al lado le esté contando alguna peripecia de sus hijos. Entonces me digo: ¡abolir la cantidad de obligaciones sociales-maritales! Ya cada ser humano tiene bastante con las suyas, pero ¿además tomar las de la pareja como propias? Acompañar a otro es a veces bonito. Ven, acompáñame, estoy solo. La acción de ir hacia aquel otro por sí mismo tiene sentido. Yo, sujeto primero, acompaño a sujeto segundo y el verbo *acompañar* se cierra hermosamente. Pero cuando la acción se alarga a terceros: ve, acompáñame a acompañar a otros... No. Eso no.

Una pareja se compone de dos personas autónomas, ¡no es una amalgama única, por Dios!

Creo que cada ser humano nace con una porción determinada de capacidad para aburrirse. A algunos, qué duda cabe, les tocaron porciones más grandes que a otros. Pero pienso que debemos estar atentas al momento en que la nuestra se va acabando, tenemos el deber de verlo a tiempo. Si no te das cuenta, puedes colapsar de formas bastante fatales. ¡Ojo! ¿Ya viviste tu pedazo de aburrimiento entero? Entonces, retírate, corta, termina. No te hagas daño.

Convencida de que el exceso de optimismo es de mal gusto, traté de relativizar las cosas. Me dije: ya, Simona, puedes mirar el camino con las luces cortas o las largas: elige. Un detalle importante es que Lucía, mi hija mayor, ya se había casado y Florencia estaba en Inglaterra haciendo un posgrado. O sea, el rol de madre no jugaba un papel central.

Ya no perseguía con el pensamiento la *verdad* sino la imaginación. Tenía la certeza de haber pasado los tiempos de la verdad pura, ya no creo en ella ni la necesito. Sin embargo, el hambre por la imaginación crece y crece, se agiganta con cada día nuevo en el que vuelvo a abrir los ojos. Qué extraño me suena lo que les estoy diciendo, nunca pensé que la verdad y la imaginación pudieran llegar a ser opuestas. No sé si lo pienso realmente.

A veces, como Lewis Carroll, quisiera saber de qué color es una vela cuando está apagada.

Puse en venta mi casa de Santiago y mientras los corredores de propiedades la mostraban, yo recorría en mi auto la costa chilena. Pero necesitaba un pueblo, como aquéllos en Europa o Estados Unidos, donde hubiese vida, gente y servicios durante el invierno. Existen tantos pequeños pueblos en los otros continentes a los que iría con los ojos cerrados. En Chile nos faltan, toda la belleza nuestra se esconde en lugares salvajes, los más hermosos del mundo, pero salvajes igual. Es difícil dejar la capital y elegir dónde vivir gregariamente en este país. (Además, el lugar debía ser bonito, *muy* bonito, para que me tentara, un lugar mediocre me habría espantado. Como buena hija de mi madre y nieta de mi abuela. *Eso,* eso no se quita nunca.)

Llevaba ya un par de años contando con el privilegio de trabajar desde mi casa, la organización para la que investigo ni siquiera tiene oficina en Chile, por lo tanto mi vida laboral puede ejercerse desde cualquier lugar. Con ir a Santiago una vez al mes para chequear datos y buscar un par de cosas en la biblioteca me basta. Necesitaba un inmenso horizonte, necesitaba el mar. Y el minimalismo. Hacer la carga más liviana. Supongo que esa línea simple y eterna que da el horizonte al océano me marcaba un camino. Una acumula muchas cosas en cincuenta y siete años, desde muebles hasta relaciones. Desde conocidos que pasan por amigos hasta adornos en las mesas. Decidí despojarme. Como si fuera una liturgia, me corté el pelo y me lo decoloré para no teñírmelo nunca más. Luego cité a todas mis amigas y empecé a regalar las mil cosas que no necesitaba. Desde un collar a un florero. Aparté lo que llevaría a mi nueva vida y me fascinó medir lo poco que era. ¿Han pensado en todos los objetos innecesarios de los que una se rodea? Por ejemplo, las pulseras. A mí me fascinan las pulseras y cada vez que veo una bonita me la compro. Pero resulta que no las uso, me incomodan, no se pueden pasar muchas horas frente a un computador con unos círculos de plata o de madera haciendo *ting-ting* contra la mesa o el *mouse*. La ropa de casa, la ropa blanca, como le dicen, aunque ya sea casi imposible encontrarla blanca del todo: mi mamá me enseñó que hay que tener tres juegos de sábanas y tres de toallas, uno en uso, otro en el lavado y el tercero, limpio, en el clóset Me compré un par de cubreplumones y basta. ¿Agitarme haciendo camas como a la antigua? No. Luego, mi ropa. Esos zapatos que te pones una vez al año para una comida elegante: yo nunca más asistiría a una comida así. La vida social tiene fecha de expiración, como los yogures. Por lo tanto, los zapatos, los vestidos y accesorios ad hoc fueron a parar a manos de un par de mis amigas que no se pierden un solo matrimonio. Aparté algunos pañuelos y chales, de seda, de cachemira o de alpaca, no porque fueran finos sino porque me gusta sentirlos contra el cuerpo. Un par de túnicas para el verano. Y así, frente a mi fascinación, la materia a mi alrededor adelgazó sustancialmente.

Me compré un departamento en la playa más linda de Chile.

No quería una casa, ya no estaba para esos trotes. Decidí que, además de la chimenea, merecía calefacción central, seguridad, conserje las veinticuatro horas, alguien que me ayudara a subir los paquetes del supermercado y, más que nada, no hacerme nunca más cargo de un desperfecto, o sea, prescindir de los abominables gasfíteres o electricistas. Nunca más un cuidador ni un jardinero. Llené mi terraza con plantas y hago allí mi propia jardinería, acotada. Tengo unos ventanales inmensos, nada interrumpe la visión del mar, adiós a los barrotes de seguridad. El departamento tiene dos dormitorios con sus respectivos baños más una sala pequeña donde instalé mi escritorio. Hijas y amigos tienen dónde dormir y los espacios son amables y contenidos: todo es fácil allí.

Debo hablar de un personaje clave: Bungalow Bill. Mis hijas, cuando me fui a la playa, decidieron que podría sentirme sola y me regalaron un perro. No un perrito, no, un perro que creció y hoy es enorme y ocupa más espacio en la casa que yo. Es un labrador blanco crema, del color de la mantequilla que hacen en los campos. Al principio no le di mucha importancia y reclamaba por la esclavitud que significaba sacarlo a pasear todos los días y enseñarle buenas maneras. Pero sucedió lo predecible: me sedujo y hoy soy su más rendida admiradora. Entre la oscuridad de sus ojos a veces se asoman pedazos de tristeza, hey, Bungalow Bill, *what did you kill*, Bungalow Bill, nadie en esta tierra me ama tanto como él, bueno, es un perro, patético, sí. Como se ha criado en un departamento y sólo conmigo, es un animal muy educado. Sé que los labradores en general son revoltosos además de juguetones, pero Bungalow Bill decidió, sabiamente, acomodarse a la realidad que le tocó y a veces pasan largas horas en que yo no me entero de su vida ni él de la mía. Cuando quiero quedarme en cama porque me da lata levantarme y estoy leyendo alguna novela que no quiero soltar, llamo a la Angélica, una chiquilla del pueblo que tiene su celular siempre encendido, y le pido a ella que me reemplace y organice sus correteos.

El segundo regalo de mis hijas fue enseñarme a usar un iPod, me grabaron toda mi música y ni siquiera tuve que trasladar los CD (ni las antiguas casetes ni los vinilos). Cuando salgo a caminar con Bungalow Bill llevo mi iPod con sus audífonos enanos y mientras él corre yo me vuelo con el ritmo de Vicentico o de Brahms. Ha sido un enorme aporte a mi vida este aparatito, es bueno tener gente joven alrededor para no perderse las cosas nuevas.

¿Quién iba a decirlo? Me compré una televisión plasma de grandes dimensiones y abrí una casilla donde recibo todos los caprichos que me tientan en Amazon, libros, discos, películas. Sobre las series de televisión, no tengo dudas de que juegan el papel que las novelas tuvieron en el siglo XIX. Me imagino a Balzac entregando su capítulo semanal, igual que el guionista de *Mad Men* el suyo, mientras los televidentes esperan con la misma avidez que los lectores entonces. Es la forma actual de vivir la fantasía de otras vidas, de irse a lugares lejanos y de ponerse en el papel de otro. En buenas cuentas, es la nueva forma de contar historias. Yo, que tanto criticaba la adicción de mi marido. Pero veo las series sólo cuando tengo la temporada completa, no soy capaz de estar atenta a los horarios de la televisión formal y cuando me sumerjo en ellas veo capítulo tras capítulo, a veces me paso toda la noche despierta, como por ejemplo con *24*. No tengo el más mínimo sentido crítico frente a Jack Bauer —que en el fondo es un fascista— y, haga lo que haga, yo lo adoro. Por alguna razón, en Santiago no me atrevía a pasar la noche en vela. Es raro, el sistema de allá, sólo por existir me quitaba la libertad de dormir toda la mañana si era necesario; por A, B o C, siempre algo estaba pasando alrededor que me lo impedía y, si me restaba, me llenaba de culpa.

Me gusta mi nuevo hogar. Lo miro largamente —me he puesto contemplativa con los años— y le doy connotaciones fantasiosas según el día. A veces es una cueva donde Eva amamantaba; otras, las habitaciones de un harén turco, donde la concubina goza de preciosa independencia arropada por sedas y alfombras fantásticas porque el mogul se olvida de elegirla. También pienso en mi casa como el estudio de un monje medieval, austero, al que sólo tienen acceso algunos aprendices y cuyos estantes de incunables cubren los muros desde el suelo hasta el techo alto. Entre todas, hay una fantasía que me gusta de manera especial: una dirección española donde antiguamente, en 1799, vendían los *Caprichos* de Goya: calle del Desengaño número 1, tienda de perfume y de licores.

Me hago cargo de mí misma y siento que es la primera vez. No amaso el pan cada mañana como lo hacía la Yourcenar pero hoy lo compro, desde mi propio pan hasta vivir en mi propio horario. Todo está en mis manos. Voy a la caleta de pescadores y compro el pescado más fresco, el que viene saliendo del mar. Ya soy una *habituée* y me guardan la merluza o la corvina si me atraso. La Angélica, la que pasea a Bungalow Bill, hace aseo dos veces por semana porque a mí me agota pasar la aspiradora y lavar la ropa, ésa es mi única ayuda externa y las huellas de lo malcriada que he sido. En el mes de febrero cierro el departamento y me voy de vacaciones, como todo el mundo. No se imaginen que llevo una vida estoica o sacrificada, muy por el contrario. Cuando me da lata cocinar, como pan y queso —mi comida preferida, siempre con una copa de vino tinto— y pienso que a la mañana siguiente me pegaré una caminata por la playa y bajaré las calorías de la noche. (Además, no necesito ser una Barbie, tengo sesenta y un años y nadie está pendiente de mis curvas.) Hay atardeceres en que me instalo en mi terraza con un trago en la mano a no hacer nada. Sólo miro. Reitero, me he vuelto contemplativa. La inacción me atrae y eso me resulta nuevo. He aprendido a meditar, lo hago con disciplina cada día y el resultado es inesperadamente positivo. ¿Cómo no aprendí antes?

Las mañanas son muy productivas, amanezco enérgica e inteligente porque he descansado bien. Me gustan las mañanas y, cuanto más invernales, mejor. La lluvia es mi situación climática preferida. Su sonido antiguo me resulta musical. No es que me guste para mojarme o caminar bajo ella de forma hollywoodense, sino que algo me sucede con la situación de frío afuera y calor adentro, si una está tras el ventanal, lánguidamente envuelta en un *throw*, abrazando a Bungalow Bill y observando las olas. Nunca soy tan feliz como entonces. Me guardo, me arropo mientras la naturaleza hace de las suyas; quizás este placer tiene que ver con la sospecha de que le he ganado a la intemperie. Entonces compadezco a todas las mujeres que están vendiendo el alma para sujetar al objeto simbólico. Me dan ganas de gritarles: la vida puede ser plena sin una pareja, ¡basta!

No estoy sola cuando estoy sola.

Como personaje, me parece interesantísimo contar con una obsesión, una idea fija. Nada más potente que eso, potente y devorador. Quizás la única diferencia entre cada una sea ésa: nuestra idea fija.

La condición para que una vida así resulte es la de entretenerse consigo misma. La de tenerse. Sin los recursos interiores, pues nada. Samuel Beckett escribió una frase que suelo citarme en silencio cuando me viene la duda sobre mi proceder: «Da igual. Prueba otra vez. Fracasa otra vez. Fracasa mejor».

Como ya sabemos, los defectos —porque no estoy segura sobre las cualidades— se agudizan con los años, y más aún cuando no cuentan con el control social necesario. Quiero decir que cuando una vive absolutamente por su cuenta, en una vida casi cien por ciento elegida, el entorno juega un rol ínfimo. Así, mis partes oscuras se han potenciado. Debo vivir con eso. Por ejemplo, ya que he optado por esta libertad de las formas, quisiera liberar también la mente, ser capaz de poner todo, todo, en duda.

Permitir que mi pensamiento, no sólo mi cuerpo, vaya a la deriva. Sin embargo, me pillo no tolerando la duda, me cuesta un mundo abandonar mis certezas. A veces me veo a mí misma como una tonta que cree saberlo todo y que, más encima, da cátedra sobre la vida. Y no quiero ser ésa.

Mi peor pecado es el elitismo y sólo parte de él es heredado. No hablo del racismo o clasismo de mis antepasados, no. El mío se manifiesta de otros modos, por ejemplo en mi impaciencia con la estrechez de miras, en mi desprecio a los mandos medios: nunca los soporté ni he dejado de considerarlos chatos, mediocres y generalmente arribistas. Todo lo *medio* me produce distancia, también el espíritu de la clase media cuando muestra su parte más miserable, aquélla llena de inmediatez, conservadora y falta de imaginación.

La primera vez que llevé a mis hijas a Nueva York, Lucía, que no tenía más de quince años, parada en medio de la Quinta Avenida, miró hacia ambos lados de la calle y me dijo, con todo candor y sinceridad: ¿ésta es Nueva York? ¡Me siento absolutamente *chez moi* aquí! Bueno, yo me siento expulsada del *chez moi* cuando me rodea lo chabacano. Esto se me manifiesta en las cosas más nimias y cotidianas: la televisión abierta, por ejemplo, los *realities* nacionales, los libros de autoayuda, el *happy hour,* la moda seguida al pie de la letra, el turismo en grupo, todo me ataca. Para ponerlo en la cultura norteamericana y hacerlo así más inofensivo entre nosotras: todo lo que huela a *redneck* y *white trash,* a sus costumbres y su manera de ver la vida, me produce tal disgusto que espero nunca tener que estar cerca de algunos de sus componentes. No le temo a cierto tipo de decadencia, no me parece vulgar como su opuesto. En fin... Octavio pertenecía a la elite de este país, también yo. No puedo sustraerme a ello, prefiero guardar silencio durante meses antes de enfrascarme en conversaciones estúpidas. Siempre me ha maravillado esa capacidad de ciertas personas para ser amigas de cualquier otra, fuera tonta, aburrida o vulgar, me maravilla a la vez que las observo con sustancial menosprecio.

La soledad nunca es radical. Se vuelve relativa porque las presencias que me acompañan son de una solidez asombrosa. De verdad, lo son. Mi conclusión es que *eso* es el amor, ni más ni menos. La fuerza de esas presencias. Estos fantasmas adorables que toman contigo el té o el trago de la tarde. Mis hijas, por ejemplo. *Fucking* maternidad, tan sobrevalorada como vilipendiada. ¿Cómo podría yo conferirle calidad de abstracción a algo tan robusto como la vida que, adentro mío, tienen mis hijas? Si hasta duele. Llegan las imágenes de Lucía y Florencia, las observo con mucha atención, me fascina mirarlas, me hacen reír con sus gestos y mímicas, les miro sus cortes de pelo, sus coloridos, el modo en que gesticulan, sus zapatos, sus formas de mover el cuello. Ni pestañeo, estoy como obnubilada. Florencia practica la contención y la exactitud, toda su inteligencia concentrada en ello, como cuando al desayuno unta las tostadas con mermelada y lo hace de a poco, va cubriendo sólo las superficies para la próxima mascada, nunca adelanta la mermelada al pan entero, con una calma y seriedad extraordinarias: ésa es ella. Y Lucía: la equilibrista, con la frivolidad en una mano y la profunda gravedad en la otra, sin permitir nunca que se desboquen, a la vez insegura y rotundamente displicente. Como cuando cuelga un cuadro en su casa nueva, con el martillo en la mano, cierra un ojo para ver la perspectiva, siempre un poco de despilfarro y de risa al borde de su mirada angelical y también dramática.

Sin ellas, no tendría la más puta idea del significado del amor.

Voy a Santiago de vez en cuando y hago lo que corresponde: ver a Natasha, ir al dentista, visitar a una amiga o a mi familia extendida, mirar un par de vitrinas. Casi todo está igual pero yo me encuentro distinta. No haré una comparación tópica entre la metrópoli y el pueblito costero. Sólo digo que en algún momento hay que dejar de putear contra el tráfico y la contaminación y decidirse a cambiar la calidad de vida. La capital no lo es todo, ni mucho menos.

En mi última venida a Santiago fui a la clínica a hacerme los exámenes femeninos de rigor, la revisión técnica, como los llama una amiga mía: papanicolau, mamografía, ecotomografía vaginal. Me tendí en la camilla, me abrí de patas, el doctor —un jovencito medio italiano, muy amoroso— me metió la jalea por debajo mientras miraba el monitor por encima. Después de un rato, me dice: está estupendo, impecable. Y luego agrega: tiene los ovarios atrofiados pero es típico de su edad, no se preocupe. Volví a la casa pensando: a mi edad, se puede estar *impecable* y a la vez *atrofiada*. ¡Mierda!

Personalmente, estoy lejos de sentir que he estrechado mi vida, que me he limitado y que mis posibilidades disminuyen. La política sigue interesándome y todas las mañanas, antes de empezar a trabajar, leo *on-line* el diario *El País* y el *New York Times*. A la prensa chilena le dedico diez minutos, sólo titulares, es demasiado ideológica para ser buena prensa. El interés por el acontecer político es parte de mi ADN, no me libro de él. Y cuando viajo, Chile se me engrandece, me emociona cuando lo miro desde lejos. Es que los habitantes del Tercer Mundo somos sentimentales y patrioteros, no tenemos el sarcasmo ni la distancia de los europeos, por ejemplo. Sólo si cortáramos de raíz nuestra pertenencia, podríamos llegar al cinismo de ellos en cuanto a *patria* se refiere. Nuestra historia es aún frágil, corta, puede caer de un árbol como una rama. Entonces, no podemos darnos muchos lujos.

Una vez al año hacemos un viaje largo con mis hijas (sin parejas, sólo nosotras). Resulta que gasto poca plata en mi vida diaria y le pasé a un amigo —experto en finanzas— mis ahorros para que me los moviera y de repente me vi con bastante más dinero del que creía tener. Algunos de nuestros viajes han sido carísimos, no quedará nada para dejarles de herencia, pero hemos decidido —juntas las tres— gastarlo todo en vida. La primavera pasada, por ejemplo, arrendamos una casita en Santorini. Es muy entretenido elegir el lugar del próximo viaje. Nos instalamos con un mapa e Internet y comienzan las ocurrencias. Lucía, que es la más fantasiosa, elige lugares imposibles. Está tratando de convencerme de que tomemos el Transiberiano y crucemos por Mongolia hasta Vladivostok. Yo le insisto en que si lo hacemos, se nos terminará toda la plata.

Estoy más que dispuesta a ser abuela y ojalá sea pronto. El problema es que mis hijas, como buenas mujeres actuales, ni se plantean el tema aún. Pero hay una enorme luz que intuyo tras ese hecho y la aguardo con paciencia y agrado. Lista, con el cuerpo y la casa abiertos.

¿Que si echo de menos el sexo? No sé, no realmente.

Para ser sincera, la menopausia significó un alivio inmenso. ¿Quién dijo que era una tragedia? Claro, un par de bochornos y dolores de cabeza, algún cambio en la temperatura del cuerpo, pero... ¡miren los beneficios! Nunca más los malditos días de sangre al mes, nunca más una píldora anticonceptiva... ¡Qué enorme liberación!

El sexo. Lo que a veces añoro es una intimidad determinada con un hombre, una forma de apretar una mano, de reclinarse sobre un cuerpo seguro, de esconder la cara en un hombro, gestos típicamente femeninos, con miles de años de aprendizaje detrás.

Aunque Octavio no me dirigió la palabra por más de un año después de dejarlo, un par de veces ha venido a verme. Como yo, no se ha vuelto a emparejar seriamente, sólo amoríos poco relevantes. Creo que ambos sentimos que ya tuvimos la cuota de amor que merecíamos en esta tierra y no andamos tras otra, la sabemos imposible.

A propósito, el otro día pensé que si moría sola en mi departamento en la playa, ¿quién le contaría a Octavio de la dimensión que tuvo mi amor por él? No lo sabe. Ni él ni nadie lo sabe porque me espanto de saberlo yo misma.

Nunca se lo dije. No era posible decirlo. El amor no se habla. Siempre es cursi, es rosa, un poco aborrecible. Nada más trillado que una frase de amor, nada más descartable. La imagen de Octavio, la idea de Octavio se instalaba en mí como una mano, cavando, horadando, hasta que topaba, ya no había más fondo. Todo estaba copado. Y respiraba a Octavio, me tragaba a Octavio. (Cuando lo conocí le hablé de Alicia, la del País de las Maravillas, y le dije que quería ser como esa botella: DRINK ME. Y como esa torta: EAT ME.)

Cada día de mi vida, durante más de veinte años, comulgué a Octavio. Y él no lo sabía.

Su oficina lo envió a trabajar a Barcelona, hace ya tres años que vive fuera de Chile, pero en un mail me dice que en su retiro —está a punto de jubilarse— volverá y se comprará una casa en esta playa, para que seamos amigos. Después de todo, escribe, soy el padre de una de tus hijas. Le contesté que no me amenazara. Le recuerdo lo que decía mi tía Sofía: no hay fortalezas inexpugnables, sólo hay fortalezas que no han sido suficientemente asediadas.

Finalizo relatando las acusaciones que se me hacen y el sentido que tienen para mí.

Me acusan de ser antisocial e indiferente hacia los demás, de haber renunciado a las ventajas que me rodeaban para desentenderme de los otros. Un epitafio para mi tumba: «Egoísta, pura y dura».

Me acusan de fóbica. De rechazar deberes y convenciones, de escapar del mundo conocido por no soportarlo. También han dicho que soy una misántropa, que detesto al ser humano, que me he convertido en ermitaña por la vanidad de considerar al otro indigno de mi cercanía. Que le doy la espalda al afecto de la gente porque la única estima que me interesa es la propia.

Me acusan de pedante porque el mundo me sobra.

Puesto así, no dejan de tener razón. Pero yo podría replicar que hay una aspiración detrás: el desapego.

He leído mucho en este tiempo cerca del mar, desde Schopenhauer hasta los budistas. Me he desprendido de mis distintas posesiones, desde los muebles y la ropa hasta el marido. También del lugar social que ocupaba, quizás el más difícil de abandonar. Estoy obsesionada en ese aprendizaje y la meditación me ayuda a verificar el presente. Aspiro, a la larga, a alcanzar la más amplia liberación que pueda lograr, que imagino será siempre menor a la que quisiera. Siento que la vida comienza a fluir. Fluye y la palpo. Y aminora el miedo a la muerte.

No lamento tener sesenta y un años. Casi diría que al contrario: esta edad me ha permitido la quietud, un nuevo sosiego. No importa el pasado, ya sucedió. No existe el futuro.

Brindo por lo único que de verdad poseemos: el presente.

Layla

Nací el día en que los Beatles dieron su último concierto en la azotea de un edificio londinense, el 30 de enero de 1969. Mi nombre es Layla.

Soy periodista. Me recibí en la Universidad de Chile. Árabe de origen, la mía es la segunda generación en Chile. Y, árabe como soy, la vida me ha vuelto suspicaz y paranoica como un judío.

Soy alcohólica. Y como esta reunión no es de Alcohólicos Anónimos, me siento libre de la tarea de apoyo. Me alivia poder arremeter contra ustedes. Natasha no me va a reprimir. Pero me detengo frente al hecho de presentarme ante ustedes con esta caracterización, reduciendo de inmediato todo lo que soy a mi alcoholismo. Es raro que la tendencia en el mundo global sea la de acentuar identidades, eligiendo la que más te margina —identidad gay, de raza, de discapacitado—. Me impresiona cómo corremos todos a adherirnos a nuestro grupo, haciendo hincapié en lo que más nos diferencia de los demás. Para hacernos iguales.

Aunque mi madre llegó de Palestina a los veinte años, mi abuelo paterno lo hizo cuando era un niño, escapando del Imperio Otomano. Lo metieron en un barco con un par de tíos. Ancló en este país sin conocerlo ni en el mapa. Sólo sabía que muchos compatriotas lo habían elegido para emigrar. Llegaron con pasaportes del Imperio, por lo que en Chile los llamaron «turcos». Pero es incorrecto, la gente de Turquía no tiene nada que ver con nosotros. Uno de los tíos abrió una tienda de textiles y mi abuelo, que no estudió ni la secundaria, fue su ayudante. Mi padre es un hombre emprendedor que nunca le puso mala cara al trabajo. A los veinte años abrió su propio boliche de telas. Hoy es un empresario textil con un buen almacén en la avenida Independencia. Se queja, desde luego, de la nula producción nacional. Le molesta hacer negocios sólo con chinos y coreanos, aunque alcanza a entender que, si no lo hace, se va a la bancarrota. Cuando llegó la edad de emparejarse, ni se le ocurrió buscar entre las chilenas. Encargó una esposa a sus tierras. Se casó con mi madre sin conocerla.

Nací y crecí en el más absoluto dominio del sexo masculino. Mi madre habló con acento hasta el día de su muerte. Trabajó toda su vida en la tienda de mi papá. En la caja. Vieja y cansada, no pretendió jubilarse. Así son los negocios familiares. Un buen día los números le empezaron a bailar. Sintió que algo le oprimía el pecho. A las doce horas estaba muerta. Como a toda su familia, las espaldas se le habían vencido en la niñez por el trabajo pesado. No supo estar enferma más de doce horas. Como si hubiesen establecido su condena el día en que nació. Lo único que le importaba, en aquellos momentos en la clínica, era no molestar a mi papá. Me había contado que sus padres —mis abuelos— tenían una sola cama en toda la casa. Él dormía en ella; mi abuela, en un colchón en el suelo. Lo único que hizo durante toda su vida fue trabajar, mientras él peleaba la eterna guerra. Terminó como mártir, fue el héroe de su pueblo. Y ella, por supuesto, gravemente enferma de sus riñones. Mi madre, como la suya, tuvo los hijos que Alá quiso darle. Somos ocho hermanos. Yo ocupo el quinto lugar. Ser la quinta entre ocho da lo mismo. Casi no existes. Son los mayores y los menores los que acaparan la atención de los padres. Una de mis hermanas reemplazó a mi madre en el trabajo de la tienda. Supongo que por eso elegí estudiar algo tan ajeno como Periodismo. Por si alguien se tentaba a designarme contadora o experta en importaciones. Desde siempre tuve aversión a someterme a las reglas de la casa. Imagino a mi pobre madre, una criatura inocente de Beit Jala, en Cisjordania, arrancada de raíz. De su casa. De su familia. De su país. Como una planta. Extirpada del jardín con un solo tirón efectivo de la mano de un jardinero experto. Para ser enviada a otro continente. A un matrimonio con un completo desconocido. Y, por si fuera poco, al fin del mundo.

Ni por un minuto he envidiado a las mujeres árabes. Costó años que mi madre se atreviera a andar por la calle con la cabeza descubierta. Y eso que sabía —a ciencia cierta— que no habría represión alguna en Chile. Al menos no eran religiosos, mis padres. Por fortuna me salté tanto el fanatismo islámico como el católico. Sólo se creía en una presencia superior, no importaba el nombre. Yo estudié en un liceo. Mi educación, como la de todos mis hermanos, fue laica. Quizás por eso me sentí una chilena cualquiera a medida que fui creciendo. Aunque no olvidaba mi origen. Desde muy pequeña le pedía a mi madre que me contara historias de su tierra. Aprendí los nombres de cada lugar y sus geografías. Era la única de mis hermanos que se interesaba seriamente en el tema. Cuando veíamos en los noticieros alguna masacre cometida por los judíos al pueblo palestino, yo me enojaba mucho y decía: ¡nos están haciendo esto a nosotros! Mi hermano mayor respondía: no, Layla, nosotros somos chilenos. Sí, éramos chilenos, pero éramos palestinos también. Me asimilaba al entorno con facilidad, pero desde siempre me prometí conocer esa tierra, la *otra* tierra mía.

No quise saber de telas ni de cocina árabe. Lo único que logró mi madre fue que aprendiera a preparar el *humus*. Aunque peque de soberbia, me queda delicioso. Mejor que a nadie. (Le echo harto limón, es el secreto de mi tía Danah.) Cuando terminé la universidad y era ya una profesional, decidí tomarme un tiempo y concretar mi promesa. Fui la primera de los ocho hermanos en viajar al Medio Oriente. La familia de mi padre ya no se encontraba en Israel, vivían en el Líbano. (Llegaron primeramente a Chatila, un campamento de refugiados. Sharon mató a la mitad de la familia.) La de mi madre aún vive en Beit Jala. Dos de mis primos hermanos son militantes de Hamás. Uno de ellos, un dirigente bastante destacado. Entonces aún no llegaban a compartir el poder con Al Fatah. Se hicieron cargo de mí. Gracias a sus contactos, terminé instalándome por un buen tiempo en la Franja de Gaza. En la ciudad misma de Gaza, en la médula del horror.

Nunca me interesó el periodismo contingente. Ni reportear ni trabajar en un diario. Lo que me interesa es observar un fenómeno. Descubrirlo. Mover sus velos. Sin la presión de la escritura inmediata. En mi campo, alguien con mis inquietudes trabajaría en periodismo de investigación. Ésa fue la causa oficial de mi presencia en Gaza. Logré introducirme en sus aspectos más desconocidos. Siempre de la mano de alguno de mis primos o sus amigos. Allí empecé a convivir con el dolor. Y a preguntarme, al contrario de lo que se supondría, por el valor del olvido. Es que viviendo en medio de esta familia y de este pueblo, empecé a entender la memoria como una enfermedad. Mi pueblo está enfermo de ella. Palestina. Tierra promesa. Tierra tumba. La buena memoria puede tornarse abusiva. Recordarlo todo es equivalente a tomar un cuchillo cada mañana y rebanarse distintas partes del cuerpo con su filo. Debemos organizar el olvido. Si los dolores personales tienen sus propios derechos y sus propias exigencias, ¡cómo no los dolores históricos! Y a pesar de entenderlo todo, creo que el olvido puede ser una bendición. El resultado final de mis andares y mis reflexiones fue la publicación de un libro: *De naranjos y olivos*. Me siento muy orgullosa de haberlo escrito. Planté un olivo frente a la casa de mi tía en Beit Jala. Tuve un hijo. Debiera estar en paz. Y, claro, no lo estoy.

Los cuerpos retienen la historia. Al final, tu cuerpo es tu historia porque todo está contenido en él. Sólo diré que si vivir en un territorio ocupado es humillante y dramático e injusto, la vida en Cisjordania llega a parecer el cielo frente a lo que es la vida en Gaza. Si me viera forzada a escoger un solo sentimiento como síntesis de todos los demás, creo que elegiría el miedo. Amaneces con miedo. Te lavas los dientes con miedo. Comes —si encuentras algo para comer— con miedo. Haces el amor con miedo. Te acuestas en la noche con miedo. La pobreza no tiene parangón. Es absoluta, por lo tanto sus consecuencias, la enfermedad, la falta de higiene, la promiscuidad, todo ello está a la orden del día. Y como protagonista principal: el hambre. El HAMBRE, con mayúsculas. O peleas o te mueres. No es que todos tengan sangre revolucionaria en las venas y por eso sean tan combativos, no, es sólo un problema de supervivencia. Para mí, acostumbrada al tipo de orden tan característico de la clase media chilena, fue dificilísimo. El único momento en que lo soportaba era cuando de noche, de forma clandestina, nos juntábamos a tomar una copa de *arak,* el único alcohol disponible en la zona, una especie de aguardiente seco que quema hasta las vísceras. Lo tomábamos mientras aspirábamos sensualmente aquella pipa de agua, narguile, se llama. Sólo entonces dejaba de sentir el miedo. Pero me di cuenta, al volver, que hasta el concepto de muerte me había cambiado en Gaza: la muerte sólo se convirtió en eso, en la muerte y nada más.

Mi historia previa con el alcohol no era alarmante. En mi casa no se bebía. Yo empecé a hacerlo en carretes juveniles, en fiestas un poco reventadas, como cualquier joven santiaguina, sin mayores consecuencias. Sólo detectaba que cuanto más tomaba, mejor me sentía. Más potente. Más fiera. Más invulnerable. No soy de las borrachas sentimentales, no, por ningún motivo. Y si estamos en ésas, odio el sentimentalismo y todo lo que se le parezca.

Odio una enorme cantidad de cosas. Y amo algunas otras. El color negro, por ejemplo. Todo es negro en mí. Mi pelo, azabache. Mis ojos, carbones. También mi ropa. Me rodeo del negro porque tiene fuerza. El violeta profundo también me gusta. Y el blanco, por ser la suma de todos los colores. Pero denme un rosado y escupo. Un celeste, igual. Odio las historias blandas. Que me perdone Simona, pero ¿dejar al hombre de su vida porque ve mucha tele? Si hubiese descrito impulsos perversos, haría un esfuerzo por comprenderla. Si, por último, la golpeara... Mi padre consideraba de toda justicia pegarle a mi madre y a todos nosotros. Un par de veces, en mi adolescencia, tuve que faltar al colegio porque no tenía cómo justificar un ojo morado. ¿Y qué? ¿Era un monstruo mi papá por eso? No, él creía honestamente que así se le enseñaba a la gente y punto.

Un día, estando en Palestina poco antes de volver a Chile, fui a visitar desde Beit Jala a una prima que vive en Belén. Son ciudades vecinas, caminé e hice autostop para llegar allá. Los pueblos están todos bastante cerca unos de otros, la superficie total del país es increíblemente pequeña y no tiene ninguna relación con el tamaño de sus problemas. La casa de mi prima quedaba en una callecita que había sido dividida —cortada, realmente— por el famoso muro que decidió hacer Sharon. Literalmente, el muro pasaba por la mitad de la calle, no es una manera de decir. Es de color gris, construido por largas planchas de cemento, delgadas las planchas pero muy, muy altas. Como si el Muro de Berlín no hubiese caído. Su trazado es irracional y suceden cosas escandalosas en ciertos lugares. Como en Belén, por ejemplo, donde el colegio de mis sobrinos, que estaba a tres pasos de la casa, quedó al otro lado del muro.

Vuelvo a Belén. A ese día en que visité a mi prima. Cuando atardecía, decidí mirar el muro desde las afueras de la ciudad. Quería comprobar cuánto podía caminar pegada a él antes de que una casa o una escuela me interrumpieran. Avancé y avancé y no me percaté a tiempo que la tarde se iba y que la luz era a cada instante más tenue. Lo único que tenía en mente eran las palabras exactas que usaría en mi investigación para describir el inaudito recorrido que estaba haciendo. No los vi a tiempo. Eran tres soldados israelíes. Se me acercaron de inmediato interrogándome, con un tono de sospecha inconfundible. Su forma de pararse en la tierra era de una infinita arrogancia. Me hablaron en hebreo y les contesté —en español— que no les entendía. Entre los tres no sumaban sesenta años, eran muy jóvenes, casi imberbes, dos de ellos de ojos y piel muy claras, asquenazíes, y el tercero era más oscuro, probablemente un sefardí. Los tres eran altos, bien alimentados. Sus uniformes, arrugados pero limpios. Usaban cascos y llevaban las armas en posición horizontal, listas para disparar. O al menos, daba esa impresión. Me llamó la atención la agresividad que sentí hacia ellos. Fue mayor al miedo que me produjeron. Cuando vieron que yo no hacía ningún esfuerzo por comunicarme, se pasaron al inglés. Me hicieron diez preguntas en un minuto. Un verdadero bombardeo. Que quién era. Qué hacía allí. De dónde venía. Cuál era mi nacionalidad. Por qué estaba en Israel. Cuándo partía. Respondí a todo de forma bastante coherente. No me creyeron nada. Decidieron que yo debía ser una espía. Miraron mi pasaporte y preguntaron dónde estaba Chile. Se pusieron a hablar entre ellos en hebreo. Parecían ponerse de acuerdo en algo que no les era fácil, pues hubo bastante discusión. Al final, dos de ellos me tomaron, cada uno de un brazo, y el tercero, el moreno, caminó adelante como si los guiara. Me llevaron, con bastante brusquedad, a una caseta militar que quedaba como a un kilómetro de distancia. Seré directa y no pienso adornar el hecho con adjetivos: me violaron. Uno tras otro, una vez, dos veces, tres.

Volví a Gaza, me quedé allí un par de meses. Hablé con mis primos. Les pedí que me aceptaran como un miembro de Hamás. Se negaron. Me faltaba virulencia. ¿Me faltaba, Dios mío? La tenía toda. Pero al fin yo era una mujer. Un estorbo, aunque no me lo dijeron. (Si realmente hubiese sido como ellos, ¿no habría tratado de conseguir los nombres de esos tres soldados para luego ir tras ellos y dispararles a sangre fría, aunque hubiese dejado la vida en el intento?) Vuelve a tu país, escribe y reúne fondos para nosotros. Eso me pidieron. En sus mentes no existían los intermedios. Son como el desierto. Ardiente o helado. Todo blanco o todo negro. Las estaciones como el otoño o la primavera no tienen realidad. Viven inmersos en la rabia cívica. Era imposible *unirse* a ellos y yo lo sabía. Volví. No me atreví a regresar por Tel Aviv, donde está el aeropuerto. Crucé el puente Allenby cerca de Jerusalén y regresé por Jordania, de ese modo evitaba un nuevo interrogatorio. (La policía del aeropuerto es famosa por su dureza. Son capaces de quitarte hasta el alma si les resultas sospechosa. O enviarte de vuelta. Te revisan como si cada pasajero fuese a volar Israel entero.) Cuando por fin me subí al avión supe que estaba rota. Escuché el chasquido: como un arco que se rompe.

Volví a Chile segura de haber perdido toda capacidad de asombro. Convencida de que nada en el futuro me sorprendería. De que no habría sosiego final posible. Me vi a mí misma tan tenaz y abandonada como Gary Cooper en *A la hora señalada*. Creyendo aún en hacer justicia.

Mi método anticonceptivo en ese entonces era la T de cobre. Yo era muy irregular en mis ciclos menstruales y nunca me alarmé por los atrasos, aunque fueran prolongados. Cualquier cambio climático, geográfico o emocional significa de inmediato un desorden. Tampoco se me pasó por la mente que la T de cobre fallara, aunque había leído mil veces que a un porcentaje determinado de mujeres les había sucedido. Llegado el momento, si el destino así lo requiere, nada es invencible. El condón se rompe. Las píldoras fallan. Es un problema de estadísticas. Y cuando aterricé en Chile estaba embarazada de tres meses. Y tenía más de treinta años. No hubo quien me hiciera un aborto, pagara lo que pagara. En Chile todo es serio, incluso la ilegalidad.

Pobrecito mi Ahmed. Nació con ojos verdes y pelo claro. ¡El espectáculo de mi familia! Nunca respondí a la pregunta de quién era su padre. En casa, me rogaron que les dijera y tantas veces como lo hicieron me negué.

Conocí en el Líbano a un tío abuelo mío. Un viejo combatiente. Un hombre oscuro cuyas arrugas profundas sujetaban su cara y su expresión. Llevaba en la cabeza un turbante albo que no hacía más que señalar y resaltar los años que había pasado al sol. Con él conversé largo de la guerra de los Seis Días, de los campos de refugiados. Me enseñó muchas cosas. Cuando me habló de una estadía suya en un hospital de campamento en Chatila —a propósito de una fea herida infectada en el estómago— palpó mi reacción y me dijo, muy serio: *Pity? We can't afford it.*

Ahmed no sería un objeto de piedad de nadie. No podemos permitírnoslo.

(Hablábamos en inglés porque no teníamos otra lengua en la que comunicarnos. No nací hablando inglés como Simona. Nadie lo hablaba a mi alrededor y en el liceo apenas. Cuando decidí partir a Israel tuve que tomar clases intensivas. Con enorme esfuerzo. Lo absurdo es estudiar una lengua extranjera para comunicarme con mi propia familia, para quienes el inglés también es extranjero.)

Mi papá me pidió que me fuera de la casa. Él no se sentía capaz de criar a un bastardo. Yo ya estaba en edad de haberme ido. Era natural que viviera por mi cuenta. El problema era el dinero. Le pedí quedarme sólo hasta terminar de escribir el libro. Presionado por el resto de la familia, accedió. Vendí mi libro y lo vendí bien. Con ello me sostuve un tiempo. Y me fui. Ahmed y yo solos en un pequeño departamento en la avenida Perú. Cerca de la casa familiar para que mis hermanas me ayudaran a cuidarlo. A veces me sentaba a su lado de noche, cuando él dormía, y lo observaba. Ese colorido suyo. Esa mancha. Mientras lo hacía, tomaba un vaso de pisco con Coca-Cola. Y pensaba. Podía faltar de todo en mi casa menos eso. Es tan barato, además. Los piscos malos valen menos que un kilo de fruta de comienzos de estación. A poco andar, la Coca-Cola me resultó superflua. Pasaba el torbellino mental de mis noches sólo con el pisco. Cuando exageraba, tomándome seis vasos en vez de tres, volvía a sentir esa sensación épica de que yo era una guerrera. De que nadie podía pasarme a llevar. De que mi fuerza era imbatible. De que yo era un temerario *fedayín*. Siempre ocurría igual: mis múltiples *yo* empezaban su pelea. Una competencia feroz para tantear cuál terminaría emergiendo. Mi *yo* más racional los miraba obstaculizarse unos a otros para ganar mi voluntad. El *yo* del apetito, el de la adicción, se sentaba a esperar. Sabía que al final ganaría. A una cierta distancia lo observaba y al final le dedicaba una sonrisa. Y me iba a acostar con la sensación de que ni un tanque israelí me atemorizaría. Entonces, antes de dormirme, por unos pocos minutos, me sentía una mujer contenta.

En aquel tiempo me ganaba la vida dando clases en la universidad, en la escuela de Periodismo. Periodismo de investigación. Me pagaban una miseria, como a todos los profesores. Las universidades tradicionales consideran que tú les debieras pagar a ellas por enseñar en sus aulas. Las privadas pagan algo mejor pero no las conocía. No tenía acceso a ellas. Y a veces prefería la pobreza a enfrentarme con niñas y niños medio estúpidos a quienes les gusta el periodismo porque creen que los llevará a la tele. Mi estrechez procuraba ser digna. En general me quejo muy poco, ¡cómo iba a hacerlo luego de conocer la verdadera pobreza de la tierra natal de mis padres!

Y cada noche envolvía con mis ojos el pequeño cuerpo de mi hijo. Tan angosto y frágil. Lo cubría de silencio. Logré que nadie supiera que proviene de las entrañas mismas del enemigo.

El problema es que yo lo sé.

Cuando entré a la universidad, vi que el mundo era más grande de lo que yo sospechaba. Un par de compañeras mías pertenecían al círculo del barrio alto. A través de ellas, que eran buenas personas, atisbé ese raro universo de los ricos. Catalina, la más cercana, se declaraba de izquierdas. Era una activista convencida. Para mí no era más que una socialdemócrata y nunca la tomé muy en serio. ¡Cómo iba a hacerlo! Veraneaba en el fundo de su papá. Viajaban todos los años *en familia*. A los veinte le regalaron un auto y era la única del curso con auto propio (hacíamos todas nuestras salidas en él). Usaba ropa de marca comprada por su mamá. Y era *tan* rubia. En fin. Asistíamos a cuanto evento nos invitaban. No nos perdíamos carrete. Hacíamos todas las reuniones en su casa. Sin saber cómo, pasamos a ser inseparables. Era una mujer generosa, capaz de cualquier cosa por verme contenta. Conseguirme una entrada para algún recital. Presentarme a todos sus amigos por si alguno me gustaba. Invitarme a pasar vacaciones a su campo. Además, era cariñosa. ¡Tan confiada en la vida! Nunca cerraba su cartera. Saludaba a todo el mundo con un beso. Todos eran sus amigos. Divertida Catalina. Juntas parecíamos una caricatura, ¡ella tan rubia y yo tan morena! Compartíamos ropa y largas horas de estudio. Hoy trabaja en la televisión y le va muy bien. Le gustaba ir a mi casa. Celebraba la comida árabe. Y más que nada, la tienda. Su pasión era pasar por allí y comprarse alguna tela bonita. Mi mamá tiene una costurera, decía. *Tener una costurera.* Me parecía insólita como frase. Un par de veces la acompañé a buscar algo donde alguna tía y a alguna fiesta de una prima. Así fui conociendo esa parte de la sociedad. Si no perteneces a ella, no hay forma de vislumbrarla. A la hora de la comida sus padres conversaban conmigo. Se interesaban por mi gente y siempre terminábamos hablando del conflicto del Medio Oriente. Era gente culta. Acostumbrada a eso, a Catalina le encantaba el caos que significaban las comidas en mi casa. Ocho bestias se quitaban entre ellas las bandejas de las manos. Jamás se conversaba porque el ruido de fondo era siempre un constante griterío. Ni hablar de la voz de mi mamá, era inexistente.

Catalina tenía un hermano, Rodrigo. Sucedió lo obvio: me enamoré de él. Todas nos hemos enamorado en algún momento del hermano de la mejor amiga. Era un par de años mayor que nosotras. Estudiaba Derecho. Parecía, por mucho, ser el más formal de la familia. Al comienzo de la carrera, cuando Catalina y yo empezamos a hacernos amigas, él nos miraba en menos. Nos llamaba mocosas. Sin embargo, a medida que avanzó el tiempo, su mirada fue cambiando. Tuvimos un romance. Me sorprendió que fuera tan secreto. Pero no me detuve a analizarlo. Lo escondido nos aportaba más entusiasmo todavía. Y debo reconocer que me enamoré en serio. Daba mi vida por ese hombre. En medio de la fogosidad, me enteré por Catalina que su hermano había comenzado una relación. Con alguna niña de su mundo. Cuando lo enfrenté, me dijo, muy serio: debo casarme algún día, Layla. Y sabes que contigo no podría casarme nunca. Cuando le pregunté por qué, la crueldad apareció tan inesperada: una cosa es el romance y la calentura, otra es el matrimonio, ¡no puedo casarme con la hija de un árabe con tienda en Independencia!

Éste es uno de los países más clasistas y racistas del mundo. ¿Qué pasó en Chile para producir tales niveles? Se puede entender en sociedades con monarquías. En Gran Bretaña, por ejemplo. Pero no entre nosotros, que ni siquiera tuvimos aristocracia propiamente dicha. Que no fuimos virreinato. Tampoco quedaron suficientes indígenas después de la conquista, como en Perú o México, que justifiquen el miedo a ser arrasados. Los mapuche ni siquiera llegaron a cruzar el río Bío Bío. Entonces ¿qué pasó? En un chileno no hay mirada inocente. Sus ojos se dirigen hacia el sujeto al frente suyo y, antes de atajarlos, ya lo ha calibrado. Juzgado. Encasillado. Todo ha sucedido a una velocidad inmanejable. Inconsciente, además. Probablemente él no sabe que lo hace. Pero las categorías son tan profundas, tan enraizadas, que no puede dejar de hacerlo. Y ya, los ojos se detuvieron. La apariencia le ha dado los datos requeridos. Ahora, el habla. Diez palabras, veinte. No hacen falta más. Al chileno le bastan ojos y oídos para saber al tiro todo lo que necesita saber. Y establecer las diferencias.

El amor a los niños es una extraña cualidad de la que carezco. No es inherente a todo ser humano o a las mujeres. Es como la fe, se te dio o no se te dio. No puedes inventarla a pura voluntad. A propósito de eso, hace un par de años escuché una historia que me ha quedado dando vueltas en la mente. Terminé llevándosela a Natasha.

Se trata de una mujer polaca llamada Irena Sendler. Nació en 1910 en las afueras de Varsovia. Trabajaba como administradora en algún Departamento de Bienestar cuando Hitler ocupó Polonia. Al encerrar los nazis a medio millón de judíos en el gueto, prohibieron la entrada de alimentos y de servicios médicos, aunque les preocupaban las enfermedades contagiosas. Por esa razón pidieron a Irena Sendler que controlara los brotes de tuberculosis dentro del gueto. Esta responsabilidad le significó poder entrar y salir de ahí sin ninguna restricción. Aprovechó este «privilegio» para salvar niños. Fue hablando con los padres, uno a uno. Les pidió que le entregaran a sus guaguas para poder ella sacarlas de allí. No fue fácil convencerlos. Irena dudaba de que alguna sobreviviera. Pero los padres se agarraban de distintas ilusiones para no separarse de sus hijos. Casi todos terminaron cediendo. No sólo por la posibilidad del exterminio. Por el hambre y la enfermedad. Así, poco a poco, fue llevándose un niño por día. Los escondía en su mochila o entre trapos debajo de su capa. Entrenó a un perro para que ladrara cada vez que un alemán se acercaba a ella. Así, los nazis escuchaban al perro y no algún posible llanto de niño. Se subía a la parte de atrás de la ambulancia que la conducía a diario, con su perro y su carga clandestina, y atravesaba los muros del gueto. Fue colocando a cada niño en diferentes casas de familias cristianas que se hicieron cargo de ellos. Pero no deseaba que el día de mañana perdieran su verdadera identidad. Anotó cada nombre judío con su nuevo nombre al lado. Enrolló estos papeles dentro de un frasco de vidrio. Lo enterró bajo un manzano en el patio de su casa.

Un día la Gestapo la detuvo. Fue brutalmente torturada. Le rompieron a palos los pies y las piernas. La golpearon con mazos de madera por todo el cuerpo. Fue declarada culpable y programaron su ejecución. Ella logró huir, sobornando a un guardia. Se escondió y vivió en la clandestinidad hasta el final de la guerra. Ya en libertad, lo primero que hizo fue acudir al manzano de su casa. Desenterró el frasco con los nombres. Casi todos los padres habían sido asesinados.

En su vejez en un hogar de ancianos, una fugitiva cuidó de ella. Una mujer judía a quien ella había sacado del gueto a los seis meses de edad. Adentro de una caja de herramientas, con su perro al lado. Murió hace muy poco. Me enteré de esta historia porque la postularon el año 2007 para el Nobel de la Paz. Su contendor fue Al Gore, quien lo ganó.

Da lo mismo los premios: Irena Sendler dio su vida por miles de niños a los que ni siquiera conocía. Niños judíos. ¿Y si la abuela de Ahmed fue uno de ellos?

Supongo que a eso se le puede llamar amor. Yo soy incapaz de sentirlo.

Trataré de seguir una línea cronológica, al menos a partir del nacimiento de mi hijo. Por supuesto, mi deterioro no fue inmediato. Al principio intenté actuar como toda madre normal. Lo cuidaba, lo nutría, lo estimulaba. Pero besarlo o abrazarlo eran actos antinaturales para mí. Sólo de noche me embargaba el amor por él. Sólo si había bebido al menos cinco tragos. Y, por el amor de Dios, yo quería quererlo. Durante el día trabajaba. Me ganaba la vida. Andaba por la ciudad. Pero cuando caía la oscuridad en la salita de mi departamento, ya en las horas de descanso, miraba el vaso de pisco que esperaba en la mesa y antes de tocarlo me preguntaba: ¿a qué te apegas tanto? Me interrogaba a mí misma. Las respuestas que me daba nunca eran satisfactorias. Entonces tomaba —de un trago— el contenido entero del vaso de pisco, y mandaba todas las preguntas al carajo. Mi única certeza era que la realidad se había convertido en una región helada e infeliz donde yo no quería habitar.

La primera vez que se me fue la mano con la cantidad de alcohol y no llegué a trabajar al día siguiente, inventé cualquier excusa y no pasó nada. La tercera vez me miraron mal en la universidad y juré que no volvería a ocurrir. Pero ocurrió. Y al semestre siguiente no me renovaron el contrato.

Ése fue el primer golpe fuerte: la cesantía.

Hubo advertencias que desoí. Los alcohólicos lo desoyen *todo*. Hay un trecho entre el momento en que empiezas a tomar regularmente y el momento de la caída. A veces, ese trecho es largo, larguísimo. Conozco a personas que han logrado afianzarse en él por mucho tiempo. Existe un elemento que no ayuda a recuperarse: la negación. Los alcohólicos siempre niegan serlo, no hay conciencia de la enfermedad. Por lo tanto, en la mayoría de los casos, alguien debe abrirles los ojos. El problema es: ¿quién? Los requisitos para hacerlo son dos: uno, tener muchos cojones; dos, querer mucho al otro/otra que ha empezado el declive.

En la facultad tenía un grupo de amigas, tres o cuatro periodistas que daban clases como yo. Compartíamos una infinidad de cosas. Trabajo, profesión, visión de mundo. Cuando comenzaron mis incumplimientos, ellas lo advirtieron, claro. Estuvieron muy atentas al proceso, porque yo les importaba. Querían detenerme pero no sabían cómo. Al final llegó a mi puerta la más valiente de todas. Se llama Apolonia, como la de *El Padrino*. Era muy cercana a mí pero aun así tuvo que hacer de tripas corazón para enfrentarme. Me dijo, lisa y llanamente, que yo estaba enferma. Que aparentemente no me daba cuenta. Me dijo la verdad. Lo que estaban pensando sobre mí en mi trabajo. La inquietud de cada una de mis amigas. Me habló de Ahmed. De mis mentiras. Me ofreció toda la ayuda posible. Me tomó hora donde un siquiatra experto en el tema. (Por supuesto, no asistí.) Dado el tipo de carácter mío —fuerte y cerrado—, sé que para ella fue muy difícil hacerlo. Sólo significaba de su parte un gran acto de amor. Fue la primera persona que me mencionó la palabra *alcoholismo*. Negué todo. Seguí pintando frente a ella una película distinta a la realidad. Fingí una felicidad que no sentía. Hablé de una vida constituida que no tenía. Aunque no se lo dije, me enfurecí con ella. Y cada vez que en una hora de almuerzo o alguna reunión social tomaba un poco más de la cuenta, las emprendía contra ella a sus espaldas, burlándome de su intento. La perdí. Como dijo ella más tarde: los alcohólicos no paran de mentir, mi amistad con Layla es una pérdida de tiempo.

Golpeé todas las puertas. La cesantía me enloquecía. Lo único que encontré fue una revista publicitaria donde escribir huevadas. Al menos me pagaban lo suficiente para el arriendo. Dicha sea la verdad, era baratísimo. Pero igual no me alcanzaba para vivir. Empecé a pedir plata prestada. A mi familia primero. A mis amigos después. Al principio la pagaba puntualmente. Luego fui relajándome, se me olvidaba nomás. Me resultaba imposible responsabilizarme. Empecé a mentir mucho, sin darme cuenta. Ahmed vivía gracias a mi familia. Siete hermanos son una bendición. Siempre hubo alguien dispuesto a cuidarlo. Mis hermanas menores solían llevarlo a la casa familiar y allí le daban de comer. Por supuesto, la familia se dio cuenta de que algo no andaba. Recuerdo la primera vez que no llegué a buscar a mi hijo, como solía hacerlo, a las seis de la tarde. Se me olvidó. Había estado en un bar con un par de compañeros de la universidad. Me los encontré en la calle y nos fuimos de copas. La hora se pasó sin enterarme. Cuando por fin decidí partir a buscarlo, mis compañeros pidieron más trago. Pagaban ellos. Me quedé. Volví a mi casa de madrugada y olvidé por completo a Ahmed. Cuando al día siguiente —bastante avanzada la hora porque dormí como se duerme luego de una buena borrachera— llegué a casa de mis padres, me esperaba mi hermano mayor. ¿Saben lo que hizo? ¡Me pegó! Me pegó una buena cachetada. Yo era una vergüenza para la familia, me dijo. Que habían decidido quitarme a Ahmed. Que yo no era apta para criarlo. Prometí empezar de nuevo. ¡Como si alguna vez se pudiera recomenzar!

Muy humillada, decidí dejar de tomar. Ese tiempo fue una pesadilla. Me hacía trampas. Me juraba proposiciones que no cumplía. Escondía botellas. Todo lo que las películas dicen de los alcohólicos es cierto. El problema era cómo enfrentar mi maternidad en la sobriedad. O mejor dicho, cómo aceptar que había sido violada por tres soldados en guerra con mi país de origen. Y que el producto de aquella acción era un hijo. Sin alcohol, la película corría y corría sin parar. Las imágenes repitiéndose. Imposible un *delete*. El dolor físico, la rabia, la humillación. Todo interminable, al infinito. Y los ojitos verdes de mi pobre niño, mi triste niño, recordándome el horror. ¿Por qué no lo di en adopción? Sencillamente no se me ocurrió a tiempo, convencida de mi capacidad para lidiar con lo que fuera. Y ya más tarde la familia lo hubiese impedido. Estaban todos enamorados de él, ilegítimo y todo. Hasta mi padre empezó a quererlo, a pesar de sí mismo. A mí no me dirigía la palabra, sin embargo mis hermanas me contaban cómo poco a poco el niño lo empezaba a conquistar.

Pero se toca fondo. Casi siempre se toca fondo.

Vivía el momento en el que *trataba* de no tomar aunque no siempre me resultaba. A veces la voluntad cuenta poco. Cada cierto tiempo me echaba algo de alcohol al cuerpo y me sentía radiante. Me creía inteligente —gran error, los borrachos son *siempre* tontos— y olvidaba mis problemas con Ahmed. En esos instantes fantaseaba con escribir otro libro. Pensaba en el fenómeno chino como tema. Estaba segura de que algún benefactor caería del cielo para proponérmelo. En ese ánimo, partí donde mi hermano mayor y le pedí plata para una rehabilitación. No dudó en entregármela. Muy contento llamó a mis hermanas —las que aún vivían en la casa paterna— y les pidió que organizaran una estadía más larga de Ahmed allí. Me despedí de él y partí. Con plata para muchas botellas de whisky en el bolsillo. El whisky es lo mejor. Una adicción organizada, nada de cabos sueltos. Cuando me pidieron las señas del lugar donde me rehabilitaría, no se las di. Aduje mi derecho a la privacidad. Los pobres estaban tan nerviosos y cansados con mi situación que ni siquiera insistieron, aterrados de que yo pudiera arrepentirme.

Compré muchas, muchas botellas de whisky. Podría haberme hecho con varios Chivas Regal, por la cantidad de dinero que tenía. Al fin me decidí por el Johnnie Walker etiqueta roja, así me cundiría más. Hice la compra en distintos supermercados y almacenes. Iba con un bolso de mano para disimular mi mercancía. Recuerdo uno de esos viajes. Viajaba en la micro y me senté al lado de la ventana. Miraba hacia fuera. El cielo estaba turbio, del color de la miseria. Entonces me fijé en mi compañera de asiento, una mujer parecida a mí. Era de mi edad. Leía un libro. Tenía el pelo castaño recogido en una cola de caballo. Vestía unos jeans azules con botas negras y un polerón gris, impreso en él el logo de la Universidad de Chile. Muy concentrada. De vez en cuando se echaba para atrás un mechón de pelo que le tapaba la vista. Miraba un rato a través de mí por la ventana. Luego sacaba un lápiz a pasta de la cartera y subrayaba un párrafo. En algún momento se toparon nuestras miradas y ella me sonrió. Era una sonrisa inocente, transparente como el agua. Aún tengo clavada en mi mente esa sonrisa. La transformé en un símbolo de mi gran mentira. Ella me sonrió como diciéndome: aquí vamos las dos. Hermanadas en edad, en aspecto. Ambas empeñosas, ambas inteligentes. Ambas jóvenes que deseamos por sobre todo hacer de nuestras vidas algo significativo. Y yo, al frente de ella, escondiendo las botellas de Johnnie Walker en un maletín plástico sobre el piso del bus. Y preparándome para que el alcohol circulara y quemara hasta llegar al fondo de mi estómago. Triste lugar aquél, el fondo de mi estómago. Fue esa sonrisa —más que ninguno de los sermones y reprimendas que me han dado— la que me dijo: eres simplemente una buena estafadora, nada más que eso.

Me encerré en mi departamento. Había recuperado previamente las llaves que manejaba una de mis hermanas. Quise asegurarme. Se les podía ocurrir ir a buscar algo del niño. O hacer un poco de aseo. Mis hermanas son así, abiertas y generosas. Y guardaban esas llaves por si a mí «me pasaba algo». Bueno, se las quité. Me acercaba a un momento que no requería testigos: el momento de acariciar mi herida. Con toda probabilidad, continuaría en mí para toda la vida. Pero necesitaba acariciarla entonces, mientras estaba abierta y sangraba.

Y así lo hice, sin clemencia.

Me encontraron a los cinco días al borde de la muerte. Por haberles quitado la llave, mis hermanos forzaron la puerta. Porque el vecino de abajo sintió ruidos raros. Tocó el timbre de mi casa varias veces y, a pesar de la falta de respuesta, siguió escuchando ruidos. Supongo que cada vez que vomitaba en el baño o cada vez que me caía. Llamó a mi arrendataria y ella a casa de mis padres. Se supone que debería estar agradecida del maldito vecino. Sin embargo, no lo estoy.

Me llevaron a Urgencias. Pasado el peligro me trasladaron a otra clínica, una siquiátrica. Allí estuve internada un buen tiempo. Hasta que desapareció la adicción. Mal digo: la adicción no desaparece. Sólo dejé de tomar. Siempre que debíamos hacer el ejercicio de imaginarnos algo amable, acudía a la misma imagen: los naranjos y los olivos. Volvamos allá, a esa tierra tan abatida pero que siempre, siempre tiene una naranja y un poco de aceite de oliva para ofrecerte.

Cuando ya pude pararme en mis dos pies, volví a la casa paterna. Mi departamento había sido entregado. Mis pocas posesiones languidecían en una de las bodegas de la tienda de mi papá. Empecé una vida nueva. Árida, difícil, sin colores. Con Ahmed a mi lado, pobrecito, el niño triste. Al principio me rechazaba, como si hubiera olvidado completamente mi existencia. Sólo aceptaba los brazos de mis hermanas. Poco a poco se concentró en mí. Tendida en la cama, lo miraba durante horas. Hasta me encontré agradeciendo su destino. De que hubiera nacido en Chile. Pensaba que todo dependía del lugar que te vio nacer. Es arbitrario. Espacios enteros de la tierra no han escuchado una sola explosión en más de cincuenta años. Y otros las han acaparado todas. Mi amiga Catalina, por ejemplo —la rubia de la que les hablé—, no conoce el sonido de una bala en el aire. Tampoco su padre ni su abuelo (¿dónde estarían para el golpe de Estado?, ¿en la playa?). Cuando vi la película *Vals con Bashir* pensé que ese cineasta israelí, el mismo hombre que vio con sus ojos a los muertos de Sabra y Chatila, tenía un padre y una madre supervivientes de Auschwitz. El hijo del cineasta puede contar lo que su vio su padre y lo que vio su abuelo. Lleva el dolor en el ADN. Así podría haber nacido mi Ahmed.

Retomo aquellos días posteriores a la clínica siquiátrica. Mi padre, suavizado por los acontecimientos, ofreció hospedarme. Financiarme hasta que yo lo considerara necesario. Incluso, aconsejado por una de mis tías, me ofreció una terapia. No de desintoxicación, me dijo, parco de palabras, sino una que te ayude. ¿Que me ayude a qué?, le pregunté. Que te ayude, me repitió, tímidamente. No me apetecía una terapia. Nunca me convenció la idea de pagar por un espacio de intimidad. ¿No es eso lo que hacen los hombres con el sexo? No digo que Natasha cumpla las labores de una puta. Pero *pagar* para que te escuchen. *Pagar* para que te quieran. *Pagar* para que se pongan de tu parte. No, no me gustaba la idea. Cedí porque no tenía alternativa. Sólo por eso. Cuando entré por primera vez a la consulta, Natasha se dio cuenta. Un hueso duro de roer, pensaría.

Ya ha pasado un buen tiempo.

Estoy de vuelta en la universidad. Recuperé mi antiguo trabajo luego de una larga conversación con mis empleadores. Trato de ser la mejor de las profesoras para que me crean. Para reparar las barbaridades antiguas. Y me siento bien ahí. Es mi lugar. No sirvo para escribir frivolidades en un pasquín. Menos aún para la tele o la radio. Lo mío es la palabra escrita. Además, doy clases en la tarde en una universidad privada. Ni siquiera son clases, dirijo trabajos de tesis. Me pagan decentemente. Decidí que no quiero ser tan pobre. Necesito ganar más dinero. También lo necesita mi autoestima.

De sobra sé que publicaré ese libro sobre China. Ya empecé a escribirlo. Tomo notas y leo mucho. Ya vendrá el momento de viajar. Aún vivo en casa de mi padre. Ya sé que es un poco bochornoso para alguien de mi edad. Pero con la crisis se han visto cosas peores. En el fondo, nadie quiere que me vaya. No por mí, por supuesto. Por Ahmed. Es como un hijo múltiple: hijo de mi padre, de mis hermanas chicas, de mis hermanos grandes, es hijo de todo el mundo. Y lo disfruta. A mi vez, es un enorme alivio saberlo tan bien cuidado. Estudia en un colegio público y se pasa tardes enteras en la tienda con mi papá. Juega a ayudarlo con la huincha de medir y con los rollos de tela. Se le ve saludable y hermoso. Aunque sus ojos ríen poco. Pienso en él como un ser humano al margen de mí. Medito sobre su futuro. Incluso me he abierto a entender *algo* sobre los judíos. Hago esfuerzos, de verdad los hago. Pienso que la literatura puede ayudarme más que otra disciplina. Entonces los leo. Le he tomado el gusto a Amos Oz. A Yehoshúa. A David Grossman. Todo por Ahmed.

Creo que he llegado a entender algo sobre el trauma. Sobre *mi* trauma.

Al emborracharme, al herirme a mí misma, sentía cómo —al margen de mi voluntad o iniciativa— me poseía algo irrevocable. El trauma se repetía a sí mismo, como si ni el destino ni yo pudiéramos dejarlo tranquilo. O, más bien, como si escuchara de lejos una llamada irresistible a la que no podía negarme, infligiéndome otra vez más la experiencia del dolor. A pesar de mí misma. No sé si me entienden: sencillamente no podía dejar atrás la violación y sus consecuencias. Sólo el alcohol permitía una salida al grito interno de mi herida, un grito que yo no distinguía con nitidez. Siempre repetía el daño sobre el cuerpo. A pesar de que el alcohol dañaba la mente —el desgarro del tiempo, de una misma, del mundo— el dolor recaía sobre el cuerpo. Siempre el cuerpo. Como en aquella caseta de vigilancia cerca de Belén.

Lo sorprendente es que cuando empecé a tomar, yo *no sabía* que era *ese* fantasma precisamente el que volvía a rondarme.

Cuando dejé Belén y partí a Gaza, creí que había salido indemne. Como esas personas que sufren un accidente. Se levantan solas del suelo. Funcionan. Declaran a la policía. Vuelven a sus casas, se acuestan en su cama por sus propios medios. Y a la semana entran en *shock*. Después de los hechos no dejé de pensar: qué fuerte soy. Es admirable cómo me repongo de la violencia. Me felicito de cómo tres soldados despiadados no lograron destruirme.

Mi *shock* fue la llegada a Chile. Al enterarme del embarazo. Lo que entonces me golpeó no fue sólo la realidad del acto de violencia en sí mismo sino la forma en que yo desconocí esa realidad. Fui violada por segunda vez cuando miré ese test de embarazo. Es impresionante cómo tarde o temprano llega el impacto. No importa cuánto se ha demorado. Pensé ingenuamente que había logrado escapar del mal, sólo para encontrármelo de frente en forma avasalladora. No sé qué fue peor: vivirlo en su momento o revivirlo más tarde.

Nunca más fui la misma.

A partir de ese segundo exacto, se rompió el relato que yo hacía de mí misma. Se partían y se separaban las conexiones entre mi pasado, mi presente y lo que estaba por venir.

No tenía otra forma de gritar una realidad. De representarla. No era mi voz la que me llevaba al pasado. No. Yo no la modulaba. No quería volver a oírla. Era la voz de mi hijo. Testigo invisible y permanente recordatorio del trauma. La voz de la herida, de mi herida.

Natasha me dijo que sólo relatándola podía tomar control sobre esta historia. Eso es lo que hago hoy. Para recuperarse, todo sobreviviente necesita ser capaz de hacerse cargo de sus recuerdos. Y para eso necesita a los otros. Hoy yo las cargo a ustedes como testigos. La carga es pesada.

Estoy agotada.

Luisa

Mi nombre es Luisa.

Vengo del sur. De un pueblo atravesado por el río Itata en la provincia de Ñuble. Yo puro quiero hablar de él, el Carlos. Me crié en el campo, soy hija de campesinos y si no fuera por el Carlos, me habría quedado allá. Mi padre era inquilino en un fundo. Tuve muchos hermanos, algunos no sobrevivieron, somos cinco al día de hoy. En esos tiempos los cabros chicos se morían en el campo, al nacer. Ni una mujer se quedaba con los mismos que había parido. Y nadie sabía leer ni escribir. Las cosas han cambiado mucho. Bueno, han pasado tantos años. Ya soy vieja, cumplí sesenta y siete.

Vivíamos en la punta del mundo pero nadie en su sano juicio quería vivir en el centro, con todo lo que pasaba allá. Fui a la escuela pero no aprendí mucho, en el invierno no se podía llegar con el barro y la lluvia y el profe faltaba harto, nos ponían a todos en una misma sala de clases, había dos, nomás, y teníamos distintas edades pero nos enseñaban lo mismo. (Un día el patrón le preguntó al Ernani, así se llamaba uno de los campesinos que trabajaban con mi papá, si su nombre se escribía con hache. No, le contestó el Ernani, la hache es pa los ricos, ¿pa qué nos va a servir a nosotros la hache?)

Dejé la escuela pa trabajar, le ayudaba a la vieja en la huerta y a mi papá con los animales. Puras vacas, vacas y novillos. Unos pocos caballos, todos del patrón menos el Tai, ése era de mi papá, negro y lindo el Tai, y muchos matapiojos, coliguachos, tábanos, se acostumbraron a mí lueguito y no me picaban. Las culebras allá eran flacas y no muy largas y no hacían nada. Tampoco las arañas peludas, siempre las hallábamos en el campo, hacían unos hoyitos en la tierra y se metían adentro y mis hermanos las arrancaban de sus escondites y las juntaban en unos frascos, eran muy feas pero no hacían nada, igual que las culebras. No era peligroso el campo. Lo que más me gustaba era sentir el viento norte. Ponía la cara para que me hiciera cariño. Lo esperaba y lo esperaba, cuando llegaba parecía que me visitaba a mí. Cuando se iba, las hojas de los árboles quedaban lustradas por la lluvia. La casa se construyó junto a un estero. Un par de veces nos caímos pero no era hondo el estero. El agua era limpiecita. Ahí en la casa siempre había muchos perros. Nadie sabía de dónde venían ni adónde iban cuando partían, a veces la vieja se quejaba, que no tenía qué darles de comer. Puros quiltros. Mis favoritos eran el Niño y el Batalla. El primero era chico y café claro, como un batido de huevos de campo con galleta de champaña, y tenía las orejas y las patas cortas. El pelo del Batalla, en cambio, era largo, con pedazos castaños y otros naranja, hasta llegaba a parecer fino. Porque era alto, también. La tomó conmigo el Batalla y no me dejaba ni a sol ni a sombra, ¡puchas que me quería! Le gustaba revolcarse en la tierra, se revolcaba y se revolcaba estirando las patas en redondo, se convertía en una bola de fuego con sus mechas naranjas, girando, como si fuera un perro ocioso, y yo lo miraba, muerta de ganas de revolcarme yo también. Muchas veces pensaba que me gustaría ser perro, al menos el Niño y el Batalla lo pasaban mejor que nosotros. A veces yo me escapaba con él al potrero y nos íbamos a jugar a las galegas escondiéndonos debajo de los juncos. Si mi papá me pillaba, al tiro sacaba la correa para pegarme pero el Batalla empezaba a gruñir y al viejo le daba un poco de susto que lo mordiera, así que se iba, poniéndose de vuelta el cinturón y gritando que, si no volvía a trabajar, a la próxima sí que me agarraba. La gracia que tenía el Batalla, y por eso mi vieja lo quería, es que cazaba ratones. ¡Era un lince pa los ratones! El problema era cuando ya los tenía apretados en el hocico, me los llevaba a mí, de regalo. A mí nunca me gustaron los ratones, me daban asco, eran grandes y gordos los que había en el campo y el Batalla, dale con entregármelos. Y después, me lengüeteaba la cara y los brazos, con la misma lengua que chupaba a los ratones.

Cuando se murió el Batalla me tendí debajo del castaño y me hice la muerta también yo. Lo más bonito que tenía nuestra casa era un castaño, viejo, frondoso y grande el árbol. Hacíamos todo debajo del castaño, más que ná en verano. La artesa estaba ahí y lavábamos la ropa y desgranábamos los porotos y el choclo sentadas debajo de sus ramas. Entonces, cuando murió el Batalla, ahí me quedé, con los ojos cerrados por tres días. Ni me mandaron a trabajar, nadie se atrevió a hablarme. Al cuarto día llegó mi mamá y me dijo: ya, Luisa, el Batalla está en otro mundo, no va a volver. Y yo abrí los ojos, me levanté y me puse a lavar la ropa con ella.

Así era la muerte.

Uno de mis árboles preferidos era el maqui. Es un árbol silvestre que está por todos lados en los campos de Ñuble. Es flaco y de ramas largas con hojas tupidas. Su fruto son unas redondelitas chicas negras azulosas que tiñen la boca y las manos, tiñen todo. El sabor es dulce, rico el maqui. Qué nos gustaba con mis hermanos llegar a la casa todos cochinos, todos azules y la vieja dale con retarnos. Los dientes, carbonizados parecían, pero con carbón no tan negro, siempre un poco azul. No sacábamos ná con lavarnos, quedábamos teñidos un buen rato.

Tu delantal estampado de maqui.

Lo mejor de todo allá en el campo era la casa del patrón. Misteriosa la hallábamos, porque era la única casa grande. Teníamos prohibido ir a meternos ahí. Estaba requete cerca de la de nosotros así que partíamos con mis hermanos a una loma arriba del establo donde guardaban las monturas y espiábamos. A veces mi papá tenía que ir allá a cortar el pasto, nunca vi de chica otro pasto que se cortara, era el único, y me dejaba acompañarlo. Me gustaba el olor que salía del pasto cortado, era el mejor olor del campo, me gustaba tanto, casi más que el del pan caliente o el de las sábanas recién planchadas. Cuentan que yo decía que de grande quería ser jardinera. Raro, ¡tanta mujer metida en tanta cosa y no he visto todavía una que sea jardinera!

Cuando tenía como diez años construyeron una iglesia en el pueblo, modesta la iglesia pero fue la gran novedad, una vez a las mil llegaba un cura, daba misa y bautizaba y casaba y todos hacían la primera comunión. Se ponía al día con todo el mundo, el cura, y decía que venía pa salvarnos, pa que no siguiéramos viviendo en pecado. Era relinda la iglesia, me gustaba ir. Al Carlos no le gustaban los curas. Un día me dijo: Luisa, ¿sabís?, el infierno no existe. Cómo no va a existir el infierno, Carlos, no digái eso, le contesté, y él me dijo que la Iglesia Católica lo había inventado para que los pobres se quedaran tranquilos, para que pensaran que hay cosas peores que esta vida. Le dije: ay, Carlos, mira que Dios te va a castigar por decir esas cosas, y me contestó: ya estoy castigado, Luisa, tengo el castigo encima desde que nací.

Así hablaba el Carlos y yo lo retaba pero me gustaba escucharlo, era tan independiente. Como que no le importaba lo que le habían enseñado de chico. Pienso qué habría dicho el Carlos hoy día con la cosa esta de los pedófilos, tan comecuras que era, habría despotricado el Carlos, claro que habría despotricado.

A los quince años me mandaron a trabajar a Chillán. Una hermana había partido antes y ella me consiguió la pega. Puertas adentro, haciendo aseo y a cargo de unos cabros chicos. No me hallé y regresé al campo. Pero mi papá me mandó de vuelta y tuve que apechugar. Los dueños de la casa no eran malas personas, tampoco eran muy ricos, la casa era más o menos nomás. Los cabros estaban bien educados y no daban mucho problema pero yo andaba siempre hambreada, mantenían todo con llave, la señora abría la despensa una vez al día. No había refrigeradores en esos tiempos, por lo menos no en Chillán, y las cosas frescas se compraban todos los días en el almacén donde había una cuenta, yo no manejaba plata, nunca. Me acuerdo siempre del manojo de llaves de la señora, andaba con él pa todos lados, qué tanto cuida, pensaba yo, en el campo ni conocíamos las llaves. Trabajé como un año en esa casa y volví pa'l verano al campo. Me gustaba estar en mi propio hogar, aunque no me dejaban flojear, me mandaban siempre al potrero pero igual jugaba con los perros y me subía a los árboles y comía las peras y las manzanas que eran bien desabridas aunque a mí me gustaban porque no conocía otras. También comía guindas, había un bosque de guindos que nadie había plantado, dice mi papá que salieron solos, eran ácidas y paliduchas, no sabía que existían las cerezas, ésas las probé mucho después. Me acuerdo siempre del boldo en la orilla del estanque, me escondía arriba entre las ramas del boldo, las hojas eran tan verdes, elegantes, tan oscuras y gruesas y miraba pa'bajo, al agua del estanque, y pensaba y soñaba que algún día tendría una casa como la de la señora de Chillán y que sería todita mía.

Entonces llegó un día la patrona, la mujer del dueño del fundo. ¿La Luisa está ya en edad de trabajar?, le preguntó a mi mamá. ¡Cómo no, si es grande! Eso le contestó la vieja. Yo tenía dieciséis.

Me llevaron a las casas ese verano, para probarme. Si resultaba, podía irme después a la capital. Cuando hablaban de Santiago yo me imaginaba un cuadrado grande, enorme, con puras casas blancas, todas iguales, de dos pisos, con una puerta al centro y dos ventanas arriba, miles de casitas blancas. Todos en el campo querían llegar a la capital, como a la tierra prometida, decía después el Carlos. Pa las mujeres era más difícil, o te llevaba la patrona o nada, los hombres hacían el servicio militar y así partían, nosotras no. Todos en el fundo me miraban con envidia, las mujeres más que ná. Mi entendimiento no era pobre, sabía que esto era un *privilegio,* pero todavía no conocía esa palabra. Y tanto que la escuché después, cuando el Carlos dale con hablar en las asambleas del privilegio de los ricos y en la casa me lo repetía y me lo repetía. Bueno, pasé la prueba en la casa del patrón ese verano y partí a Santiago. Mansa ciudad, me decía yo cuando veía esas calles anchas y tanto auto, Santo Dios, me espantaba un poco... No me atrevía a salir sola, algunos domingos me la pasaba encerrá en mi pieza porque no tenía con quién salir hasta que un hermano mío, uno que hacía tiempo había dejado el campo para hacer el servicio militar, se fue a vivir a la capital y me enseñó a irme a su casa, allá en la población Lo Valledor. Entonces me sentí acompañá. Fue en su casa que me pasó lo más importante: conocí al Carlos.

El Carlos trabajaba en la construcción, era un obrero apechugador, serio en su pega, y el capataz le tenía buena. Había nacido en Aysén, él sí que hablaba del sur, se reía del sur mío, lo hallaba chiquitito. Su padre era un arriero y se quedó sin madre muy temprano. Un hermano partió pa la Argentina y no supieron más de él. No era un hombre de familia el Carlos. Me empezó a cortejar en cuanto me conoció, yo era una negra linda, rellenita y graciosa. Al año nos habíamos casado, por una ley nomás, yo quería las dos pero el Carlos era metido en su idea, que por nada se casaba en la iglesia. Total, qué más daba. A Dios no le gusta la felicidad, me dijo. Al principio arrendábamos una pieza en una casa allá por General Velásquez. Yo seguí trabajando hasta el nacimiento de la Golondrina. Cuando me embaracé, la patrona entendió al tiro y me dijo: Luisa, tienes las puertas abiertas, vuelve cuando quieras. Con lo que ganaba el Carlos salíamos adelante. Al año vino el Carlitos, que hoy vive en Suecia, se casó con una sueca bien rubia, de esas que parecen sacadas de una revista, y es electricista. Lo que no le perdono es que se llevó a mi Golondrina, le habló y le habló de Suecia hasta que la otra se tentó. Y me dejaron sola. Ya, puh, Luisa, me decía yo, si los cabros tienen derecho a armar su vida, no se van a quedar pa siempre al lado de la mamá. Pero eso fue después, mucho después.

Me gustaba tanto vivir con el Carlos que no decía ná sobre el campo. Calladita yo, lo echaba de menos, ¡cómo no! Cuando nos cambiamos de casa —porque con dos cabros no cabíamos en la pieza de General Velásquez— me compré un gallo y una gallina pa oírlos cantar. Me salió reindisciplinado el gallo ese, o despistado, quién sabe, cantaba a cualquier hora, no al amanecer como me había acostumbrado yo. Allá en el sur los gallos cantaban cada vez que una gallina ponía un huevo. El canto era una celebración, eso me contó mi papá, y cuando había mucho canto a la hora tranquila de la tarde, él se preparaba pa los huevitos que se comería al día siguiente. Ya en Santiago, yo les guardaba los huevos frescos a los cabros chicos porque el Carlos no los comía, decía que él no iba a comer huevos de «una gallina conocida». Tan tonto el Carlos, tanta idea que tenía en la cabeza. Como les decía, echaba de menos el campo. En las noches. La gente cree que las noches allá son calladitas pero no es cierto. Claro, no hay micros ni música fuerte ni bocinas ni cabros gritando como aquí pero hay un mar de ruidos. Yo distingo esos ruidos, cada pájaro, hay miles de cantos, desde la chicharra hasta el grillo, todos sacan la voz al mismo tiempo y se confunden. Y los perros... Los perros lloran de noche, tantas penas que tienen los perros.

En eso estábamos, el Carlos haciendo edificios y yo criando a los niños, cuando eligieron a Allende. El mundo va a cambiar, Luisa, me decía y me decía el Carlos, tan ilusionado que andaba. Esos años llegaron tan rapidito como se fueron, como metidos siempre adentro de un remolino, apurados, así andábamos todos nosotros. El Carlos trabajaba tanto, que el sindicato, que los cordones industriales, que las reuniones.

Un día me pescó a la hora de once y me pidió que lo escuchara. Yo quiero ganar, Luisa, me dijo. Peleo por ganar y sé por qué lo hago. Lo hago porque cuando era chico no tenía poder. Yo vivía con personas indefensas y aprendí que todo el mal que nos rodeaba, que era mucho, tenía su raíz en el abuso de esa cosa que yo no tenía. ¿Lo entendís, Luisa?

Empezó a hablar de los partidos políticos. No te metái, Carlos, le decía yo, pa qué... Él miraba muy serio y pensaba y no me contaba ná de lo que pasaba por su cabeza. Hablaba de los compañeros, todos eran compañeros. Después no escuché más esa palabra. Me pasaba libros. Quería que yo entendiera. Que me cultivara. No vai a limpiar más la suciedad ajena, Luisa, me decía, cuando volvái a trabajar vai a hacer algo que valga la pena. Fueron días lindos ésos, los mil días, les llamaba el Carlos después, después de todos los horrores.

Fuimos al sur de vacaciones cuando empezó el 73. Y mi papá me dijo: el año viene mal para los trigos, Luisa.

Como un asesino cayó el sol sobre nuestras cabezas el 11 de septiembre.

Una noche lo fueron a buscar. Se lo llevaron a mi Carlos. Yo tenía treinta y un años y él treinta y tres. Fue en noviembre, dos meses después del golpe. Estábamos durmiendo y había toque de queda. Cuando sonaron los golpes en la puerta yo le dije: si no hay nadie en la calle a esta hora, pero golpearon igual. Entraron gritando y llamando al Carlos. Se lo llevaron en un santiamén. Déjenme vestirme, les dijo, pero lo agarraron de los brazos y así, en pijama, se lo llevaron. Me puse a gritar. No gritís, negra, si vuelvo luego, es una equivocación. Fue todo lo que me dijo.

No gritís, negra.

Los niños despertaron. No lo vieron partir, tampoco vieron a los milicos, no vieron ná los niños. Que el papá había partido al sur, les dije al día siguiente, ya va a volver.

Desde el 11 de septiembre, desde el momento en que bombardearon La Moneda, el Carlos andaba muy afligido, por la chupalla que andaba afligido, entonces me pregunté: ¿tendrá fuerzas pa lo que le espera? Fue un sentimiento, nomás, nunca un pensamiento.

Empezó la espera.

Vivíamos en una casita en la población Pablo Neruda del Paradero Siete de la Gran Avenida. Pasó a llamarse Bernardo O'Higgins, lo de Neruda se acabó lueguito. Éramos nuevos y no conocíamos mucho a los vecinos, tanto ajetreo en los tiempos de la UP, ni pa'cer vida social nos alcanzaba la vida. A la mañana siguiente salí a la calle. Quería encontrarme con alguien, cualquiera que me dijera algo de lo que había pasado. Pero nadie se me acercó, nadie sabía ná, nadie vio ná, como si todo fuera idea mía. Mi cama estaba vacía, eso no era de mi imaginación. Me quedé callada. Pensé que había que quedarse callada. Si no abría la boca, el Carlos volvería. Cuanto menos hablara, antes volvería.

Pasaron los días. Ni a salir a comprar pan me atrevía, no fuera cosa que el Carlos llegara y no me encontrara. Todo el día encerrá en la casa con los cabros chicos, era una cosa, como si me fuera a sofocar. Me costaba tanto hacer una diligencia. Partí un día con ellos a Lo Valledor, donde mi hermano. Le conté lo que había pasado. Él se ofreció a ir a hablar a su trabajo, con el capataz. Pero nadie sabía ná. Tres de los obreros de su cuadrilla no habían vuelto, le dijo. Yo no conocía a sus compañeros, el Carlos nunca los llevaba a la casa. Luisa, me dijo mi hermano, ándate pa'l campo, que te cuiden mientras el Carlos vuelve, me dijo. ¿Y si vuelve y yo no estoy?, le contesté.

Me acordaba del Carlos diciéndome: la ley y la justicia no son la misma cosa, Luisa. Acuérdate, la ley *no* es la justicia. Entonces, si le hacía caso al Carlos, ¿a *qué* justicia iba a recurrir?

Y ahí empezó mi calvario.

El primer problema era hacer como si nada hubiera pasado. El segundo, conseguir plata. Tenía dos cabros chicos y un arriendo que pagar. Otra gente tenía subsidios, yo no tenía nada, me dio rabia contra el Carlos, tanto sindicato y tanta tontería, ¿por qué no se preocupó de tener una casa propia? Habrá pensado el pobre que pa eso tenía toda la vida. Y el tercer problema, aprender a vivir sin el Carlos. Una se pone tonta cuando vive con puros cabros chicos. Yo no hablaba con nadie, conocía a muy poca gente. Me empezaron a hacer falta conversaciones con adultos. Pero de a poco fui aprendiendo, aunque fuera a costa de sudor y lágrimas. Más lágrimas que sudor, a decir la verdad, y tenía que esperar la noche pa llorar. Calladita en mi cama, como quien no quiere la cosa... Ahí aprendí a llorar pa'dentro.

Echaba de menos al Carlos. Pensaba que podía pasar frío. ¿Por qué no lo dejaron vestirse? Ese pijama no abrigaba ná. Me daban ganas de abrazarlo. Y me daban ganas de todas esas cosas que no se dicen.

Partí donde mi antigua patrona, la dueña del fundo donde vivían mis padres. Algunos se preguntarán por qué hay tanta mujer pobre que se emplea en las casas. Es que esa tarea es parte de sus vidas, como una extensión. Porque no saben hacer otra cosa. Porque es natural, es hacer lo que una hace todos los días pero pagado. ¿Dónde me iba a emplear yo? ¿Qué sabía hacer? Claro, al Carlos no le gustaba que yo dejara mis fuerzas en casa ajena, pero no tenía más donde dejarlas. El problema eran los niños. La patrona me aguantó con uno solo. Con dos, no, Luisa, me dijo la patrona. Entonces fui a la casa de la vecina, una mujer amable pero parca, hablaba poco. Me gustaba que no fuera chismosa. Me preguntó por el marido, se fue al sur, le dije, y me creyó. Arreglamos que cuidara al Carlitos por una parte de mi sueldo. Tenía un par de cabros ella también, igual debía quedarse en la casa pa cuidarlos. Así, partí a trabajar con la Golondrina. Pegadita a mí iba en las micros, sin chistar. Y se portaba tan rebién mientras yo trabajaba. ¡Pobre cría mía! De ocho de la mañana a seis de la tarde hacía aseo, lavaba ropa, planchaba. De la cocina se encargaba otra, una que era puertas adentro. Y durante esas horas yo miraba y miraba la vida en esa casa. Hasta entonces yo nunca había sido envidiosa, ni conocía la envidia. La patrona era una mujer amable pero altiva, regia ella, tan elegante... Salía a media mañana, a «hacer trámites», nos decía. Quién sabe qué haría. El patrón estaba poco en la casa, iba mucho al sur, a sus tierras. Y los chiquillos estudiaban en la universidad, dos hombres y dos mujeres. Qué desordenados que eran. Dejaban la ropa tirada en el suelo, ¿qué les costaría recogerla? Todo en el suelo, libros, cuadernos, ropa interior, cartas, discos, todo desparramado. La menor, la Paulina, era mi regalona, la conocí tan chica, con su carita monona.

Un día se encerró en su pieza y no había cómo hacerla salir. La llevaron al doctor. Llegó la patrona muy seria después y me dijo: esto es atroz, Luisa, la Paulina está deprimida. ¿De qué está deprimida la Paulina?, pregunté yo, cómo iba a entender, cuando lo tenía todo en la vida. No se habían llevado al marido, tenía techo y comida, no debía criar a dos hijos. Más encima podía ir a la universidad, nadie le ponía un problema. Me costó mucho entender la depresión. Me parecía una enfermedad de ricos. Fue un invierno entero que estuvo deprimida la Paulina y se me pegaba todo el día, no me dejaba tranquila. Estas cabritas tan jóvenes y lindas y de repente se mueren de pena, sin que una comprenda por qué. La patrona habló conmigo, que podía contratar a otra para el aseo pero que no abandonara a la Paulina. Así, me pasé ese invierno oscuro y frío en su pieza, viendo tele con ella y acompañándola. Parecíamos un par de fantasmas, cuál de las dos más triste. A veces era como si las sombras nos hablaran. Escuchábamos la lluvia contra el vidrio de la ventana. Y ella me preguntaba: ¿estás triste por mí, Luisa?, me preguntaba. Me permitían llevar a la Golondrina a la pieza, jugaba calladita en la alfombra. Un día la Paulina me dijo: ¿sabes, Luisa, por qué la mamá está tan preocupada y deja que tú te dediques a mí? No, Paulina, le contesté, cuéntame tú. Porque tienen miedo de que yo me suicide, por eso. ¡Suicidarte, niña linda!, ¿de qué hablas, por el amor de Dios? Yo me imaginaba el futuro de la Paulina cuando creciera, con una profesión a cuestas, con un marido que la querría, un marido con pega y con plata, con el fundo de su papá para las vacaciones, con otra Luisa que le hiciera el aseo, con niños lindos y saludables a quien cuidar, con viajes, ropas, casa bonita. Con el mundo entero en sus manos, ¿cómo iba a hablar de suicidio una niña así? Ay, Señor mío, quizás yo no he aprendido ná de los humanos, pero ná me hacía sentido. De pensar en el futuro de mi Golondrina, al lado del futuro de ella... ¿Qué iba a ser de mi hija si *ella,* que lo tenía todo, se daba esos lujos? Ese primer invierno, el peor de todos, lo pasé gracias a la Paulina y mi Golondrina estuvo calentita. Porque llegábamos a nuestra casa y comenzaba el frío. Teníamos una estufa a parafina para toda la casa pero el Carlos me había enseñado que no durmiera con esa estufa prendida porque así empezaban los incendios, entonces la apagaba al acostarnos, los dos niños se metían bien forrados adentro de mi cama como zorzales entumidos y dormíamos apretaditos. No les faltó comida a ninguno. Ni ropa. Nunca fueron unos pililos mis cabros. Y yo siempre con la mentira en los labios:

porque cada vez que preguntaban por su padre, yo les contestaba: está en el sur.

Y el Carlos no llegaba. Pasaban las noches y los días y él no llegaba. Y el pesar adentro mío no se iba nunca. Pegajoso como sol de la tarde, no se iba nunca.

Un día le pregunté a la patrona si ella creía que con el nuevo gobierno la gente podía desaparecer. ¡Cómo se te ocurre, Luisa!, me contestó. En el trabajo le ponía empeño para saber algo de lo que pasaba. Pero parecía que no pasaba ná. Allá en Las Condes no pasaba ná. Y todos creían que el Carlos estaba en el sur, que me había abandonado.

Hoy he aprendido cosas. He sabido que había lugares donde se podía ir a preguntar y buscar ayuda. Que no todas estaban tan solas como yo. Pero ¿cómo iba a saberlo entonces?

¡Puchas que eché de menos una familia! Una suegra con quien sufrir juntas. Un cuñado que averiguara cosas. Una cuñada pa dejarle a los cabros de vez en cuando. Un desahogo. Alguien con quien hablar del Carlos y que no sonara sospechoso. Más encima, a mi hermano le andaban mal las cosas y dejó la capital. Partió de vuelta al sur a emplearse en el campo. Me quedé sin nadie.

Cada mañana, a un cuarto pa las siete, al salir a trabajar, yo dejaba un cartón en la puerta de la casa, el mismo que sacaba en la tarde pa volverlo a poner al día siguiente. Decía: «Carlos: estoy en el trabajo. Llego a las siete y media. Luisa». Un día la vecina, la que cuidaba al Carlitos, me dijo: y usted, vecina, ¿hasta cuándo piensa seguir poniendo el cartelito ese? Hasta que vuelva, Dios mediante, le contesté. Me miró con pena.

¿Saben lo que mata? El silencio. Eso es lo que mata. Aparte de mi hermano, nunca hablé con nadie.

No gritís, negra.

Años y años callada. Se va haciendo una especie de nudo por dentro, una madeja, y ya no hay cómo desenredarla. Todo se va poniendo oscuro. Una tiende a dejar pasar las cosas que duelen y es un error, es una forma de no aprender. Aunque cueste, hay que parar y tomarlas, atraparlas como si fuera una liebre en el campo, ponerles trampas para dar con ellas y que no se escapen. Si lo que quiere la doctora aquí es que hablemos, lo digo por experiencia: nos va a hacer bien. La *doctora,* le digo, nunca he podido llamarla por su nombre de pila. Al principio le decía señora Natasha pero a ella no le gustaba mucho así que empecé a decirle doctora. Soy subvencionada aquí. Subven-cio-na-da. No tengo plata para esto. Menos mal que no soy la única. Un poco de vergüenza me da, no quiero ni saber cuánto vale la consulta. Pero es que lo otro es ir al consultorio y que le pasen a una la aspirina. Me siento mal, doctor, estoy sufriendo. ¿De qué? Son los nervios, doctor. Me duele todo. Y recibir esa miradita y una aspirina. Yo ya había ingresado al hospital cuando una sicóloga amable se compadeció de mí y las cosas empezaron a cambiar. Ella me llevó donde la doctora. Y por primera vez conté esta historia. Por primera vez le dije a alguien que mi marido era un detenido desaparecido. Ni yo me lo decía a mí misma. Pero eso fue después, mucho después.

Pasaron los días, los meses, los años. Desde el cielo hacia abajo todo se entristecía. Como buena mujer de campo, me quedé con los brazos cruzados, eso hacemos en el campo. Y seguía esperando al Carlos. No se me hacía la idea de muerte. Él estaba vivo. En pijama, y con frío, pero vivo. Un día la patrona me contó que los desaparecidos estaban en Argentina, si pues, me dijo, abandonaron a sus mujeres y se fueron calladitos, aprovechándose de la situación política. Y me acordé de ese hermano, cuñado mío, que había cruzado la cordillera y no volvió más. Pero el Carlos, ¿por qué habría de no volver? El Carlos me quería. Igual me agarré un tiempo de la idea de Argentina. Por si acaso. Me acordaba de la muerte del Batalla. Era mejor cerrar los ojos por tres días tendida debajo del castaño. Cualquier cosa era mejor que esperar.

¿Dónde estás, prenda querida? ¿Dónde estás que no me escuchas?

En la población había carteles de Pinochet. A la gente le gustaba. O si no les gustaba, se quedaban callados. Todos con miedo. De perder la pega. O la vida, claro. Pinochet era como una enfermedad. La mitad del país estaba enfermo y vivían como la enfermedad les permitía nomás. Yo no quería que mis hijos se contagiaran, que a mis hijos los jodieran por su padre, ya bastante jodida estaba yo.

Antes de la doctora, visité adivinas, videntes, cualquiera que me pudiera dar una noticia. Un día en la micro una mujer me pasó una tarjeta que decía: «Transformista de la mente». Pa'llá partí. Y ella me dijo: desde el cielo hasta el último gramo de tierra, pura pena, pura pena. Usted se va a enfermar de pena. Y me quedé pensando: ¿se puede una enfermar de la pena? Pero si el sufrimiento empieza al tiro, nomás abrir los ojos, me acuerdo cuando nació mi Golondrina, nació con un grito y un llanto, eso fue lo primero que hizo al llegar al mundo. ¿Se imaginan ustedes una guagua que nazca riendo? ¿A qué mundo podría ir? Pero razón tenía la transformista. Yo ya me había enfermado y no me daba cuenta. Siempre me dolía el cuerpo, el cuerpo entero, entonces ¿qué diferencia había? Y los nervios..., siempre los nervios. Pero igual me quedó dando vueltas en la cabeza. Pedí una hora al hospital, se demoraron harto tiempo en dármela y cuando fui me encontraron la pelota. En el pecho izquierdo. Tenía cáncer. ¡Cómo no! ¿Y saben lo que yo pienso? Que fueron el silencio y la pena los que se habían metido en el pecho.

Esto del cáncer fue después.

La casa.

Qué veneno.

Dale y dale con pensar: si el Carlos vuelve, aquí va a volver, a esta casa. No va a saber encontrarme en ningún otro lugar. Pagábamos un arriendo. Hasta el día que llegó a verme el casero, un viejo que vivía en mi población, era también dueño del quiosco de la esquina. Quiero vender la casa, me dijo. Yo me espanté. No, puh, don Alberto, cómo que va a vender la casa, le dije yo. Sí, puh, doña Luisa, la quiero vender, tengo un negocio bueno y necesito esta plata, me dijo. ¡Tremendo boche que armé!

¿Adónde va a volver el Carlos?

La Luisa no tiene casa, cantaba la Violeta, no sé cómo llegó a mis oídos esa canción, quizás la escuché de chica allá en Chillán.

En la fiesta nacional
No tiene fuego la Luisa
Ni lámpara ni pañal

La Luisa no tiene casa
La parada militar
Y si va al parque la Luisa
Adónde va a regresar.

Era el mes de septiembre. Me vino una ocurrencia. Me agarré a la idea de la casa. Lo único que pensaba era en la casa. El viejo este, don Alberto, tenía el quiosco a dos sitios del mío, en la esquina de mi calle. Todos compraban ahí, las bebidas, los cigarros, las golosinas, las agujas, el hilo, los boletos del Loto. Pero el quiosco era chico y tenía un manso sitio atrás con una bodeguita donde guardaba la mercadería. No eran más de cuatro tablas pero era un techo. Entonces le dije al señor: véndame la bodega, don Alberto, y se la pago con trabajo, eso le dije. Me miró con cara de que yo estaba loca. ¿Trabajo?, ¿cuál trabajo, doña Luisa?, me preguntó. Le propuse atender su quiosco todas las tardes, a partir de las siete —él cerraba a las nueve—, y los fines de semana. Con mucho respeto me dijo que no, que eso no era negocio pa él, que no le convenía. Esa noche no dormí ná y pensé y pensé. Al día siguiente llamé a la patrona y le dije que no podía ir a trabajar, que me había enfermado. Agarré un cartón grande y escribí: «La Luisa no tiene casa». Tomé el piso de la cocina y me instalé frente al quiosco con mi letrero y con mi Golondrina en brazos. Los vecinos se paraban a preguntar. Toda la población se enteró que me quedaba sin casa y que no tenía dónde ir. Cuando me preguntaban si no podía arrendar una casa en otra población yo les decía que no, que ésta era la mía, que mis hijos habían nacido aquí y que no me iba a ir. Pensaron, quizás, que yo tenía la cabeza muy dura. Pero nadie, nadie se enteró que todo este jaleo era por el Carlos. Pasé tres días sin moverme sentada en mi piso con el letrero en la mano. Hasta que al cuarto día llegó don Alberto. Puchas, doña Luisa, ya todos los vecinos han hablado conmigo, qué le vamos a hacer, voy a aceptar su proposición, le paso nomás la bodega pero usted se las arregla para guardarme la mercadería.

Así se hacían los negocios en mi población.

La patrona me consiguió los paneles con el Hogar de Cristo y al mes yo tenía una mediagua lista, con una pieza, nomás, pero eso daba lo mismo. Después podía ampliarla. La primera noche que dormimos ahí olía a alegría, como a algodón recién lavado. El baldío del sitio con toda su tierra era como un campo de margaritas para mí. Ese otoño las lluvias no empezaban nunca y miraba todos los días lo que había plantado, le echaba agüita al ilán ilán, pa que recibiera al Carlos. Fue el tiempo de mi vida en que más trabajé, gracias a Dios yo era joven y tenía harta fuerza, iba de arriba pa'bajo sin parar trabajando donde la patrona hasta las seis y haciéndome cargo del quiosco después. La ventana de la cocina de mi nueva casa daba a la calle, a la misma calle desde donde el Carlos había partido y adonde el Carlos volvería.

Desde mi humilde mediagua arreglada miré pasar la vida. Nunca me gustaron los cielos turbios de Santiago, que se quedan ahí nomás, no anuncian lluvias, ¿pa qué sirven esos cielos? Los cabros crecieron. Carlitos salió por fin del colegio y se metió de aprendiz de un electricista del Paradero Diez hasta que aprendió y comenzó a traer plata a la casa. Más adelante me arregló los papeles con don Alberto y dejé de trabajar tantas horas. La casa ya era mía y descansé.

Llegaron las protestas. El plebiscito. La alegría ya viene. La llegada de la democracia. Gana la gente. Y yo seguía callada. Y el informe Rettig, lo vi entero por la tele.

La bandera es un calmante.

Pero el Carlos no figuraba ahí. ¿Y cómo va a figurar, Luisa, si no lo hai denunciado?, me dijo mi hermano una vez que fui al campo. Ya era tarde pa eso. Mis hijos habían crecido bien. Nadie los apuntaba con el dedo. Si el Carlos no estaba conmigo, ¿qué me importaba que apareciera o no en las listas? A veces sentía que yo todavía estaba en guerra cuando todos los demás habían firmado la paz. Había democracia pero yo seguía sola.

Algunos días creo que el Carlos me habla. ¿Qué lucha diste, Luisa?, me pregunta. Esperé, le contesto. Te esperé cada día. Yo no te pensé esto, mi negro.

¿Saben qué es lo peor que puede pasarle a un humano? Desaparecer. Morir es mucho mejor que desaparecer.

Más de treinta años sin un hombre. Nadie se muere por falta de hombre. Lo que sé es que estoy cansada. Estoy cansada. Estoy tan cansada.

Me operaron, me trataron el cáncer, con quimio-
terapia y todo, tuve que dejar de trabajar un tiempo y el
seguro me cubrió. Me sacaron el pecho. Había muchas
mujeres en mi situación, tanta mujer sola, viuda, abandonada, separada, lo que fuera, pero todas tan solas. Si a las
horas de visita se llenaba la pieza del hospital con puras
mujeres, unas cuidando a las otras. Cuando entraba el Carlitos todas le tiraban tallas. Lo bueno es que nadie se echaba a morir ahí adentro. Me gustaba tanto ir a una oficina,
a través de la Corporación del Cáncer, donde había una
mujer muy linda que me daba masajes. Nunca nadie me
había tocado fuera del Carlos. De comienzo me dio vergüenza, quién se iba a haber preocupado de que yo sintiera algún placer en el cuerpo. Qué dirían en el campo si me
vieran, pensaba yo. Dejaba kilos de preocupaciones sobre
la camilla en cada sesión. Me acuerdo de esos masajes como
las cosas buenas que me han pasado en la vida.

Ya pasé los cinco años. Se supone que estoy bien.
Los cabros no quisieron partir hasta que yo estuviera buena
y sana. Cuando se fueron, se llevaron la verdad en sus cabezas. Porque la doctora me obligó. Me obligó a decirles cómo
habían sido las cosas. Fue difícil pa mí y pa ellos, como que
no me lo perdonaron. Al final, Carlitos me dijo: tenía derecho a saberlo, es harto distinto ser hijo de un detenido
desaparecido que de un irresponsable que nos abandonó,
tendrías que habernos contado antes.

Mi historia no es más que esto. Ya la conté todita.
No sirvo pa'blar, ni se me ocurre qué decir. Hoy ya no
trabajo de empleada, sólo atiendo el quiosco algunas horas
y ahora don Alberto me paga. Lo paso bien ahí, no me
canso y converso con las señoras de la población. Y los
chiquillos me mandan plata. Vivo en mi casa de siempre.
En los veranos voy al campo donde mi familia; mi vieja

sigue viva, tiene un poco más de noventa y sigue apechugando con la vida aunque no ve ná, se ha ido poniendo muy ciega la vieja. Todavía existe el castaño y el boldo y el estero, todo sigue igual. Todavía hay perros por todos lados. Tengo cuatro nietos y los veo poco, una vez al año como mucho. ¡Cómo los disfruto! Los cabros quieren que viaje a Suecia pero ni hablar, cómo voy a tomar un avión, me muero del susto. Ustedes dirán que ya se me han cerrado todas las puertas. Tengo sesenta y siete años. Todo ha pasado ya. Sin embargo, estoy viva.

Y si quieren saber la verdad, todavía pienso en el Carlos. Todavía en mi cabeza camino junto a él, yo miro al cielo porque siempre ando mirando el cielo y siento su calor que camina al lado mío. El fresco se quedó joven pa siempre en mi mente. Tenía treinta y tres, la edad en que Jesús murió. Un viajero, así lo pienso al Carlos. El regreso a casa. Como que de eso se trata todo. Desde las guerras en adelante. Pienso en el Carlos como el viajero que quiere volver, que usa su voluntad pa eso pero alguien se lo impide. Y todo lo que él quiere es simplemente volver a casa.

Guadalupe

Me llamo Guadalupe, tengo diecinueve años. Me presento en todas partes como Lupe, para no aparecer tan virginal ni tan mexicana, porque soy chilena y bastante poco católica. Los más cercanos me dicen Lu, como si fuera china, y eso me gusta.

Mi vida es compleja y a veces confusa y la razón principal es que soy demasiado distinta al resto de las mujeres.

Primero: soy lesbiana, siempre lo he sido y no me avergüenza serlo, al contrario. Segundo: mi cabeza funciona tan rápido que no alcanzo a comprender la cantidad de cosas que pasan por ella. Siempre va más adelante y me como las palabras, no porque no sepa hablar sino porque todo adentro es un torbellino, todo es rápido y fugaz. Me siento como mi abuelo: a veces se las da de escritor y piensa en muchas palabras a la vez pero no sabe teclear y el ritmo de sus manos no acompaña al de su cabeza. Tengo un coeficiente intelectual muy alto, según me han dado los tests, y eso me agota, pero no es la razón por la que terminé en terapia. Llegué donde Natasha obligada por mi mamá. Me lo exigió con la idea de analizar el tema del lesbianismo, pero yo vine casi por curiosidad. Y me quedé.

Salí del colegio el año pasado y estudio Informática. Tengo la ambición secreta de terminar un día en algo parecido a Silicon Valley, inventando *softwares* y ojalá especializándome en la confección de juegos, eso sería bacán, mi máxima aspiración. De paso, si le achunto a uno, puedo convertirme en millonaria, lo que no estaría nada de mal. En mi generación todos queremos ser ricos.

Y a propósito de eso, vengo de una familia más o menos platuda pero, por lo que entiendo, no tradicional. Vivo en La Dehesa, en una casa enorme y llena de comodidades, con mucha tecnología y no muy buen gusto, todo es nuevo y mis abuelos, tanto los unos como los otros, no salieron de Ñuñoa o de Santiago Centro. Cuando hablo de comodidades, quiero decir que nunca he compartido un dormitorio ni un baño con nadie, que tuve mi primer *laptop* a los quince y fui la primera del curso en llegar a clases con un iPod. Mi papá trabaja en importaciones de piezas para maquinarias, y le va bien. Mi mamá no hace nada, ni siquiera se ocupa de la casa porque tiene gente que lo hace por ella, dos nanas puertas adentro que mantienen todo impecable. Es bastante ociosa mi mamá, no sé cómo no se aburre, mi papá le dice que se busque una pega para entretenerse pero ella contesta que está criando a sus hijos. Somos cinco, la verdad, demasiados. Yo soy la segunda, y detrás de mí vienen tres cabros chicos, el menor de siete años. La mayor es una mujer, ya casada —se casó a los veinte, bien loca ella, ¿verdad?—, y ahora está embarazada, lo que tiene a toda la familia chillando de felicidad. Se llama Rocío, y a pesar de que juntas somos el agua y el aceite, me cae bien. Mi mamá tiene el pelo rubio teñido y una SUV negra enorme y le gusta subirnos a todos adentro para ir al *mall* y tomar helados y comprar, siempre tiene cosas que comprar. Es bastante alegre y a veces divertida, la única sombra de su vida soy yo. Y la sombra es *heavy,* se lo aseguro.

En la más tradicional, empecemos con la idea del beso. Desde los cuentos de la infancia hasta las telenovelas, todo pasa por ahí.

En mi colegio todas mis compañeras hablaban siempre de lo ricos que eran los besos, de ese fuego que se sentía, de esas cosquillas y del millón de cosas que te pasan por dentro. Pero a mí no me pasaba ninguna y por más que daba besos nunca logré sentir maravillas, lo cual me hizo preguntarme si el problema era que no sabía besar o si simplemente no me gustaba.

Por el trabajo de mi papá tuvimos que irnos a Venezuela un tiempo y llegué a Chile cumpliendo catorce años, vieja ya, y todavía sin saber qué demonios era un buen beso. Al llegar, tuve mi primer pololo oficial, Matías. Con él las cosas estaban bien, tranquilas, pero no sentía esas locuras increíbles que sentían mis amigas. Hasta que por fin me pasó. Aunque no con él.

Yo tenía un amigo clandestino, Javier, que era bastante mayor que yo y que era gay —digo lo de clandestino porque mis viejos habrían mirado rarísimo si me hubieran visto con él—. Nos habíamos conocido en una fiesta y salíamos bien seguido. Entonces, una noche que carreteábamos juntos, en la mitad del baile y después del tercer *shot* de tequila, apareció un huevón ultraguapo con una mina, los dos del brazo, y se acercaron para sacarnos a bailar. A Javier se le fueron los ojos, por el gallo, ¿ya? Para ayudarlo, me puse a bailar con la mina, asumiendo que ella estaba en las mismas que yo. Bailamos como una hora y ella me pidió que la acompañara al baño, entró y yo me quedé apoyada en la pared esperándola. En eso abre la puerta y me pregunta si voy a entrar o no. Claro que entré, me senté en el bidé y esperé mirando la cortina de la ducha, muy concentrada. Entonces escuché que el agua del lavatorio dejaba de correr, había cerrado la llave y me encaminé a la puerta para abrirla, para que saliéramos las dos juntas, pero ella no me dejó, me dio la vuelta y me plantó un beso.

¡Y al fin sentí los putos pajaritos, pelos de punta, revoloteos, fuego, todo!

Me puse nerviosa y abrí la puerta, caminé hacia una pieza al fondo del pasadizo donde encontré una salita de estar ultrahippie con cojines en el piso y telas en las paredes y mil cosas medio árabes. Ella me siguió, nos sentamos en un cojín gigante y aproveché de desquitarme de todos los besos insípidos que había dado hasta ese momento. Lo divertido fue que en algún punto me acordé del Mati, me di cuenta que le estaba poniendo el gorro y salí de la pieza, llegué al baile, tomé a Javier de un ala y nos fuimos.

Javier siguió saliendo con el supermino, volví a ver a esta chica varias veces —se llama Claudia— y siempre en buenísima onda, yo siempre pololeando con el Mati, y la verdad es que me costaba resistir las ganas de darle un beso cada vez que la veía. Y el Mati me aburría cada vez más, pero igual lo quería.

Un día Matías y yo nos peleamos, por alguna estupidez, y terminamos el pololeo. Más bien, decidimos darnos un tiempo. Y por alguna razón, perderlo fue un colapso mucho mayor de lo que yo esperaba. Creo que en el fondo entendí que entre mi relación con él y yo se trazaba *la línea de la normalidad*. En buenas cuentas, él era la razón por la que yo no me tiraba encima de la Claudia.

Desaparecido él, nada me sujetaba. Y ahí... ahí me quedó la cagada.

Fueron días difíciles. Mi mamá había acompañado a mi papá a Buenos Aires y los tres cabros chicos estaban con la abuela. Me encontraba un poco sola desde la vuelta de Caracas, debía esperar el fin de semestre para retomar el colegio y pasaba largos ratos sin hacer nada. La casa era fantasmal, no sé dónde andaba la Rocío que ni la veía. Tomé el celular buscando en la C el número de mi amiga Coca para llamarla y, zas, la pantalla me muestra el número de la Claudia. Como por arte de magia.

Llegó en una hora a mi casa, tuve justo el tiempo para ordenar la pieza, ducharme, vestirme y comer algo. Nos quedamos en el living escuchando música con mi equipo y su discman, ella sentada en el sillón y yo acostada, apoyando la cabeza en sus piernas. Conversamos mucho rato. En un momento, nos dimos un beso. A los diez minutos estábamos en mi cama.

La verdad, nunca me di cuenta de lo que estaba haciendo. Eran mis impulsos, era mi naturaleza. Fue la primera vez en mi vida que tuve *sexo,* nunca había estado con un hombre, porque, claro, a los catorce años lo hallaba un poco asqueroso. Pero una vez que despertó esta bestia adentro de mí, no tuve cómo pararla.

Al día siguiente llamé al Mati y le dije que se olvidara del tema de «darnos un tiempo», que no lo necesitaba, que termináramos las cosas y listo.

La Claudia fue fundamental para mí. Luego ella se embarazó —todo muy *bi*— y terminó el romance (no quería ser «lesbiana oficial» hasta que su hijo creciera), pero somos grandes amigas hasta hoy día.

Terminada la relación, traté de no rumiar mucho esta cosa rara que me había pasado. Ok, era una experiencia, no una definición. Aunque me resultaba difícil, trataba de ignorarlo o de ignorarme a mí misma, no sé bien cómo ponerlo, pero me pillaba a veces jugando a «ser normal», a hablar de hombres como se hace a esa edad, a fascinarme con los gallos del cine o de la tele, a carretear con mis amigas como cualquiera. Incluso salí con un par de pretendientes un rato pero ninguno me gustaba de verdad ni me trastornaba como yo esperaba que lo hiciera. Lo curioso es que yo todavía *esperaba* que me gustara un hombre.

Como a los seis meses de haber conocido a la Claudia asistí a la inauguración de una exposición de pintura de una prima mía, fui con toda la familia. Durante el cóctel me fijé en una de las camareras que paseaban por la galería. Estaba vestida de blanco y negro y se contoneaba con una bandeja en la mano ofreciendo copas de vino tinto. Me llamó la atención su feminidad y la gracia de sus movimientos. Me quedé mirándola un buen rato. Más tarde fui al baño y me encontré con ella —¡siempre en los baños!— y empezamos a conversar, una de esas conversaciones banales de chicas en un baño, que cómo me llamaba, a qué colegio iba, cosas así, y luego salí del baño, me reuní con mi grupo frente a la pintura de un enorme caballo de colores y me dediqué a entretenerme.

Al día siguiente de la inauguración, ella estaba esperándome a la salida de clases. ¡No pude creerlo! Era una mina guapísima de diecinueve años y yo una pendeja de catorce y no exactamente una reina de belleza. Se había dado el trabajo de averiguar los horarios de clases y me había ido a buscar. Desde ese día estuvimos juntas y con ella creé mi primera pareja, con todo lo que eso significa: una niña de catorce años pololeando de verdad con una de diecinueve. A esa edad cinco años son muchos años.

Se llamaba Agustina y le decían la Gata.

La Gata pasó a ser mi punto de referencia en la vida. Con ella las cosas funcionaban superbién, me sentía segura y me emocionaba la solidez de nuestra relación. Cuando a veces escuchaba a mi mamá —en algún momento jodido con mi papá— quejarse contra los hombres, algo dentro de mí se aliviaba. Yo no tengo que pasar por eso, me decía. Un día, luego de una larga conversación con la Gata en que yo le había contado detalles de mi vida, llegué a la casa y oí a mi mamá diciéndole a mi hermana: los hombres nunca han escuchado a las mujeres, ¡nunca! Sonreí por lo bajo. A mí, la Gata me escuchaba. Y yo a ella. Era mi mejor amiga, mi confidente, mi *partner*, mi pareja, era todo. Tenía la sensación de que por fin algo era propio, como si antes mis sentimientos no hubieran tenido independencia y por lo tanto no pudiera usarlos. Estuvimos juntas tres años. Fuimos y vinimos incontables veces, peleábamos, terminábamos y al día siguiente volvíamos. Entremedio, cuando algún gallo me parecía un poco más atractivo que el resto, pololeaba con él un mes, sólo como pantalla para mis viejos, porque no quería que se enteraran de que tenían una hija lesbiana. Por supuesto, al profundizar esta aventura, aprendí lo que significaba *relacionarse,* lo bueno y lo malo de ello, las maravillas y las dificultades, como lo aprende toda mujer con su primer hombre.

Teníamos muchos planes para el futuro: en cuanto yo cumpliera los dieciocho, nos iríamos juntas a Nueva York, viviríamos en el Soho, yo buscaría una pega *full time* durante un año, de lo que fuera, para poder más tarde costearme estudios de informática. Ella se interesaba en el diseño de vestuario y ya tenía contactos con un par de diseñadores latinos jóvenes y más o menos sabía cómo partir, qué hacer. A veces nos dedicábamos a imaginar cómo sería el departamento en el que viviríamos, la tela que tiraríamos sobre el sillón, la pintura verde manzana que le pondríamos a la cocina, la cafetera que usaríamos, cómo dividiríamos el clóset (a ella la ropa le gustaba mucho más que a mí). El más grande de nuestros enemigos era el famoso calendario: yo lo miraba y lo miraba y me parecía eterno. ¡Cómo apurar el tiempo, por la mierda, cómo hacerlo para que yo creciera luego y fuera libre! La paciencia de la Gata era *heavy,* si se hubiese enamorado de alguien mayor ya podría estar caminando por la Quinta Avenida y no por el Parque Forestal.

Los papás de la Gata vivían en el sur, en Temuco, y les arrendaban a sus hijos un pequeño departamento en plaza Baquedano para que estudiaran en Santiago. Su hermano era una especie de *nerd,* un pequeño genio que estudiaba Ingeniería Civil, que nunca veía ni escuchaba nada, metido en su mundo todo el rato, ausente a casi toda hora, el compañero ideal para nosotras. Mis horarios eran hiperrestringidos durante la semana, mi mamá sabía perfectamente cómo funcionaba mi colegio y mis horas de salida. Es increíble los niveles de encarcelamiento en que viven las escolares de colegio privado del barrio alto: todos sus movimientos son controlados. Debía crear tiempo para mi vida privada. Tuve que inventarme, entonces, una *vocación,* no tenía otra alternativa para ver a la Gata sin que me pillaran: decidí que quería ser escritora y que me apuntaría al taller literario más exhaustivo, uno que diera lecciones dos veces por semana, y, por supuesto, lo daría algún escritor *loser* que viviera en el centro. Inventarlo me costó diez minutos, mi mamá es tan inculta que le podría haber dicho cualquier nombre y me lo habría creído. Estaba feliz de verme tan interesada en algo así y se lo comentaba a mi papá llena de admiración. A veces, cuando me pedía que le mostrara algo del trabajo que hacíamos en el taller, yo bajaba cualquier texto de Internet y se lo daba a leer, dejándola impresionadísima. Además, ella me pagaba el taller, por supuesto, no existen los talleres gratuitos. Eso me daba pena, me sentía un poco ladrona. No es que a mis viejos les faltara plata, no era eso lo que me importaba, era la credulidad. Pero yo tenía absoluta conciencia de que cualquier engaño era mejor que la realidad misma. ¿Ok?

A medida que pasaba el tiempo y conocía a la Gata cada vez más, tanto a ella como a su ambiente y sus amigos, empecé a darme cuenta de que me ponía el gorro *non stop.* Como era mi primera experiencia, asumí que las relaciones entre mujeres eran así, e interioricé la infidelidad como algo normal y cotidiano. Hasta el día de hoy, soy permisiva al respecto, siempre que se converse el tema y se explique. Tiendo a perdonar. Pero tampoco soy estúpida y si me entero por otro lado, no hay discusión posible, pesca tus cositas y ándate.

Durante el tiempo que estuve con ella aprendí un montón sobre relaciones, crecí muchísimo, pero también me cagué de miedo. Me sentí super sola, insegura, escondida, no aceptada. Disimular ante todo el mundo el cariño que sientes por alguien es muy complicado y angustiante. Me imagino que es por eso que existen las relaciones oficiales como el pololeo, el noviazgo, el matrimonio. Se tienen que haber inventado para que la potencia de los sentimientos tenga derecho a existir, para darle una vía libre a que se expresen y desarrollen. Una válvula de escape, en buenas cuentas. Para mí tiene todo el sentido del mundo. Especialmente en la adolescencia, cuando lo único, *lo único* que importa es lo que sientes. Hay que aplastarlo para que no se te vaya por una rendija y se note, se vea. Fueron años de un silencio cuático: amar así y no poder contarlo es *heavy*. No hablaba con nadie por miedo, fingía frente a todo el mundo, me hacía pasar por alguien que en verdad no era y eso, lo juro, es horrible, es una de las peores cosas que te pueden pasar. Me sentía ajena a todo lo que estuviera fuera de mi relación. Enajenada, como diría Natasha. En algún momento decidí que mi vida no estaba bien y tuve dudas sobre mi fuerza para enfrentarla y salir de ahí sana y salva.

Quizás alguna de ustedes se pregunte cómo se asume la homosexualidad. Creo que es un proceso largo, paulatino, difícil y lleno de trampas. Por ejemplo, mi aspecto ha sido siempre masculino: desde muy chica no soportaba las cintas rosadas en el pelo ni los vuelos en el vestido, siempre he llevado el pelo muy corto, desde que dejó de vestirme mi mamá y yo pude elegir opté por el negro como mi color y ningún color «femenino» me gustaba. Igual que Layla: ni rosados ni celestes. Mis hermanos chicos me dicen «la camionera» y les carga mi manera de caminar, de fumar. A veces, soñando con los ojos abiertos, me veía a mí misma tierna, toda vaporosa, con vestidos largos y blancos y el pelo muy suave al viento, como una elfa de Tolkien, preciosa, etérea, ultrafemenina, como Galadriel —o como Cate Blanchett actuando de Galadriel—, la esencia de lo que se considera ser mujer. Y cuando me veía así, me daban ganas de entregarme, de no pelear más contra el mundo, de soltar las defensas, de que alguien me dijera: duerme, Lu, duerme que yo te quiero, descansa.

Ok. Cuando cumplí diecisiete años ya me consideraba una lesbiana experta y deseada por todas las minas, aunque eso no es mucho decir considerando los espantos de mujeres que frecuentan el mundo gay santiaguino. Las cosas con la Gata iban viento en popa y yo estaba cada vez más segura de que *she was the one*. Aunque seguíamos ocultándonos.

Poco antes de mi cumpleaños, me junté con ella en El Cafetto de Providencia, nuestro café habitual, y me contó que le habían ofrecido una pasantía en un taller de diseño en Nueva York y que aprovecharía para profundizar sus estudios, que le pagarían suficiente como para vivir y con eso, unido a lo que le enviaba su viejo al mes, podía pagarse el arriendo de un departamento y vivir tranquila. O sea..., se iba un año antes de lo planeado, por lo tanto, *sin mí*.

Se me cayó el cielo encima.

En un mes, ya se había ido.

Una prima mía estudiaba una maestría en Irlanda y en las vacaciones de verano rogué y rogué: papá y mamá, déjenme ir, necesito salir de aquí. Por fa, por fa. Me dijeron que sí. ¡Chacal! Y me fui. A desquitarme. Me encargué de agarrarme a cualquier huevón que pudiera y ni me fijé en las minas, las odiaba: todas eran unas traicioneras.

Tipo febrero, estando yo aún en Dublín, recibí un mail de la Gata. Me contaba de su departamento restaurado en el Soho, de la cafetera, del color de la colcha, de cuánto se acordaba de mí y de mis ganas de vivir en Nueva York, de que en realidad la ciudad estaba hecha para mí y bla, bla, bla. Al pie de mail, una posdata decía: «Conocí a una chica que se llama Soledad. Es superlinda y estoy saliendo con ella, le conté de lo nuestro y no tiene ningún problema, aunque a veces se enoja porque hablo mucho de ti, ¿no te pasa a ti lo mismo?».

Exploté. Decidí no volver a hablarle. Le respondí un mail super políticamente correcto y al mes me contestó —cáchense, ¡al mes!— contándome que ya vivía con la concha de su madre de la Soledad y que estaba *tan* contenta.

Así, me desconecté de la vida de la Gata y volví a Chile decidida a no pololear en mucho, mucho tiempo.

Estaba equivocada.

En el mundo hay muchos tipos de discriminación, pero pocos como los que sufrimos las lesbianas. Los hombres homosexuales han avanzado, sus realidades hoy no tienen *nada* que ver con las de hace veinte o treinta años.

El mundo es más humano, una presidenta mujer en Chile, un negro en Estados Unidos, también los hombres gays se acercan al poder. Sin embargo, nosotras no. Los gays han llegado al punto no sólo de ser tolerados sino además apreciados. Si hasta los barrios en que se instalan suben de precio, llegaron los gays, todo será más bonito, más sofisticado, más elegante. Es que los gays tienen tan buen gusto, es que cuidan tanto el entorno..., huevadas así. Un poco más y verán la consigna: *Rent a gay.* Los ponen como personajes importantes y adorables en las series de la tele. Las mamás de hombres gays terminan encariñándose con sus parejas, se sienten protegidas por este hijo que se encargará de ella toda la vida —otro mito más— y aunque al principio se hayan ido a la mierda al enterarse de las inclinaciones sexuales de su hijo, con el tiempo lo superan y lo viven alegremente. Son el perfecto adorno para una comida social. Pero nosotras: escondidas, siempre escondidas. Nunca he sabido, en el ambiente, de que algún padre siente a la mesa a su hija lesbiana con su pareja frente a sus amigos. Los hijos gays a veces se convierten en un trofeo, mientras nosotras somos un lastre. En Chile, al menos. Me contaron que el ministro de Cultura francés no sólo era gay sino que además escribió un libro detallando sus peripecias sexuales. Yo no cacho mucho de política, si me dedicara a eso seguro que me la pasaría disimulando. En el ambiente artístico, las cosas son un poco más relajadas, pero ¿quién dijo que las lesbianas se dedican sólo al arte?

Sigo con mi historia.

Volví de Dublín más guapa de lo que había estado en mucho tiempo; no crean que fue casual. Era mucho más grande y estaba mucho más enojada con el mundo que antes. En el asiento de al lado de la sala de clases conocí a la Rosario, una mina ultra *pelolais,* típica pendeja de diecisiete, femenina a cagarse y totalmente hetero. La verdad es que no le encontré nada especial hasta que ella empezó a pensar que yo era fascinante y quería pasar más tiempo conmigo de lo que querría cualquier persona cuerda. Comenzamos a salir a veces, a conversar, a sentarnos juntas en clases, y un día fuimos a un asado de curso y después de una buena cuota de carrete seguimos a una fiesta sumando grados de alcohol al cuerpo. Ese día me quedé a dormir en su casa y mientras conversábamos tiradas sobre la cama, se abalanzó sobre mí y me dio un beso.

¡Ahí comenzó la cagada!

Nos pillaron.

En un momento, la mamá subió, nos vio y tuve que aguantar dos horas de conversación en la mesa del comedor familiar. La mamá de la Rosario amenazó con llamar a mi vieja para contarle y el miedo me empezó a inundar. Logré convencerla de que no lo hiciera, pero pasé dos semanas aterrada, sin saber si cumpliría su palabra. Por mientras, hiperescondidas de los viejos, nos pusimos a pololear. La Rosario nunca entendió la seriedad del asunto y le faltó poco para publicarlo en el diario mural del colegio. Tarde o temprano, todos se enteraron y terminé sentada en la oficina de la directora: o hablaba yo con mis viejos o les decía ella en la reunión del día siguiente.

Llegué a mi casa ese día muriéndome de miedo, cercada por todos lados, teniendo claro que no había vuelta atrás. Debía aceptar «lo que había hecho» —palabras de la directora— y decirles a mis viejos que me gustaban las minas. Mi mamá, que será frívola pero no tonta, me había preguntado sobre el tema algunas veces. Supongo que era culpa de mi pelo corto, de mi actitud masculina y de mis amigos gays. Ellos eran un claro referente. La verdad, no había que ser muy perspicaz para darse cuenta de lo que estaba pasando. Pero, gracias a Dios, siempre he sido seca para vender la pomada así que no costó demasiado que mi mamá me creyera cuando le decía que de verdad me gustaban los hombres.

Llegó mi mamá a la casa, era el momento de enfrentarla, y le pregunté si podía hablar con ella de una cosa muy importante. Accedió de inmediato. Me senté frente a ella en la mesa del comedor, la miré a los ojos y le dije: mamá, hasta hoy estaba pololeando con una compañera de curso.

Es todo lo que recuerdo. Después comenzó una nebulosa, preguntas y respuestas que no tengo claras. Pero sé que a los cinco o diez minutos mi vieja se puso a llorar y decidí pararme y subir a mi pieza a encerrarme un rato, me fumé una cajetilla de cigarrillos en menos tiempo del que creí posible y esperé.

Una hora después subió a verme mi nana, que me conoce de toda la vida y me abrazó con fuerza. Me miró y me dijo: yo te voy a querer igual, pase lo que pase. Esa frase me da vueltas hasta el día de hoy y creo que fue la que me dio más convicción para afrontar lo que me esperaba.

Mi papá venía en camino, llamado por mi mamá, supongo. Yo creo que él siempre tuvo sospechas, pero realmente no le afectaba tanto el tema. La cosa es que llegó mi viejo y se sentó en el living con mi mamá a esperar que yo bajara. Entré muerta de miedo. Me fijé en que ese día mi papá se había puesto una camisa de rayas rosadas. Y que la cara de mi mamá estaba empapada por el llanto.

Me senté en uno de los sillones color damasco y los miré con cara de terror. Mi papá me pidió que le explicara. Les dije que era bisexual (pequeña mentira piadosa) y que no sabía qué onda y de nuevo la nebulosa. No recuerdo bien la conversación, supongo que el pánico iba borrando mi memoria a medida que empezaba a almacenarse. En algún momento, mi mamá se levantó y al minuto sentí que sacaba el auto del garaje. Me quedé sola con mi papá. Su primera pregunta fue si me había acostado alguna vez con un hombre, a lo que respondí que no. Luego, si lo había hecho con una mujer. Le dije que sí. Me contestó: no decidas que prefieres la vainilla si no has probado el chocolate. Me reí y él me acompañó. Lo que más le enojaba era que no le hubiera dicho antes. Pensaba que la confianza que teníamos era más fuerte de la que yo había demostrado al haber ocultado esto por años. Bastante más *cool* mi papá de lo esperado.

Devastada, subí a mi pieza. Cerré la puerta, me acosté en mi cama y traté de dormir. Al día siguiente partí al colegio a esperar el resultado de la reunión de la directora con mis viejos. Nadie me preguntó si les había dicho o no y la directora jamás mencionó el tema con ellos. ¿Se dan cuenta? Me obligaron a salir del clóset bajo amenaza y fue todo mentira. O sea, si no les hubiera contado, probablemente no lo sabrían hasta el día de hoy y podría haberse evitado tanto dolor. Me cagaron en mala. Pero, a la vez, fue la mejor decisión. La única posible para dejar de mentir.

Las cosas con la Rosario iban de mal en peor. Ella, después de haber sido tan bocona, ahora estaba siempre asustada por lo que estaba pasando. No entendía cómo podía estar con una mujer si siempre le habían gustado los hombres y creo que por eso no me dio pasada. Pololeamos un mes y ella me pateó, fue la primera y hasta ahora la única mina en hacerlo. Hoy la entiendo, debe haber sido muy complicado para ella, pero entonces le eché la culpa de todo, la odié con el alma y desde ese momento en adelante me transformé en la *party monster*.

Fue un período muy autodestructivo.

Hasta ese día salía todos los fines de semana y carreteaba harto pero sin mucha conciencia de lo que hacía, en el fondo sólo eran jugarretas adolescentes. Ahora no, ahora salía a destruirme. Ésa era mi intención. Fumaba pitos todo el día. No es que lo hiciera por primera vez, pero antes fumaba para estar tranquila, para escribir o para bailar. Ahora era distinto. Lo hacía de manera compulsiva, casi adictiva. Tomaba copete cada vez que salía y aunque no solía curarme —tengo buena cabeza— me mandaba cagadas y jugaba a lo que quería.

Debo mencionar a Johnny, mi amigo del alma hasta hoy día. Él es gay, obvio. Y en esa época fue mi compañero de juergas, de engaños, de juegos y mentiras, de todo. Y de coca. Porque también le hice a la coca un tiempo.

Y mi mamá, cada vez más preocupada por lo que me estaba pasando. En el colegio mis notas eran un asco, me quedaba dormida en clase o me portaba pésimo, no tenía ningún interés en estar ahí, quería escaparme a fumar pitos y ver la tele todo el día y caminar por Santiago o ir a bailar. Las clases me partían en dos, igual que mis compañeros, que eran unos perfectos idiotas.

Un día, después de clases, me quedé conversando con un grupo que estudiaba un par de cursos más abajo que yo y uno me preguntó si sabía de dónde podía sacar semillas de marihuana, porque quería plantar. El pendejo estaba en octavo y tenía dieciséis años, para que se lo imaginen, un año menos que yo. Le dije que tenía algunas en mi casa y que se las regalaba si quería. Una semana después me acordé y las eché a la mochila. Antes de entrar a clases le pasé un cartucho de papel con las semillas adentro que eran viejas, tenían más de un año, lo más probable es que nada fuera a crecer de ellas.

Un par de días después descubrí por qué un pendejo de dieciséis años seguía en octavo básico. Era un día gris de mierda y yo estaba una vez más apestada del colegio y queriendo que llegaran ya las 3.30 para poder irme a la plaza o a mi casa o quién sabe dónde. Recuerdo que pasé toda la primera hora de clases mandándole mensajes de texto a una amiga puteando contra todo el mundo.

Al final de la primera hora me llamó la profesora jefe fuera de la sala y me mandó a la dirección. Yo, sin saber *qué* cagada me había mandado ahora. Mario, el pendejo de mierda, se había dedicado a regalar semillas, el papá lo había pillado y me delató en menos de un segundo. Obviamente el papá llamó al colegio. Ya habían echado a tres amigos míos por marihuana: a uno por fumar, a otro por vender y al tercero por andar trayendo las semillas. Pero éstas no eran ilegales, por lo que yo pensé que no me iba a pasar nada. Bueno, llevaban dos meses tratando de agarrarme con algo. La mamá de la Rosario se había encargado de hacerme una campaña del terror con los demás apoderados de mi curso, en la

onda de que yo era una pésima influencia para sus pobres hijos.

Y me echaron.

Ok. Perdí mi colegio, que hasta ese momento, por
más que dijera que lo odiaba, era el único lugar donde me
sentía en familia. Me tuve que ir. Dejar a todos mis amigos.
Empezar de nuevo. Me metieron a un instituto donde van
las minas cuicas echadas de los colegios normales. Un lugar *de terror.*

Entre tanto, había conocido a una mujer, digo una
mujer, no una mina ni una chica ni una loca de mi edad.
Se llamaba Ximena. Fue en una kermés del colegio del
Johnny. Él quedó a cargo de un puesto de café y yo me
comprometí a ayudarlo. Entre los dos atendimos a la gente y vendimos más vasos de café que nadie, también pas-
telitos que había hecho mi nana. Recibía contenta la plata, sintiéndome toda una empresaria. En un momento
comenzó una obra de teatro de los alumnos, partimos todos
a verla y cerré el puesto por un rato. Pero en la mitad de la
obra me aburrí y salí a fumar un pucho. Cuando estaba
terminando, vi a una señora muy guapa bajarse de un auto
y pensé que quizás podría querer un café, así es que me
apuré hasta el puesto para llegar antes que ella. Doscientos
pesos no será mucho pero estaba empecinada en que el
nuestro fuera el puesto que ganara más plata. Esperé a que
llegara, obviamente mis diecisiete años y mis zapatillas
Nike eran mucho más rápidos que sus treinta y siete y sus
tacones. No sé qué me pasa con los tacones pero los encuentro altamente atractivos, los *stilettos* por sobre todos
los otros. Mezclado con la *panty* adecuada, son una bom-
ba segura. Cuando llegó, me miró sorprendida de que no
hubiera nadie y me preguntó cuánto rato hacía que habían
entrado. Hace como veinte minutos, le respondí y aproveché para ofrecerle un café. Me dijo que andaba sin

monedas y —obviamente— le dije que corría por cuenta de la casa. Saqué dos monedas de cien de mi bolsillo y las puse en la alcancía. Ella se rió y aceptó encantada. Le expliqué que la obra tendría un intermedio dentro de media hora y que entonces podría entrar porque no era muy buena idea que interrumpiera. Me hizo caso y se quedó todo ese rato conversando conmigo. Muy animada. Entonces supe que se llamaba Ximena, que estaba recién separada de su marido, que era abogada y que tenía un hijo en cuarto básico. Y que necesitaba un profesor particular que le diera clases de inglés al cabro chico. Yo me ofrecí inmediatamente, le conté de mis cursos en Dublín, ella nuevamente aceptó encantada. Intercambiamos celulares y seguimos conversando, estaba impresionada conmigo y con lo fácil que le resultaba hablar con alguien que tenía veinte años menos. Se rió de todas mis historias y aproveché para mostrarme lo más inteligente e interesante posible, pues era extremadamente atractiva.

Una semana después empecé con las clases de inglés. Me pagaba muy bien. A veces yo le pedía que me pagara menos porque no podía cobrarle los ratos que conversaba con Simón, su hijo, ni menos el tiempo en que tomábamos té y veíamos *Bob Esponja* juntos. Era tanto lo que me gustaba la Ximena que nunca le conté a mi mamá que hacía estas clases porque me ponía nerviosa. Además, si mi vieja se enteraba de que estaba ganando plata, lo más probable era que me dejara de dar mesada y, si eso pasaba, disminuiría el nivel de carrete en mi vida, ya que todo cuesta plata.

Poco después de que me echaran del colegio, fui a darle clases a Simón y cuando llegué, me abrió la puerta la propia Ximena, llorando como una loca. Al verme se puso roja y empezó a pedir disculpas. Me explicó que su ex marido había estado en la casa, que había quedado la cagada y que había salido con Simón, pero a ella se le olvidó avisarme. Que no me preocupara, que igual me iba a pagar la clase. Le pedí que no pensara en eso, que se sentara y le llevé un vaso de agua. Me instalé a su lado y traté de calmarla. Hablamos mucho rato y ella terminó abrazada a mí, llorando sin parar.

No sé bien qué pasó, pero le di un beso.

Ella se puso nerviosa pero me abrazó con más fuerza y me respondió complacida.

A partir de ese día comencé a llegar más temprano a las clases y a veces a irme más tarde, me quedaba conversando con la Ximena. Ella empezó a mostrarse más contenta y yo, por mi lado, a comprometerme un poco más con mis propias cosas. A veces nos dábamos besos, a veces no, más que nada conversábamos.

Un día me invitó a salir, las dos, onda amigas, fuimos a comer. Me dijo que estaba super complicada porque yo le estaba empezando a gustar. Bueno, a mí ella me encantaba. No olvidaba que tenía treinta y siete años, un hijo, una separación y quién sabe cuánto carrete en el cuerpo. Pero parecía una niña. Porque no tenía idea de cómo enfrentar la situación me-gusta-alguien-de-mi-mismo-sexo.

Comenzamos a salir más seguido. Me quedé a dormir un par de veces en su casa. Pensé, en verdad, que podía estar así durante muchísimo tiempo sin aburrirme. Pero ya a esas alturas me estaba acostumbrando a que estas cosas no me resulten. De a poco me cayó toda la depre que no me había caído antes. Seguía saliendo con el Johnny casi todos los fines de semana a carretear. En una de esas noches conocí a la Lulú, una chica de dieciséis años, muy, pero muy guapa y profundamente triste, lo cual me conmovió muchísimo, y decidí que, fuera como fuera, la haría sonreír, así es que me dediqué toda la noche a que se cagara de la risa. Terminamos conversando y riéndonos mucho y me di cuenta de cuánto me gustaba esa sensación.

Me encanta poder transformar a otro, aunque sea por un momento, nomás.

Y lo que más me encanta de todo es que me quieran, supongo que a todos les pasa lo mismo. ¿Por qué mierdas una busca la vida entera ser querida? ¿Por qué una es capaz de *todo* con tal de que la quieran? A veces, cuando estoy en ambientes hetero donde conocen mis inclinaciones, siento que me miran, los pobres, creyendo que soy un objeto de caridad. Y me he pillado a mí misma pensando: si la compasión implica más amor, adelante, que me compadezcan.

Resultó que justo esa misma semana la Xime me dijo que la estaba complicando mucho el tema con Simón y la separación y que prefería que paráramos un tiempo. Que no quería dejar de verme pero que estaba muy confundida, que no cerráramos ninguna puerta, que nos íbamos a encontrar de nuevo. Tener veinte años más que yo estaba por encima de sus fuerzas y que no sabía cómo bancárselo.

Yo, devastada una vez más, pasé una semana sin ir a clases, haciendo la cimarra con los nuevos compañeros del instituto y metida en puras huevás. Y siempre pensando en sexo. A veces he llegado a preguntarme si el lesbianismo te hace más caliente que la heterosexualidad. Todas mis amigas lesbianas no piensan más que en sexo. Una obsesión en la mitad de la cabeza, como si nos hubieran dado ahí con una flecha. Cuando escucho a personas como Simona o como Mané me pregunto: ¿cómo pueden vivir sin sexo?, ¿será porque son viejas?, ¿cómo eran ellas a mi edad? Quizás sea sólo una cuestión de años. Igual, no me puedo imaginar a mí misma en el futuro sin la calentura permanente, sin un cuerpo a mi lado en la cama. El día en que pierda eso, creo que lo habré perdido todo.

Total, que después llegó la Lulú. Poco a poco empezamos a vernos, tranquilo, buena onda, disfrutaba mucho de su compañía, estar juntas era fácil y la mayoría de las cosas resultaban triviales para ella, no se quedaba pegada en pendejadas. Así, con ella las cosas fueron sencillas, rápidas y muy aprovechadas.

Estuvimos un año y medio juntas. Compartimos la vida y fue la primera vez que me casé. Existe este mito entre las lesbianas: después de la segunda salida se casan. Hay un chiste al respecto:

—¿Qué lleva una lesbiana a su segunda cita?

—Las maletas.

Ok, no muy divertido pero es típico. Eso me pasó a mí con la Lulú. Fue tan fuerte que me peleé con toda mi familia para mantener viva esta relación. Vivimos juntas, viajamos juntas y creé lazos muy fuertes con su familia. Su mamá pasó a ser casi una mamá para mí también. Mi propia vieja se escandalizaba, no entendía cómo la mamá de la Lulú aguantaba que durmiéramos juntas bajo su mismo techo. Una vez me enfermé en casa de Lulú y mi vieja fue a verme. Cuando la vi aparecer en esa casa y sentarse en el sillón de ese dormitorio, comprendí que había ganado la guerra, ya no una pequeña batalla, sino la guerra misma.

Bueno, en este caso, como partió todo tan rápido, terminó rápido también. Un día estábamos estupendo y al siguiente, peleadas a muerte.

Ya acabada la historia de Lulú, volví a ver a la Ximena. Tuvimos un *affaire* corto pero intenso. Fue raro volver a su vida como si el tiempo no hubiera pasado. Pero a las dos semanas, nos pilló el ex marido. Fue de improviso a buscar a Simón, que estaba en casa de unos compañeros de curso, y abrí yo la puerta, en bata de levantarse. De nuevo caos. Después de ese incidente, decidimos que había demasiadas cosas en riesgo para ella (aunque yo no perdía nada). Me pregunto por qué una abre siempre la puerta. Por qué nadie es capaz de dejar que el timbre suene. La gente es muy idiota, yo también. Y también me pregunto por ese ex marido y por todos los de su lote: ¿qué creen ellos que significa la homosexualidad? ¿O la bisexualidad, como en este caso? Muchos científicos dicen que todos los seres humanos son bisexuales, que la sexualidad tiene que ver con la cantidad de hormonas masculinas y femeninas que hay en el cuerpo, y que muchas veces los más fóbicos con el tema son los que más temen esa parte suya. Pero volviendo al caso de la Ximena: ella pensaba que podría perder la custodia de su hijo si el ex marido me encontraba en la cama con ella. ¿Es que la Ximena es menos madre por calentarse con una mujer? ¿Es que Simón corre algún peligro?

La situación me obligó a cuestionarme, a rumiar las cosas, como una vaca siempre hambrienta. Y a resentirme, por supuesto.

En medio del drama, la Ximena, muy seria, me hizo una pregunta: Lu, me dijo, ¿no has pensado en capitular?

Le pregunté qué quería decir.

Rendirte.

Me quedé pensando un momento: ustedes podrían preguntar —y sería válido— si en medio de tanta herida, ¿no me vino la tentación? ¿Ni una sola vez? Pensarán que me quebré. Pero no.

Yo no me rindo, le dije.

Gracias a Dios la ciencia ya ha dejado claro que la homosexualidad no es una opción: se nace con ella. Eso ha cambiado las cosas. Nadie es «culpable», ni los padres, ni la educación, ni una misma. No es un problema de la voluntad, como antes se creía. Es como nacer con los ojos azules. Ahí están, ¿vas a pasar la vida con anteojos de sol o con lentes de contacto, para esconderlos? Tus ojos son tus ojos. La pena es todo lo que hay que pagar por tenerlos. Eso es definitivamente injusto.

Tengo varios tíos y tías, mi papá viene de familia grande y la de mi mamá tampoco es chica. Es interesante cómo reaccionaron ellos cuando salí del clóset. Algunos se escandalizaron tanto que bloquearon el tema, como si no existiera. Otros decidieron que era una «lesera de la edad», que no había que darle importancia, que ya pasaría. Es una etapa, le decían a mi viejo.

Si yo hubiese asumido mi lesbianismo a una edad adulta, supongo que nadie se habría metido. Pero cuando pasa en la adolescencia, el factor *familia* es fatal. Imbancable. Todo el mundo se siente llamado a opinar y todos se sienten con el derecho a hacerlo. Una está tratando de establecer su identidad, y eso ya es bastante como para llenar todas las emociones que te caben en el cuerpo. Imagínense lo que significa, además, lidiar con los que te rodean, los que tú no elegiste. ¿Han visto nada menos elegido que los tíos? Pierdes tanta energía en ellos. En amortiguar los golpes. Todo habría sido más fácil si sólo hubiese sido un tema entre yo y yo misma. ¡Lo habría resuelto tanto mejor!

Pero les aseguro una cosa: la promiscuidad tiene que ver con la exclusión.

La salida del colegio lo cambió todo. Terminé esa etapa y varias otras al mismo tiempo. Empecé a venir donde Natasha. Ése fue un hito importante, de repente tuve a un adulto al frente que estaba de parte mía, ¡eso sí que me resultó nuevo! Y la universidad. El dedicarme a un tema que de verdad me interesaba, como la informática, ha hecho que las revoluciones de mi mente se estabilicen. Ya no pienso tan rápido. Como que mi inteligencia se asentó, o se encaminó, no sé cómo decirlo... No anda volando por los aires como antes. Igual Natasha me hace tests y va regulando mis procesos. Pero yo lo siento, lo siento en el cuerpo, cómo todo se ha estabilizado. Estoy comprometida con lo que hago. Quizás sea así el comienzo de la *adultez*, aunque la palabra me dé un poco de risa.

Pololeo desde hace unos meses con una mina adorable. Estuve en *abstinencia* un buen tiempo, ¡me hubieran visto! Pesada, pesada, ¡no dejaba pasar una! Pero la Isidora me conquistó: con su dulzura, su interés por la música, su paciencia. La verdad, es adorable. Por supuesto que todo empezó en una fiesta y con una ida al baño, es mi karma. Me resistí bastante, ante el desconcierto de ella, que pensó que no me gustaba. Pero al final, después de una salida al Cine Arte Normandie a una tocata, terminamos en la cama. Y no nos hemos vuelto a separar. Ya no pienso que sea la mujer de mi vida, ¡basta, si lo creí desde la Gata en adelante! Supongo que también eso es parte de crecer.

Para decir la verdad, hace mucho que no estaba tan contenta. Entre la informática, Natasha, los amigos, la familia y la Isidora, la vida va cada vez mejor.

Aunque las rabias y las mierdas que vienen arrastrándose conmigo desde años vuelven a aparecer a ratos y la Lu agresiva nunca deja de estar molestando, creo que estoy mucho más cerca de mí misma de lo que he estado nunca. Claro, sé que los fantasmas, decepciones, miedos, equivocaciones, maldades y demases probablemente me persigan por un buen tiempo. Intento por ahora enterrarlos en una maceta y cruzar los dedos para que no germinen. Como siempre, funciono al revés: todos quieren que brote lo que se planta. Yo no. Nací distinta, como les dije al comienzo. Y tengo que cuidar cada día esa diferencia.

Andrea

Quisiera hablar del desierto, sólo del desierto. Atacama. Es lo único que tengo en la mente. Es el desierto más árido del mundo. Cuando era chica yo habría dicho que era el Sahara, con esas arenas eternas, ininterrumpidas, como las de Moisés y de Lawrence de Arabia. Resulta que no, es nuestro desierto el más seco de todos. Y hacia allá partí, un estupendo lugar para dejar los huesos, si ésa hubiese sido mi intención (es de verdad un buen santuario para morir).

Soy Andrea, me conocen de la tele.

Desde siempre supe que quería ser periodista y estar en el centro de las cosas. Empecé como becaria del departamento de prensa del canal y a los dos años leía las noticias. Más tarde pasé a tener mi propio programa y luego fui diversificándome. Cuando fui capaz de entrevistar desde la farándula hasta el Presidente de la República, me dieron vía libre. Hoy estoy metida en la estructura del canal y descubrí en mí misma un enorme talento empresarial y también un talento para manejar el poder. Me ha ido muy bien. Soy bastante famosa y he ganado bastante plata. Dicho así, mi vida parece estupenda. ¿Por qué estoy aquí? Ni idea. Por supuesto que tengo problemas, como todo el mundo. Y ser famosa no ayuda. He debido lidiar con varias dificultades, miedos escénicos, ataques de pánico, conspiraciones, trampas. Permanente exposición. También un poco de paranoia, nada te hace sentir tan perseguida como la fama. De vez en cuando escapo. Hace un par de años llegué lejos, hasta Tailandia, jurando que mi futuro estaba en los monasterios budistas y no en la pantalla: las madrugadas y el ayuno me bastaron y terminé en una preciosa playa en el Índico, nadando en aguas doradas y comprando sedas.

Y ahora quise escapar de nuevo. Porque, aparentemente, estaba enojada. Les repito: todo anda bien, mi trabajo, mi salud, mi familia. No dudo de mí misma ni de mi talento ni del amor de mi marido. (¿No será que dudas de tu propio amor por él?, podría preguntarme Natasha, porque a ella le encanta torturarme, pero no, no es ésa la pregunta.) Entonces ¿por qué estoy enojada? Ni me había dado cuenta de que lo estaba. Un día, terminando mi sesión de masajes, Silvia, una argentina divina, me dice: che, Andrea, ¡qué laburo me has dado hoy!, te he trabajado como nunca la cara y por fin te quité esa expresión de enojo. Cuando Silvia se fue me quedé pensando: ¿qué enojo?: ¿de qué habla? A los pocos días tuve una sesión de fotos para una revista. Apenas la fotógrafa, una joven con cara de aburrida, se paró frente a mí, me dijo: por fa, esa expresión... ¿Qué expresión?, le pregunté desconcertada, ese enojo, me respondió. Volví a preguntarme a qué se referiría. A la semana siguiente fuimos con Carola, mi hija, a la kermés de su colegio. Después ella le comentó a Fernando: papá, tendrías que haber visto la cara de enojada de la mamá, ¡parecía furiosa! Pero, Carola, la interrumpí, ¿de qué hablas? Partí donde Natasha y le pregunté si estaba yo enojada. Como siempre, me devolvió la pregunta y me tiró el bulto de vuelta.

Tras eso, me encerré en el sauna a pensar. (Es el único lugar donde pienso.) No podía ser casualidad que todos vieran mi enojo menos yo. Me vino una sensación conocida. El ansia de la fuga. Nos han engañado contándonos que el ser humano vive sólo bajo el gran impulso vital. Existen los *impulsitos*. En mi caso, se anuncian con enormes ganas de detenerse, de dejarlo todo, de escapar. Una cosquilla empieza a recorrerme el cuerpo, algo así como una fantasía o un anhelo, a veces impreciso, hasta transformarse en el nombre de un lugar. Pensé en algún paisaje que me fuera extraño, uno que, de puro nuevo, me sugiriera simultáneamente un encierro y una apertura absoluta. Por primera vez en muchos años miré el mapa de Chile. Es tan fácil y plácido viajar dentro de nuestras propias fronteras. Entonces decidí que la aridez era la respuesta.

El desierto.

Avisé en el canal que tenía una buena idea para un nuevo programa —lo cual, además, era cierto—, y que me ausentaría unos días. Desperté en la fecha señalada a las 6.30 de la mañana en mi cama de Santiago y todo resultó para que yo aterrizara a las 10.40 en el aeropuerto de Calama, donde me esperaban, lo que ya me emocionó porque yo era la única pasajera (¿todo ese trabajo sólo por mí?). La chiquilla a cargo de recibirme me miró y me pidió un autógrafo. El chofer, Rolando, se definía como «atacameño», más tarde entendí que eso significa declararse indígena. Mientras se deslizaba tan seguro en la camioneta por ese paisaje desconocido para mí, pensé que haber venido sola era una buena idea. Tenía varias cosas en las que pensar. Qué raro resulta un paisaje indiferente, que no se modifica por nuestra presencia. Mis ojos no daban crédito. Vi lomas que parecían berenjenas gigantes, otras de un café cremoso como inmensos helados de chocolate y la arena rizándose como un océano con olas pesadas. El cielo es de un azul prístino, un azul casi desconocido para los ojos urbanos, brillante, nítido, cegador.

Luego de una hora y un poco más desde Calama llegamos al Alto Atacama, así se llama el hotel. Un pequeño enclave. Los cerros lo rodean por los cuatro costados. Al centro de esos cerros encontré una larga y baja construcción del color del barro, el mismo que usaban los antiguos para construir: el hotel continúa el colorido para mimetizarse, para no pelearle al desierto.

En la puerta me esperaba el gerente. Desde el principio me sentí acogida, la cordialidad impregnaba el aire.

Mi habitación era muy linda, de colores tabaco oscuro, presente por todos lados el adobe atacameño con que construyeron los indígenas desde los primeros días de su historia. Se prolongaba hacia una terraza privada con camas de cemento y colchonetas para mirar el atardecer —o el amanecer, lo que quieras— y su arquitectura permitía ver sólo los cerros y el desierto y a ningún vecino. Sin televisión. (Sin mi cara en la pantalla.) Las líneas austeras me resultaron elegantes. Instalé mi computador en el clóset, dudosa de cuánto uso le daría, puse los libros en el velador —me cunde tan poco la lectura en Santiago—, deshice la maleta y a la una del mediodía estaba en el comedor para el almuerzo (quínoa, corvina y fruta, delicioso). Dormí la siesta —la amanecida a las 6.30 me tenía exhausta— y constaté que no había un solo ruido en los alrededores. Ese silencio era para mí como la clorofila para las plantas o la música para una bailarina. En ese silencio podría conectarme conmigo misma. Porque ése es uno de mis problemas: no me conecto, aunque me esfuerzo. A veces sencillamente no tengo idea de quién soy. Sólo conozco a la Andrea que me muestra la pantalla y mientras esa Andrea vaya bien, parece que todo lo demás da lo mismo. Termino creyendo que esa mujer es la real, la única que existe dentro de mí. El silencio del desierto me permitiría acercarme a mi verdadero yo. Había algo de eco, algo capaz de encerrarte la voz para siempre, de hacerte enmudecer.

Después de aquella gloriosa siesta fui al spa, que abre durante todo el día, lo que me pareció un lujo. En medio del sauna, un profesional del mineral del cobre de

Chuquicamata —pensé que aquí habría sólo extranjeros, de los que pagan hoteles caros— cayó en éxtasis cuando se dio cuenta de que yo era quien era. Les gritó a sus amigos que estaban en el jacuzzi: ¡hey, adivinen quién está aquí! Fue como una bofetada. Me encerré en el baño de vapor y no volví a salir. Cuando se fueron, salí en bata, con el pelo mojado, y me tendí afuera en medio de la nada a mirar el atardecer. Era tal la soledad que no sabía cómo reaccionar.

Soy perfectamente feliz, me dije. Es probable que fuese mentira pero me lo dije igual. Luego pensé: mierda, ¿hace cuánto que no pronuncio esta frase? Desde la última vez que estuve en el campo, en casa de los padres de Consuelo. Ella es mi amiga del alma, nos conocemos desde chicas, fuimos al mismo colegio, nos hemos acompañado a través de cada etapa de la vida. Me dice «la diva» y no me toma muy en serio. No se impresiona cuando me ve en la portada de una revista pero se niega a acompañarme al Jumbo, no resiste la expectación de la gente. Bueno, tampoco la resisto yo, casi no voy ya al supermercado. No quise contarle a Consuelo mis nuevos planes: habría insistido en que conversáramos y no estoy preparada. De todos modos, ella se ha acostumbrado a esta mujer que soy, que vive de intensidad en intensidad y que no se amedrenta fácilmente. Me la imagino observando este paisaje del desierto. Ella lo habría definido como *poderoso,* ese adjetivo habría usado, y yo le habría contestado: es un vacío, un enorme vacío.

Desperté sobresaltada al amanecer. Abrí las cortinas y el paisaje se había transformado: la montaña tenía dientes, cada corte, esculpido por el agua de la cordillera durante el invierno. Bajo ellos, franjas de colores como un elegante vestido de tafetán, rojos, morados, cafés, azules. Los cerros se habían disfrazado para mí. Eran las cinco de la mañana y me encontraba en el desierto mientras en la ciudad, allá lejos, en mi ciudad, aún no había llegado el día. Recordé aquella manida frase de que el viaje no se hace sino que él te hace a ti —o te deshace— y pensé en el viaje como desaparición.

Estaba de vacaciones de la vida real. Supongo que todas odiamos «la vida real» y sabemos cómo nos aplasta si no la tomamos en dosis.

Dormí doce horas.

Advierto que mi sueño nunca es del todo espontáneo. Una vez que me duermo lo hago como una adolescente, pero me cuesta mucho quedarme dormida. Son demasiadas las cosas que dan vueltas en mi cabeza cuando por fin me quedo en paz. Si no tomo nada, puedo llegar hasta las cuatro de la mañana con pensamientos obsesivos. (Confieso que el *rating* es uno de ellos, el principal.) Acudo a las pastillas, pero como las odio, vivo inventando fórmulas que no sean adictivas. Que un relajante en la tarde, que un ansiolítico en la noche, me indigna depender de la química. Entonces juego con las dosis, las bajo y tomo un cuarto de la pastilla tal y media de la otra, así voy manejándolas. Soy la clásica mujer que se automedica.

Me puse un polerón sobre el pijama y así vestida fui al comedor. Pienso que en Santiago nunca lo habría hecho. No salgo a la calle si no estoy arreglada. Es tal mi conciencia de ser una figura pública que mi apariencia pasó a ser una especie de fijación. Siempre agradezco haber nacido con una cara relativamente bonita. No tendría la carrera que tengo de haber sido insignificante o fea sin más. No basta con el puro talento, nunca basta el puro talento.

Desayunar en pijama en un lugar público era una experiencia nueva. A propósito del desayuno, en el hotel no había *room service*. El chiquillo que me atendió en la mesa se ofreció amablemente a llevármelo si así lo pedía, pero no quise privilegios: si todos desayunaban en pie, también lo haría yo. Comí un huevo a la copa hecho a la inglesa, fatal, me quemé los dedos y se me hizo poco, debí pedir la omelette. Cuando vi el pan cortado en tajadas —como el de molde— agradecí estar sola: imaginé a Fernando reclamando por el pan. Él considera que el pan de molde *no* es pan, aunque lo moldeen aquí mismo cada mañana. Ahora no debo hacerme cargo de nadie, qué alivio.

Los maridos, en general, tienden a reclamar bastante, mucho más que las mujeres.

Amorosamente pusieron una mesa, una silla y un alargador en mi terraza para que pudiera trabajar con la luz del día. Era un hotel amable, lo que resulta raro, los lujosos y sofisticados casi nunca lo son.

Trabajar. Es siempre mi disculpa para existir. Pero vine al desierto a pensar, o recordar. Me he pillado a mí misma corrigiendo los recuerdos. Hay muchos que no me gustan, entonces los corrijo. En eso estuve hasta que me fui al spa. El día anterior había divisado una sala de masajes y, ni corta ni perezosa, me inscribí de inmediato. Era bastante caro. Y una vez más me dije: no importa, no tienes que darle explicaciones a nadie. Me esperaba Yu, una mujer joven llegada de China con estupendas manos y mucha fuerza. Una hora de total relajación con buenas cremas, velas y música muy sutil. En algún momento pensé que muy pocas veces vivo de acuerdo a mis ingresos. En general gastar me hace sentir culpable. Sin embargo, me encanta el dinero, lo encuentro sexy. Fernando siempre está atento a contener mis exabruptos. Sin embargo, yo *puedo* permitirme esto, *puedo* estar en uno de los hoteles más caros del país y regalarme una hora de masajes. Sólo cabe preguntar: ¿por qué no lo hago más seguido? ¿Qué mierda les pasa a las mujeres con el dinero cuando lo han ganado ellas mismas? ¿Por qué sentimos tanta culpa?

No nací rica. Mi padre era reportero policial y mi madre, dueña de casa. Durante mi infancia, nunca nos alcanzó la plata para terminar el mes. Mi madre siempre quiso que su hija «fuera alguien», que no siguiera su ejemplo y viviera en la insignificancia y en la opacidad que habían vivido ella y mi abuela. Dicen que todo se repite, que todo vuelve a pasar generación tras generación, abuelas, madres, hijas, una línea eterna. Hasta que alguna la quiebra, da el golpe de fuerza y rompe la repetición.

Comí un exquisito sándwich de salmón y un pisco sour al lado de la chimenea mientras un par de guías me contaban maravillas de la geografía de la zona. No quería salir del hotel, como si estuviera pegada a su suelo, me tenía hechizada. Era tan rica la lectura en la terraza. Y la siesta. Cuando salí a caminar y vi mi silueta en la arena sentí que la mía era una sombra invasora, que por culpa de ella desaparecía lo impoluto.

Mientras miraba mi habitación de adobe y su fascinante color tabaco oscuro, pensé que quería vivir en un hotel. Siempre pienso lo mismo. Los hoteles me hacen sentir libre. Muchas veces he fantaseado con la idea de transformarlos en mi casa, como tantos lo hacían en la Europa de entreguerras.

También pensé en cuántos hoteles he dormido durante mi vida. Y calculé que hay mujeres que nunca han dormido en uno. Me cuesta entender la distribución de los panes. Porque debo agregar que he dormido en algunos de los hoteles más lindos del mundo. Viajo con curiosidad. Con la esperanza de encontrar serenidad en algún sitio. Quizás ésa es la médula del asunto, si no, ¿por qué otra razón se viaja? Tengo cuarenta y tres años y pocos lugares pendientes, quizás una ciudad celeste del Rajastán en la India, la nueva república de Montenegro o la isla de los Canguros en Australia. Pero hasta ayer no sabía que existía este lugar en Atacama, lo que prueba lo incompleto de mi geografía. No me habría gustado morirme sin conocerlo.

En esta pequeña libreta anotaba todos los días los menús del hotel. Un ejemplo de la cena: tártaro de salmón, ají de gallina y *crème brulée*. ¿Por qué lo hacía? No sé, supongo que para concretar la experiencia, para que nada se me fuera por entre las manos, como si lo que ingiriera pudiera fijarme para siempre en el desierto. Es una forma de llevar un diario de vida. Me puse a jugar con la idea de que puedo abandonar la existencia que tengo, incluso a Fernando, no sé si es cansancio o sólo una forma de establecer y confirmar mi independencia.

Yo era la única persona sola en todo el hotel. Y me gustaba estar sola. Fue duro reconocerlo: me da un poco de lata Fernando, me dan un poco de lata los niños.

Ya, ya lo dije.

No podía dejar de mirar, el paisaje se apoderaba de mí. Pensaba en Israel, en Jordania. El desierto nunca deja de ser bíblico. Horas mirando, sólo mirando. Con lo hiperactiva que soy, yo misma me abismaba de mi capacidad de contemplación. Hasta los pájaros me llamaban la atención. Los cerros detrás del hotel parecían, a cierta hora, enormes heridas, vivas, profundas, como si año a año, estación a estación, alguien les rascara la costra.

Y también la gente. Los observaba tratando de entender quiénes eran.

Las vidas ajenas me dan curiosidad. Pero el problema real, en todo caso, es la curiosidad que *yo* produzco en la gente. Qué extraño es esto de ser famosa. No negaré que reporta muchos beneficios. Una hace lo que le da la gana y los demás tienden a respetarlo, como si la fama te diera el permiso. Te abren todas las puertas. Te pagan más de lo que mereces. No necesitas conectarte con nadie, puedes ver al resto como a través de un velo, con miopía, sin molestarte por la nitidez.

No tengo demasiadas cualidades aparte de mi talento televisivo, pero reconozco entre ellas el no ser mayormente vanidosa. A pesar de cuánto valoro el éxito que he acumulado, los resultados no me obnubilan. En la India compré un baúl de madera, bastante grande, con incrustaciones de metal por fuera y olor a sándalo por dentro. Ése es el lugar donde van a parar todos los recordatorios de mi supuesta fama: fotografías, revistas, videos, DVD, galardones, premios. Se acumulan sin que yo les haga el menor caso. Nunca pretendí hacerme famosa, no lo planifiqué, sólo aspiraba a hacer las cosas bien. Y de repente me sucedió: pasé a ser una imagen imprescindible de la televisión chilena. Luego me di cuenta de que lo que me interesaba de verdad era el poder. Eso fue más lento de adquirir, más difícil. En el baúl está todo, por si algún día mis hijos quieren verlo. Pero eso no sucederá. Si no me interesa a mí, ¿por qué va a interesarles a ellos?

Que nunca abra ese baúl no significa que no sea rigurosa en mi trabajo, lo soy y mucho. Recuerdo todo lo que he debido vencer para llegar donde estoy, desde el pánico escénico de los inicios, que me hacía menstruar cada vez que debía aparecer en la pantalla —fuese cual fuese el momento de mi ciclo—, hasta los ensayos y grabaciones de noches enteras, exhausta, con terror de no ser suficientemente buena. La diferencia entre un aficionado y un profesional es que cuando las cosas van mal, el primero pierde la calma y el segundo se mantiene sereno. Así, conservo el rigor. Como dicen por ahí, el talento es un título de responsabilidad.

Es raro que la palabra que mejor defina mi vida sea el *éxito*. Las penas, los dolores, la incertidumbre, todo queda cubierto por la pátina de esas cinco letras. Los chilenos odian el éxito ajeno y aunque me hacen reverencias cuando están frente a mí, muchos me detestan. Como si la cordillera nos fuera a aplastar: somos tan angostos, no cabemos en una misma franja de tierra; es la angostura la que nos hace ser mezquinos, siempre con miedo de caernos al agua o de quedar clavados en la montaña si le hacemos espacio al otro.

Un día llegué al comedor a tomar el desayuno y vi que las mesas estaban vacías, hasta el café se habían llevado. Es que cambió la hora en Chile, me explican, ya son las 10.30. ¿Cómo iba yo a saberlo? Quizás ni de un golpe de Estado me enteraría. Hasta ese nivel el desenchufe, pero a la vez que aislada me sentía protegida.

Quise ponerme a trabajar sólo para empaparme de lo que siempre me produce el trabajo: que nada más importa, que si eso va bien, nada puede tocarme. Claro que es mentira, pero de verdad lo vivo así por unas horas y eso me hace bien. Como dice Margaret Atwood: «Cuando todo me sale bien, me siento como un pájaro que canta».

¡Cómo nos defendemos con el trabajo! Sin él, qué miedo la desnudez a la que nos quedaríamos expuestos.

Tendida en una tumbona junto a una de las seis piscinas, esas elegantes fosas rectangulares y oscuras, pensé en la contradicción en la que estaba sumida. Me dije: estoy sobrepasada por mi vida actual, por la continua demanda, por el *rating,* por la excelencia que debo mantener para que no me desplacen, por el éxito, por el dinero, por una casa tan grande, por un verdadero imperio que debo manejar, hasta por el tamaño de mi clóset. Quisiera tener menos en las manos. Y recordé a mi hijo Sebastián, que cuando me escuchó este mismo discurso un día a la hora de comida, me dijo: mamá, lo que tú quieres es ser hippie.

¿Ser hippie? Recordé cuando Consuelo y yo éramos jovencísimas y usábamos ropa de la India y nos poníamos pulseras en los pies y no teníamos un peso. Éramos felices. Recuerdo haberle enviado un mail a Consuelo contándole la frase de Sebastián. Me respondió con una cita de James Joyce: «Ya que no podemos cambiar la realidad, cambiemos la conversación». Le dije que no se pusiera intelectual, pero Fernando le encontró toda la razón. Y Sebastián, cuando venía a tomar el avión, me dijo: mamá, ¿vas a cambiar la conversación en un hotel de lujo?

¿Hippie yo? Volví a mirar la profundidad de esas preciosas piscinas repartidas entre los cactus y las piedras y me pregunté a qué aspiraba si al final termino tirada en *esta* tumbona, en *estas* piscinas, en *este* hotel.

No había un alma a mi alrededor, daba la impresión de que yo era el único ser humano en kilómetros y kilómetros a la redonda. La luna llena se mostraba sobre los cerros, espléndida, instalando un toque de absoluta irrealidad. Fue entonces que me percaté de la existencia de dos animales, huéspedes como yo. Los vi tras una reja, en un espacio grande donde caminaban y paseaban. Una llama y un guanaco. Fui a mirarlos de cerca. Son parecidos, para alguien de otras tierras podrían resultar una misma especie. La llama me miró con los ojos más tristes con que nadie me ha mirado nunca. La reja entre ella y yo impedía que pudiera tocarla. Nos miramos largo rato. Creí que se pondría a llorar. ¿De qué estará triste la llama, rodeada con tanta belleza, cuidada, alimentada? ¿O es que nunca es suficiente?

Cuando me fui el guanaco movió su cuello con una pizca de resentimiento. Y yo, ¿qué?, ¿acaso no estoy solo?

Fui a cenar al comedor y me abordaron tres mujeres, llevaban días mirándome y se habían prometido a sí mismas dejarme tranquila aunque al final no se contuvieron. Siempre hay que agradecer que los fans existan. Pero no cuando estoy escondida del mundo en medio del desierto. La fama me transforma en alguien vulnerable.

Me acordé de esa película, *La piscina,* en que Charlotte Rampling era escritora y se bajaba de un tren si alguien le dirigía la palabra o la reconocía. Debí haber nacido inglesa y haberme atrevido a ser tan neurótica e insoportable como el personaje de la Rampling.

¿Había olvidado acaso el enojo que me había llevado hasta allá?

El desierto llama a desconectarse del tiempo ajeno. Es un lugar para descomprimirse, vaciarse, perder las referencias y llegar a la nada. Imagino que de esa *nada* nace cualquier creación. El arte, por ejemplo. ¿No dicen que contamos con el arte para que la verdad no nos destruya? El desierto es un reflejo preciso. Para todo. Para todos.

Me apunté para un masaje tai. El masajista era un chiquillo guapo y amoroso, podría ser amigo de mi hijo Sebastián, pensé. Su masaje estuvo sensacional y me recordó mi estadía en Tailandia. Paseándome sola por el spa entre el calor seco y el húmedo y el agua bien caliente del jacuzzi, me dije: ¿hippie yo?

No hice turismo. Estaba rodeada por lugares preciosos. No importa, algún día los conoceré. Veía llegar a los grupos en la tarde, exhaustos, con sus mochilas, cantimploras, protección solar, parkas y pensaba que gracias a sus paseos yo gozaba del espacio todo para mí misma. Fui la única loca que no se inscribió en ninguno.

Cuando veo grupos de gente, a lo único que aspiro es a no conocerlos. Es que mi vida santiaguina está saturada, personas distintas a toda hora, no hay un evento al que yo no esté invitada, y aunque selecciono bien qué aceptar y qué rechazar, igual me sobrepasa. Además, nunca me han gustado las aglomeraciones, los carnavales, los festivales, todo ese bullicio supuestamente alegre.

La última vez que estuve en Buenos Aires compré el diario en un quiosco y me metí a un café para leerlo. Entre sus páginas venía un volante, rectangular y de papel muy blanco, con el siguiente aviso: SICÓLOGAS —UBA—, y bajo ese titular, la siguiente lista:

Fobias
Estrés
Depresión
Adicciones
Crisis personal
Ataques de pánico
Terapia de pareja
Trastornos de aprendizaje

Cerraba con los nombres, teléfonos y direcciones. Me quedé de una pieza. ¿Ha pasado la enfermedad emocional a ser un lugar común? ¿Son las argentinas más neuróticas que nosotras? No, ellas reconocen la neurosis, que es bien distinto. Repasé la lista para ver en qué categoría entraba yo y me di cuenta, con un sobresalto, de que encajaba al menos en tres.

Un día decidí romper con mi costumbre e ir al pueblo, como a tres kilómetros del hotel. Es el propio San Pedro de Atacama, que aparece tanto en los libros de turismo. Me agradó conversar con los choferes, quizás los únicos que no parecen conocerme. Me sorprende ver en Chile esos rostros altiplánicos que sólo he visto en Perú o Bolivia y oírlos hablar nuestro español con acento.

En San Pedro todo es color café y las construcciones son bajitas. Unas viejas bailaban con la música a todo volumen en la plaza frente a la municipalidad, con esa expresión de profunda indiferencia o distancia que usan las mujeres del pueblo al bailar. Me fui directo a la famosa iglesia, que he visto mil veces en fotografías. En mil quinientos cincuenta y tantos, los españoles celebraron las primeras misas allí. Nosotros no estamos acostumbrados en Chile a construcciones tan antiguas que nos sean propias. El techo es de adobe y en el centro del altar está la Purísima, la Virgen, cuando aún el ángel no la había visitado.

Caminé hacia un enorme mercado de artesanía y luego, indecisa, busqué un lugar para almorzar. Aterricé en un boliche barato, donde comí una lasaña de verdura y donde todo el mundo me miró. Por suerte, nadie se acercó a hablarme.

Al salir del restaurante, me entró una llamada de Consuelo desde Santiago. Fue una suerte porque en el hotel hay poca cobertura. ¡Tantos días sin hablar con ella! Me senté debajo de uno de los árboles grandes en la plaza y conversamos como si estuviéramos tendidas en las camas de nuestros dormitorios de la infancia. Le hablé de la belleza del lugar y de sus alrededores, qué bien, me dijo, ¡marchítate con estilo!

El sol era feroz, calcinante.

Ya en la pieza del hotel me vino la inspiración, como si San Pedro me hubiera revitalizado, y me puse a trabajar. Estaba armando algo interesante, con una idea básica bastante novedosa. Las palabras volaban, las ideas se armaban solas.

Salí a dar una vuelta por las piscinas. Al fin apareció otra mujer sola, dejé de ser la única. Era china. Me dio un poco de pena su soledad, en un país tan lejano al suyo.

La altura empezaba a molestarme, la respiración siempre entrecortada, difícil.

Una tarde vi animales desde mi terraza. Tendida sobre la colchoneta con los ojos cerrados sentí de repente un balido de oveja. Luego fueron dos y después tres, al unísono. Me levanté y frente a mí caminaban un par de vacas y muchas, muchas ovejas con su pastor. Me quedé largo tiempo mirándolas, cada una con su guagua, todas tenían guaguas. Aparte de la llama y el guanaco, fueron los únicos animales que vi.

Trato de imaginarme sin Fernando y aunque la independencia me tienta, terminan primando en mí los deseos enormes de ser *íntima* con alguien, la necesidad de contar con un cómplice en medio de la hostilidad. (El mundo del éxito es el más hostil de todos.) Y la posibilidad de compartir... Hace falta cojones para prescindir de eso. Un plato de erizos comido a solas, ¿tiene el mismo deleite? O el color de las piedras en Petra, ¿cómo se ve? Si no es al lugar de la pareja, ¿dónde llega una cuando sospecha de sí misma, cuando siente que el mundo insiste en ponerse en contra? ¿A quién le confía una desde el saldo de la cuenta bancaria hasta lo mal que te cae a veces tu propia madre o tu propia hija? ¿Con quién puedes escuchar en silencio un concierto de Beethoven? No había pensado en Fernando como mi «objeto simbólico», como lo llamó Simona, pero reconozco cuánto me protege su imagen frente al mundo. En mi medio, si no existiera la figura de un marido que poner por delante, me sentiría como tirada a los leones en pleno Coliseo.

Un marido como un lugar.

Quizás un marido es un prólogo.

O un anexo ilustrativo.

Le conté a Consuelo por teléfono que cada día anotaba en mi libreta los menús.

Vivo a dieta. No es una forma de decir, siempre estoy a dieta. He probado cada una de ellas. El problema es que me encanta comer. Y lo que más me gusta son los dulces. La vida sin una buena masa no tiene sentido, un queque, un kuchen, un pastel, lo que sea. Pero la pantalla y el sobrepeso son incompatibles. La exposición pública es la enemiga número uno de los placeres. A medida que pasan los años los placeres varían. Hoy, lo que más me lo causa es la comida. El sexo ha pasado a un segundo plano, lo que a veces me duele.

Da la impresión que hoy en día todas las relaciones se definieran en función de la sexualidad. Menos las mías. No tengo tiempo ni siquiera para ser infiel.

Tengo miedo de que con los años una deje de querer a la gente. En la juventud, parte de *ser joven* es derramar el afecto, jugarse por él un cien por ciento, estirarlo hasta el infinito. Una lo reparte a diestra y siniestra, con inocencia y sin selectividad. A medida que pasan los años, comenzamos a sintonizar más fino y, como consecuencia, descartamos. A mí, la mirada se me ha vuelto más suspicaz, más enjuiciadora y esos mismos ojos ven a los demás con más sospecha. Las personas son más tontas de lo que parecen, más molestas, algunas más arrogantes, otras más envidiosas, la lealtad nunca es completa. Hacerse mayor es percibir más los defectos. Y te empiezan a aburrir. Temo amar cada vez menos. A veces pienso que ésa es una de las razones de la soledad de los viejos: se cree que los viejos están solos porque nadie los quiere, quizás están solos porque ellos ya no quieren a nadie.

Ya casi no mantengo una conversación sin un objetivo, no tengo tiempo para la gratuidad.

Si hago hoy una lista de todos mis cariños, sospecho que a medida que pasen los años la lista no hará más que acortarse.

Las noches del desierto fueron las más silenciosas de todas las noches, mudas, como una capa de silencio tendida sobre otra y otra y luego otra más. Como una torta de mil hojas. He conocido el silencio antes, en la casa de campo de Consuelo. Cuando el día se acababa, también terminaba el ruido y venía la noche, no con ruido sino con *sonido*. Era un sonido largo. Yo pasaba horas y horas desentrañándolo: el canto, los aullidos, los mugidos, los suspiros, los ladridos. Una suma de enorme añoranza. También se agregaba el viento. El falso silencio del campo me recuerda el desierto. Hay quienes creen que de verdad la noche calla, sin sospechar el caos que comienza con la oscuridad.

Me sentía como ellos: una llama y un guanaco solos.

Cuando se acaba la pasión, la atención interior se debilita. ¡Pobre Fernando! Qué cansancio para él esta esposa que se pasa la vida ocupada. Ya no sé lo que es el amor: me da mil vueltas y me hace aterrizar en el lugar de partida. En Atacama pensé que era la hora de decirme la verdad. Al mismo tiempo, la altura empezaba a hacerse sentir cada día más. Pero era absurdo... La altura afecta cuando se llega a ella, no después de tantos días. La chiquilla que hacía mi habitación me traía una agüita, té de alguna planta desconocida. Algunas veces me conversaba. No me siento ni chilena ni argentina ni boliviana, me dijo, soy atacameña. Me contó que su padre había visto los registros de la iglesia en San Pedro, los que llevaban los españoles, y que su familia se remontaba hasta mediados de mil setecientos. Todo, todito lo registraban los españoles, dijo, cada bautizo, cada matrimonio, cada muerte y cada terremoto.

Definitivamente me gustan los atacameños. No me gustan los que ahora se llaman a sí mismos ganadores. Los que fracasan con grandeza, ¿son perdedores? Pienso en los

que fueron jóvenes en pleno siglo xx. ¡El denostado siglo!
Cómo echarán de menos su épica.

Mi corazón empezó a jugarme malas pasadas, las
palpitaciones aumentaron y a veces la altura se confundía
con la angustia. Ya no soy una adolescente, me decía, mi
cuerpo tiene derecho a agotarse. Es el declive, qué duda
cabe, estoy al borde de empezar a envejecer. En todo caso,
más que angustia, lo que sentía era melancolía. Los antiguos llamaban así a ese abatimiento, seguro que se referían
a la simple depresión de nuestros días, pero ese nombre es
más evocador. Melancolía. Creo que Freud lo ligaba a los
duelos dirigidos a uno mismo en vez de al ausente. Cuando atardecía, miraba los cerros y me venía una tristeza larga
como un paño morado de duelo.

Fernando me ama, pero ya no le gusto.
Las parejas que pelean suelen tener buen sexo. Si
se piensa, no es raro, tanto una cosa como la otra derivan de
la pasión. En mi caso, me quedaron sólo las peleas. Cuando se acaba la pasión, cambia el reclamo, cambia la atención interior. No más vendavales que lo borran todo. No
más sexo.
El sexo es como la red que protege al equilibrista.
Está ahí para contener la caída. Si la red no existiera, supongo que tampoco existiría el equilibrismo. Entonces,
cuando por alguna razón la red ha sido retirada, ¿cómo te
proteges? Puedes hacer la acrobacia que desees en la altura
y producir grandes sobresaltos y miedos y desajustes, porque sabes que la red te espera y que te abrazará y detendrá
el terror de la caída. Es parte del juego, es la ley del juego.
Y un día la red ya no está... y el equilibrista, preso en sus
propios hábitos, insiste en seguir haciendo las acrobacias.
Tienta al vacío. Baja la altura de la cuerda para correr menos

riesgos. Para poder caerse. Y, por supuesto, se cae. Y se llena de heridas. Nada lo sujeta ya.

La libido, como la red, está al acecho, preparándose, nunca en sosiego, expectante. Ya en sus garras, cualquier pasado, cualquier maltrato, cualquier miedo se anula.

Ésa es la acción del sexo: restañar. La explosión, la pelea, el gesto hiriente, todo cabe dentro de la pareja porque tarde o temprano recurrirán al sexo que sanará toda herida, o al menos hará el amago de sanación. Cuando el sexo desaparece, las heridas quedan a flor de piel, ya no se cierran.

Fernando estaba enfermo, una simple gripe. Le dejé nuestro dormitorio para él solo y me fui a dormir por unos días a la pieza de la Carola, que estaba de vacaciones. Esa pieza da a un pasillo donde al fondo está la puerta de nuestra suite, que a su vez tiene un segundo pasillo para llegar a la pieza propiamente dicha. Eran las dos de la madrugada y un raro desvelo se había apoderado de mí, me daba vueltas y vueltas en la cama sin lograr nada. Entonces me levanté pensando que si me pegaba al cuerpo de Fernando el sueño se haría presente. Caminé descalza por el pasillo que da hacia nuestro dormitorio y allí escuché unos ruidos extraños. Me detuve. Entonces los reconocí: suspiros entrecortados, quejas, pequeños gritos sofocados. Sexo. Avancé. Desde la punta del pasillo divisé en la oscuridad las luces de la pantalla de televisión que está frente a la cama. Una pareja hacía el amor como sólo lo hacen en la pornografía. Me quedé en el vano de la puerta, inmóvil. Vi cómo se tocaba. Volví lentamente a la pieza de mi hija con el pulso acelerado. En pocos minutos la angustia se convirtió en gelidez, luego en una sustancia blanda, pegajosa, mi propio yo me miraba de vuelta entumecido, asqueado.

Me sentí una leprosa.

Pensé por unos días que el no aludir a esa escena frente a Fernando correspondía a un respeto por su intimidad. Mentira. Era el agravio, y solamente el agravio, el motivo de mi discreción.

En Atacama, a cierta hora de la tarde, la arena se transforma en suaves ondulaciones como si el desierto fuera una frondosa cabellera. Pienso en mi fracaso para vivir a través de un movimiento armónico como el del desierto.

O de cualquier movimiento que no sea el mío.

Hemos hablado con Natasha del narcisismo, no es que yo lo ignore.

He tratado de comprender qué parte mía dejo bajo los reflectores, qué precio pago. Vivo el dolor de haber amado y ya no amar. Créanme, viví el amor y se me fue, no soy capaz de cambiarlo. Soy talentosa, soy poderosa, pero no pude querer nuevamente. Quise y ya no quiero.

Me han ofrecido internacionalizar mi carrera. Si acepto este nuevo contrato, y tengo muchas ganas de aceptarlo, tendría que vivir en el extranjero. Hasta ahora, Fernando y los niños no están dispuestos a partir conmigo. Sus vidas y quehaceres están en Chile y no piensan sacrificarlos por mí. Lo peor de todo, y esto sólo se lo he dicho a Natasha, es que, en lo más profundo de mí, ni siquiera sé si me importa.

He hablado de las ventajas de la fama. Pero la fama es adictiva. Es volver al camarín a desmaquillarte y no reconocer tu mirada o la mueca de tu boca en el espejo pues sólo te conoces y te gustas bajo las luces. Es el terror permanente de ser sobrepasada por otra mejor que tú. Es pensar en el *rating* las veinticuatro horas del día. Es estudiar, estudiar y estar siempre al día, aunque las horas de sueño y de goce se reduzcan a veces hasta desaparecer. Es trabajar sin descanso. Es desconectarse de todo para no perder el foco un solo segundo. Es matar al de al lado si se pone en tu camino. Es ser capaz de vender a tu madre si es necesario.

Eso es.

¿Qué ejercicio es este que hacemos, Natasha? Me pregunto si somos capaces de ser espectadoras de nosotras mismas. Quizás aprovechamos un auditorio selecto para inventarnos un poco. O para callar lo que más odiamos. En la vida real, son pocas las conversaciones que me interesan, dejo toda esa capacidad en el set. Si me encuentro con una amiga, le pregunto a qué horas desayuna. O cuánto se demora desde su casa a la oficina cada mañana. Cuánto gasta en el supermercado. Por eso le contaba a Consuelo desde el desierto qué había comido ese día. Eso importa: los pequeños movimientos materiales de la vida cotidiana.

Y el desierto se me reveló como un espejismo. Se supone que una mente saturada llega al desierto a vaciarse. Cuando intenté vaciar la mía, caí en la trampa. Mis palpitaciones y arritmias no las originaba la altura.

Es que no me alcanza la respiración, le expliqué a Fernando por teléfono. Vuélvete, me contestó.

Me instalaron un balón de oxígeno hasta comprobar que respiraba con cierta normalidad. Salí de allí en la madrugada. Otra fuga más. Aún en el avión mi corazón palpitaba más de la cuenta. Cuando llegué a Santiago y abrí la puerta de mi casa, me sujeté a ella. Antes de entrar solté el llanto. Lloré y lloré como una niña. No había fuerza alguna que me separara de esa puerta de mi casa.

Por ahora, me quedo en mi torre de cristal, con la luz y el sol en la cara, esperando que la vida diga lo que tiene que decir. Lo importante es que, cuando ella —la vida— venga a buscarme, esté donde esté, no me encuentre vencida.

Ana Rosa

La frase preferida de mi difunta madre que Dios la tenga en su Santo Reino era que tenía una hija *insustancial,* lo que resulta una virtud en ella porque su vocabulario era más bien restringido y me pregunto cómo dio con esa palabra, pero le encantaba decirla y con ello aprovechar para mirarme en menos. Porque mirada en menos he sido siempre y por casi todo el mundo, por lo que ella no logró tener un punto de vista original, la pobrecita, no fue original en nada y ésa es la herencia que me dejó, junto a un par de cosas más que agradezco como mi buena dicción y mis buenos modales y también el amor y el temor de Dios y algo más que espero recordar.

Para ser honesta —cosa que me precio de ser y que admiro en los demás— debo decirles que me aterra abrir la boca porque no creo tener mucho que decir y me pregunto qué habría sido de mí si no hubiera nacido en el seno de la familia más religiosa de toda la comuna de La Florida, en una casa pareada donde todo lo que sucedía podían oírlo los vecinos y donde se creía que rezando un rosario al día y respetando a los mayores se adquiriría la salvación propia y la del mundo, lo que termina por darle razón a mi madre: soy absolutamente insustancial.

Siempre me enseñaron a respetar al prójimo y eso caló tan profundo en mí que muchas veces confío más en lo adquirido que en mis reflejos. Hay personas que me dicen que yo vivo en el siglo pasado y no hablo del que acaba de pasar sino del anterior y eso parece ser un defecto imperdonable, lo que es a mí, el mundo me queda grande, lo que en el fondo me hace seguir de largo: éste no es lugar para los apocados. Y me pregunto con toda sinceridad la razón por la que Natasha me ha invitado hoy día porque cuando entré y miré a cada una pensé: aquí están las regalonas de Natasha y por un minuto me dije: ay, Ana Rosa, tú eres una de ellas.

Empiezo por el principio: soy Ana Rosa.

Tengo treinta y un años.

Vivo en la parte sur de La Florida, en la misma casa pareada de mis padres —la que heredamos con la hipoteca pagada— con un hermano menor al que cuido desde que el Señor decidió llevárselos, a mis padres, que se fueron los dos juntos y hoy gozarán de la presencia divina en algún lugar más amable que esta tierra, llámese cielo o vida eterna o como ustedes quieran.

Estudié en el liceo más cercano a mi casa y más tarde, por no tener un puntaje que me permitiera asistir a la universidad, me metí a un instituto profesional a estudiar Publicidad que es lo mismo que no estudiar nada. Mi vida parece más bien sacada de un molde protestante que de uno católico, todo ha sido puro trabajo, pura disciplina, pura aversión al goce, puro esperar la próxima vida para ser feliz porque la felicidad no existe entre los humanos sino al lado de los ángeles y arcángeles y de las almas privilegiadas del más allá. No me he casado ni creo poder hacerlo nunca porque no tengo mucho apego a ese tipo de amor y además ya ven que soy muy poco atractiva. En mí no hay mucho para destacar ni mucho para atraer al sexo opuesto, tampoco me sé vestir, no tengo imaginación ni dinero, así soy dueña de cuatro trajes, es todo lo que tengo, los voy turnando cada día de la semana, uno es azul, el otro gris oscuro, y los dos restantes son café y burdeos y a cada uno le he ido comprando una blusa en los mismos tonos, de ese modo no debo pensar cada mañana en qué ponerme porque eso me angustiaría, me los sé de memoria y así no pierdo tiempo porque nunca tengo los minutos suficientes antes de volar a tomar la micro y el metro y dejar preparado a mi hermano y asegurarme de que despertó y tomó el desayuno y se duchó porque estoy segura que si yo no lo supervisara se quedaría dormido y se pasaría el día jugando en la pantalla en vez de asistir a clases. Habría dado la mitad de mi vida por tener unos ojos bonitos. Ojos de laucha, me decía el abuelo, al fin y al cabo, los ojos lo son todo, cualquier belleza o fealdad nace de ellos y las únicas veces que le reclamo al Señor es por haberme dado estos ojos tan insignificantes y opacos rodeados por pestañas casi invisibles y chicos y café como los tienen todos mis compatriotas y en la calle busco ojos lindos, la verdad es que no siempre los encuentro, me siento un rato en los bancos del paseo Ahumada a mirarles los ojos a las mujeres y a imaginarme cómo viven y en qué piensan y qué es lo que les importa y hacia qué son indiferentes. Me impresiona cómo eligen siempre una talla menos cuando no existe en la liquidación la talla propia, nunca una más grande, andan todas apretadas y siempre se les notan los rollos y cuando se puso de moda mostrar las caderas, ahí van todas con el cuero al aire, les quede o no bien esa moda, y hago esfuerzos por practicar la tolerancia.

Trabajo como secretaria en un gran almacén del centro de la ciudad donde me presenté cuando leí en el diario que necesitaban vendedoras. En vez de eso, en la entrevista le hablé al supervisor de mi timidez y de mi incapacidad para lidiar con clientes, pero le hablé de mi buena ortografía —enorme cualidad en mi generación que no sabe escribir ni redactar y que se come las haches y los acentos, las comas o los puntos de exclamación, interrogación o suspensivos y coloca los artículos inadecuadamente, si es que se acuerda de colocarlos— y pedí una oportunidad para ejercer labores secretariales, lo cual sorprendió al señor en cuestión pues nadie se presenta a un trabajo para pedir otro. Al final, eso mismo me jugó a favor y aunque tuve la dignidad de no explicarle lo apremiante que era para mí ganarme el sustento y que la educación de un futuro ciudadano dependía enteramente de mis capacidades, él sospechó mi urgencia y prometió llamarme en cuanto se desocupara una vacante para ese tipo de trabajo y así fue que a los dos meses me instalé en la oficina del cuarto piso con un computador al frente y de esto hace cinco años, cuando no existía aún el Transantiago y la vida era bastante más cómoda. Hoy debo tomar cada mañana una micro de acercamiento al metro para subirme a la línea cuatro —la azul—, hago trasbordo en la estación Vicente Valdés para llegar a la línea cinco hasta Baquedano y allí un tercer trasbordo, tomo la línea uno para llegar hasta la estación Universidad de Chile pero no quiero reclamar (menos con la cesantía que hay en estos tiempos de crisis), me siento una privilegiada por tener empleo y cuando me aprietan mucho mucho en el metro le ofrezco a Dios ese sufrimiento cada mañana y llego con mínimos atrasos y borro de mi mente el tema del transporte de esta ciudad hasta la tarde, momento en que vuelvo a hacer lo mismo a la hora punta y lo único que me distrae es pensar a cuáles pecados —de quién, quiero decir— dedicaré ese viaje en concreto y me turno según lo que he visto en la tele, pueden ser los pecados de los chechenios o de los iraníes o los norteamericanos cuando empezaron la guerra con Irak y no pocas veces lo hago por distintos chilenos a quienes les fue arrebatada la gracia divina y creo imperativo el recuperarla. A Natasha esto le divierte y me pregunta a veces cuando llego a la consulta a quién he dedicado los pesares del día o de la semana y se lo cuento con todo detalle.

Volviendo a mi trabajo, la gente que me rodea es bastante amable. Mi jefe es un mandón que anda diciendo frases raras mientras se pasea entre nuestros escritorios: «Plata sobrará, vida faltará», «No se pre-ocupe, ocúpese» y cosas así y él nunca da una orden sino *una sugerencia*, nunca una instrucción sino *una indicación*, pero al final manda como loco y si te pilla perdiendo el tiempo te echa una mirada (una de esas miradas suyas que destierran al otro de todo lo conocido), pero a fin de cuentas es un guatón buena persona y yo, sin ser obsecuente, hago caso en todo y así conservo la pega y no me falta el sustento y me siento una triunfadora cada fin de mes cuando recibo el cheque.

Mi padre fue quien me enseñó a leer y a escribir bien porque él era un profesor de escuela primaria con grandes cualidades pedagógicas y aunque siempre vivimos modestamente, nos dejó en herencia —además de la casa ya pagada— el silabario y la lectura de algunos libros (que a pesar del poco interés que demostrábamos en un comienzo supimos más tarde apreciar mi hermana y yo) y cuando ambas cumplimos doce años nos regaló el diccionario de la Real Academia Española en dos tomos con tapa dura y yo lo guardo como un objeto sagrado junto con la Biblia. Me propuse dedicarle quince minutos cada día y como soy tenaz y disciplinada lo hago hasta el día de hoy (y de este modo evito que la palabra central de mi vocabulario sea *huevón* como lo es para las tres cuartas partes de este país junto a sus muletillas exageradas) y también me ayuda a no sentirme un poquito estúpida por ver tanta tele y cuanto programa hay porque llego muy cansada en la tarde y entrando a la casa la enciendo y queda puesta hasta la noche. Cuando ya he hecho la comida y mi hermano se ha ido a la cama, me encanta enchufarme con los programas nacionales —no tengo cable y no me hace ilusión porque me entretengo más con un *reality* chileno que con una película— y me he convertido en una experta de la farándula: sé todo de todo, quién anda con quién, las peleas de unos con otros, los nombres de las modelos, en fin, todo, y de esa manera me relajo, pero siempre *después* de los quince minutos de diccionario. Ayer por ejemplo me dediqué a la palabra clave de mi vida. «*Insustancial:* adj. De poca o ninguna sustancia.» Como me quedé en las mismas tuve que remitirme a la palabra *sustancia,* y era tan larga la definición que obligaba a ampliar los quince minutos y pensé que valía la pena memorizarla: «f. cualquier cosa con que otra se aumenta y nutre y sin la cual se acaba...». Me parecieron palabras un poco sueltas y no supe cómo interpretarlas de modo que a mi difunta mami, pobrecita, le gustara.

Alguna vez escuché un cuento que me gustó y me aferré a él pensando que de repente las historias de los libros pueden salir de las páginas y convertirse en historias ciertas. Ésta transcurre en un lugar del pasado, puede haber sido en la India o algo parecido, y la costumbre del pueblo era que, al casarse una pareja, el novio debía mostrar a toda la gente la sábana ensangrentada luego de la noche de bodas para así verificar la virginidad de su nueva esposa. Ya sé que eso no es ninguna novedad y lo hemos oído muchas veces pero la importancia de esta historia radica en que ella no era virgen y cuando él se entera esa misma noche al ver que no sangraba no sólo *no* la rechaza ni la expone sino que no le hace ninguna pregunta y toma un cuchillo que había en el plato de frutas al lado de la cama y se hace un corte en la mano y vierte esa sangre —su propia sangre— en la sábana para mostrársela a todo el pueblo. Esta historia me gustó mucho y me pregunto si entre todos los hombres que trabajan conmigo o los que se paran en la esquina de la plaza cerca de mi casa a escuchar música a todo volumen y a fumar marihuana habrá uno —uno solo— con esa nobleza, aunque hoy nadie dé un peso por la virginidad.

Hasta los ocho años fui muy feliz. La figura que más aportaba a esa felicidad mía era la de mi abuelo materno, que vivió con nosotros desde siempre. Había enviudado más bien joven por lo que no conocí a mi abuela que dicen que era una gran mujer y cuyo corazón dejó de palpitar sin ningún aviso un día mientras cocinaba un queque para una fiesta de cumpleaños de mi mami, dicen que entonces mi mamá se volvió algo agria (al menos eso creía mi papi). Volviendo a mi abuela, ella no era una jugadora rusa con vestidos de organdí ni dormía en el suelo al lado de la cama de un héroe de guerra en Palestina, ella era una simple mortal sin una vida entretenida que contar. Se dedicó al cuidado de sus hijos y de su esposo, nunca trabajó fuera de la casa y he escuchado que era una «mojigata», así la llamó un día mi abuelo, un día que se fue de lengua lo dijo y ahí entendí por qué mi mami hacía recuerdos del abuelo saliendo solo de noche con sus amigos cuando aún no había enviudado y la juerga era parte de la vida y nadie lo encontraba muy atroz porque entonces los hombres eran infieles por principio y en el fondo fondo las mujeres actuaban de cómplices. Me resulta muy inadecuado imaginar la vida sexual de mis abuelos pero obligada a hacerlo creo que a ella, como a mí —y por esa razón lo traigo a colación—, no le gustaba el sexo. Por eso el abuelo buscaba en otros lados, como todo hombre que se precie. Parece que eso no era muy inusual, digo, lo de las mujeres detestando el sexo, entonces no había revistas que tocaran el tema ni sicólogos que lo consideraran una especie de enfermedad, nadie se metía y si el sexo era un deber, se cumplía y punto pero ojalá lo menos posible y chao. Volviendo a mi abuelo, él fue la luz de mi niñez. Mis padres trabajaban duro, como ya relaté, mi papi en el

colegio donde yo estudiaba en la educación básica y mi
mami en la Municipalidad: fue empleada municipal toda
su vida y nunca faltó a trabajar, la Municipalidad era su vida
y siempre se las arregló, primero con los milicos y más tarde
con los alcaldes elegidos, y si Dios no se la hubiera llevado
a su Santo Reino habría jubilado allí de todos modos. Ella
salía temprano en la mañana y llegaba después de las seis
y sus hijas, yo la mayor y mi hermana que me sigue (que
está casada), teníamos que arreglarnos solas y el abuelo
—que ya estaba jubilado de Ferrocarriles del Estado— era
la única persona que siempre estaba en la casa y por eso
digo que fue la luz de mi infancia porque yo llegaba del
colegio y él me ayudaba a hacer las tareas y después me
sacaba a pasear y me compraba helados y me presentaba
a sus amigos del barrio, todos bien ociosos como él, y re-
zaba conmigo todas las noches porque yo era su regalona
y se miraba en mí. Me enseñó a encumbrar volantines y a
hacer barquitos de papel y a pintar con pinceles cuando
mis hermanos sólo usaban lápices de colores y sabía contar
cuentos divertidos y largos y en las noches era él quien me
hacía dormir y no mi mami y yo lo prefería a él porque
sus cuentos eran mejores y tenía más paciencia y a mi papi
nunca le importó vivir con el suegro, al revés, yo creo que
le gustaba porque se avenían bien y les encantaba jugar a
los naipes y hablar de fútbol y tomar cerveza y tenían los
mismos gustos para comer y cada vez que mi mamá cocinaba prietas o un causeo de patitas, ellos se lo agradecían
tanto.

Aunque ya no trabajara, mi abuelo se levantaba
temprano cada día y esperaba el baño porque era el único
que no estaba apurado y se echaba talco como una guagua
y se vestía con corbata y un viejo traje gris de sus épocas
de empleado de ferrocarril, con una camisa blanca que se
cambiaba cada tres días, y los domingos usaba su traje azul
para ir a misa (ese traje lo tenía sólo para la misa y para las
bodas y los funerales y los bautizos), lo que me hace pre-

guntarme en qué momento o desde cuándo desaparecieron los trajes domingueros, se cambiaron por buzos, por jeans, o directamente por *shorts,* que les quedan mal a todos con sus piernas cortas y pantorrillas rechonchas; si ahora no se ve a nadie de traje en misa y los buzos son horribles, ningún hombre se ve bien con un buzo aparte de Pellegrini. Volviendo a mi infancia, no sé para qué se ponía corbata mi abuelo ni lo que hacía en la mañana porque yo estaba en el colegio y no lo veía, pero él almorzaba todos los días con nosotros, nos calentaba la comida que mi mami preparaba la noche anterior y después se tendía a dormir una siesta (jamás se saltaba su siesta). Yo me pegaba a él para sentirme calentita y querida.

Aunque nuestra casa era muy chica, era el orgullo de mis padres porque era propia, conseguida con un subsidio para profesores, y el dividendo era la cuenta más sagrada de las que se pagaban todos los meses, cualquier cosa podía deberse (la luz, el gas o el agua o el almacén) pero nunca el dividendo y yo aprendí a valorar desde pequeñita el esfuerzo que había detrás de *la casa propia,* especialmente si había en ella dos dormitorios. Esto fue perfecto hasta que nació mi hermano, una especie de tropiezo de mis padres, me tinca que no lo planificaron porque nació doce años después que yo y once después de mi hermana, o sea, la vida estaba ya organizada y de repente, zas, llega otro miembro a la familia y no había hueco para él así que durmió mucho tiempo en la misma cama con mi abuelo porque no había dónde poner una cama más y el living era demasiado chico para un sofá cama y mi mami se habría muerto antes de cometer —palabras de ella— la falta de respeto de dejar a su padre sin dormitorio. El segundo dormitorio era el matrimonial, hasta que mi papi se agotó de dormir con nosotras dos y nos trasladó a dormir con el abuelo. Él en una cama y mi hermana y yo en la otra, pero yo creo hoy día, mirando para atrás, que daba lo mismo dónde se durmiera porque las paredes parecían de papel y todo se escuchaba y cada ronquido de mi papi se oía desde mi cama y supongo que el matrimonio funcionó porque teníamos mi hermana y yo el sueño pesado como las dos niñas saludables que éramos. Dormíamos como troncos o, para usar la expresión de mi mami, dormíamos el sueño de los justos.

Lo más importante de la casa era la vitrina que había en el living (mi mami se miraba en ella) y Natasha se ríe cada vez que se la describo y le hablo con detalle de la vitrina llena de pequeñas figuras: ángeles, gatos, pastoras o payasos de loza o cerámica pintada. Hoy pienso, cada vez que las limpio, qué significará esa proliferación de objetos innecesarios y qué función cumplirían y sospecho que servían para esconder nuestra propia insignificancia y creo que un día las voy a tirar al suelo y las voy a quebrar una por una porque cuando me siento tonta me vienen esas figuras a la cabeza, no sé por qué. También, por supuesto, en una familia tan piadosa, cundía la imaginería religiosa. Había de todo: crucifijos, estampas de la Virgen Santísima, cuadros de distintos santos, algunos de latón en sobrerrelieve, a la entrada de la casa te recibía el Sagrado Corazón, Jesús con el corazón sangrante hecho tiras, nunca entendí del todo esa imagen, salvo recordar varias veces al día cuánto sufrió Él por nosotros. Había dos mesitas —una a cada lado del único sofá del living— y estaban repletas de pequeñas estatuas o *esculturas,* como prefería llamarlas mi mami: por ejemplo, Cristo en la cruz al momento de Su muerte, otra bendiciendo en el monte de los Olivos: el monte era un pequeño cerro de yeso que una vez se descascaró y mi mami se enojó así que yo pesqué la témpera que usaba en el colegio y le pinté las partes descascaradas en verde y café y ni se notó y, desde ese día, cada vez que oigo hablar de Israel, pienso en el café y el verde del monte de los Olivos. Me gustaban más las vír-

genes porque eran tan distintas entre ellas y tú pensabas
que, a fin de cuentas, era la misma persona, cómo iba a
haber tantas vírgenes diferentes, la del Carmen, la de Lourdes, la de Fátima, la de Luján, todas las vírgenes nos miraban en nuestro diario acontecer y yo pensaba que vivíamos bajo la protección de ellas y que nada malo nos podía
pasar. Lo único que no me gustaba de esta proliferación
de figuras sagradas era limpiarlas, cuando me tocaba a mí
me empeñaba —hágalo con amor, mijita, con *amor*, ¿entiende?, me decía mi mami—, me enseñaron a hacerlo con
un paño húmedo para meterlo en cada pliegue de las túnicas de la Virgen y de los dedos de Jesús, que nunca
quedara una mugre metida entremedio y eso era difícil
porque Santiago es una ciudad polvorienta, todo se llena
de polvo, quién sabe por qué, y me pregunto cómo serán
las otras ciudades, las que no tienen polvo y donde no es
necesario vivir con el paño de limpieza en la mano.

Hasta cumplir los ocho años, mi hermana —la Alicia— y yo teníamos los mismos horarios de clases. Íbamos
y volvíamos juntas del colegio y como estaba en la esquina
nos acostumbramos desde chicas a caminar una al lado de
la otra de ida y de vuelta. Algo pasó ese año que decidieron
agregarle un módulo al curso de mi hermana y empezó a
llegar a la casa más tarde que yo. Entonces yo regresaba
antes que la Alicia y el abuelo me esperaba y me decía que
yo era toda para él y que teníamos harto tiempo para hacer
cosas antes de que llegara la Alicia.
    Cumplí ocho años. Ese día quedó en mi pobre
mente como uno de los últimos recuerdos brillantes, muy
brillantes, como sólo pueden ser los de la infancia, porque las nubes no se ven ni se intuyen, lo que está ahí es
lo que es y todo era despejado ese primero de marzo, siglos
y siglos atrás, y cuando volví del colegio vi la torta en la
mesa y las naranjitas con jaleas coloradas y las galletas

obleas y los pancitos con huevo y a mis tías y a mis primos. No sé por qué me hicieron tanto caso pero la celebración (aunque cayó en un día de semana) fue apoteósica y hasta el día de hoy me acuerdo de todos los regalos que me hicieron. El mejor y el más importante fue el de mi abuelo, que no sé de dónde sacó la plata, pero me tenía la casa de la Barbie, ¡lo que más se podía soñar en ese tiempo!: una casa rosada de plástico con piezas y camas, todo para la Barbie, que era —no tengo ni que decirlo— mi juguete preferido. (Aún las conservo y ahora, que tengo una cama ancha toda para mí, las instalo en la cabecera aunque cada noche debo sacarlas y volver a ponerlas en la mañana.) Mi mami me pidió que agradeciera a Dios tanta bondad y que rezara un avemaría antes de abrirla. Los grandes se pusieron a tomar cerveza y ponche, porque siempre había vino tinto con duraznos para los cumpleaños y también navegado, que es el vino caliente con cáscaras de naranja y canela. Mientras los chicos jugábamos con la casa de la Barbie, mi papi y mi abuelo se entonaron un poco y cuando todos se habían ido ellos siguieron con ánimo de fiesta y tomando y chacoteando y mi mami puso esa cara de desaprobación que tanto le conocíamos. Se fueron a acostar tarde los dos y la Alicia y yo dormíamos cuando el abuelo llegó a la pieza y me despertó sólo a mí, venga la cumpleañera, me dijo y me sacó de la cama para que durmiera con él, como lo hacíamos todos los días a la hora de la siesta, pero ahora de noche. Quería seguir celebrándome.

Era rosada y dura, la casa de la Barbie.

Dios dispuso tantas cosas incomprensibles para mí. No es que me queje pero a veces me pregunto por qué cargó sus dados sobre esta pobre alma liviana y modesta que ha dado tantas vueltas en redondo, como una palabra que hubiera perdido sus letras, y yo sé por qué no le cargó los dados a la Alicia, cómo no lo voy a saber, si fui yo quien la protegió a la Alicia. Era sólo un año menor, pero en alguna parte de mi pequeña cabeza decidí que la única que podía cuidarla era yo y Dios no me castigó por soberbia porque hoy la Alicia es feliz y se casó como todo el mundo y tiene dos guaguas y es normal, a la muerte de mis padres se le quitó esa cosa anticuada que teníamos todos y partió a ser ella misma y hoy sigue siendo católica y amando a Dios y cumpliendo cada uno de sus mandamientos, lo que me hace pensar que no es obligación ser tan remilgada como era mi mami para que Dios te ame. Siempre sentí que Dios no se acercaba a mí como al resto de la gente o al menos como al resto de los miembros de mi familia y esto me hacía preguntarme por la razón y la razón me llevaba de vuelta a mí misma: había algo sucio en mí que espantaba a Dios y aunque Él estuviera acostumbrado a los espantos aquí en la tierra, igual tomaba cierta distancia, ni curiosidad debía sentir Él por mí. A veces pensaba que al que le asignaron mi caso en el cielo se puso en huelga y dejó el caso tirado.

En el liceo se reían un poco de mí, no era una mofa ofensiva pero mis compañeras no entendían que no me metiera con los gallos como lo hacían ellas, algunas eran bien bien lanzadas y hasta embarazadas adolescentes hubo en mi curso y hablaban de besos con lengua cuando éramos super chicas y yo les decía: Dios las va a castigar, y se morían de la risa, como si el temor de Dios fuera algo muy muy pasado de moda que ni en broma tenía que ver con ellas. Nunca tuve amigas íntimas, quizás en la primera infancia, nunca más, porque hasta el día de hoy no le encuentro el sentido, creo firmemente en el pudor y en el recato y me pregunto por qué hay personas que necesitan mostrarse desnudas frente a otras cuando la única verdad es que cada ser humano es una pequeña isla. Aunque tienda puentes y puentes, siempre será una isla y todo lo demás es mentira.

Entonces cumplí ocho años y en las noches empecé a hacerme un ovillo sobre mí misma y de un día para otro mis manos pasaron a ser dos seres vivos independientes de mí y se sujetaban entre ellas sin parar y se restregaban y nunca descansaban y se me llenaron de manchas rojas, ásperas y feas, y me dolían. La vida empezó a cambiar y me dije que eso es lo que Dios pedía de mí y que mi deber principal era hacer feliz al abuelo, yo le debía tanto a él que haría lo que me pidiera. Un día, sin embargo, se me ocurrió quejarme a mi mami. Ella me miró con su cara agria y por todo comentario dijo: ¡qué edificante!, con una expresión en los ojos que hoy recuerdo como adusta y avara, los entrecerraba como si una mugre se le hubiera metido adentro, como si esquivara el polvo o la luz, era la marca del enojo, tanto enojo acumulado. Pero qué le vamos a hacer, la familia es sagrada porque es nuestra identidad. Aunque sea una cárcel, es siempre nuestra identidad. Cuando camino hacia la micro cada mañana, veo planchas y planchas de cemento agrietado y monótono, siempre igual a medida que avanzan mis pies por la vereda y me viene a la mente la mirada de mi mami y el cemento agrietado es igual a sus ojos y pienso que de haber tenido otros ojos, quizás mis pasos hacia la micro cada mañana podrían ser distintos. Además de esa mirada, tenía un cuerpo ínfimo como el mío, era enjuta como si nunca hubiera florecido, seca y enjuta, y con los miembros siempre un poco apretados y volcados hacia adentro. El abuelo le decía: laucha, puras lauchas en la familia. Muy edificante..., muy edificante, me decía mi mami picoteando alrededor mío como una gallina, una semana entera dijo eso y no otra cosa cada vez que pasaba cerca de ella. Para qué pronunciar palabra, entonces. Sentí como si mi voz hubiese quedado olvidada en algún hueco oscuro. Cada vez que algo no le gustaba a mi madre, se enfermaba, se enfermaba de veras con síntomas visibles, sus enfermedades se veían y le daba la gripe o una diarrea aguda o una fiebre alta. Si nosotras la hacíamos rabiar y aparecía la fiebre, era nuestra culpa y las tías nos lo decían y la Alicia y yo nos aterrábamos. La Alicia se atrevió a ponerse a pololear cuando tenía como doce años y mi mamá casi se murió, como si el pecado lo estuviera cometiendo ella y no su hija, y le salió una alergia, tan fea tan fea, que tuvo que perder una mañana de trabajo para ir a la posta (ella que jamás dejaba de trabajar) y la Alicia no tuvo más remedio que deshacerse del pololo para que la alergia desapareciera y entonces volvió la paz y todos se sentían santificados porque la niña había entrado en razón y el abuelo me hizo rezar el doble cada noche o a la hora de la siesta, porque a veces le daba con que yo rezara antes de pegarse a mí para dormir.

En mi memoria tengo un momento largo largo de la vida en que sólo recuerdo el cuerpo: el cuerpo mío, el de mi mami, el de Alicia, el del abuelo. Puros cuerpos, porque la mente se niega a meterse en los recuerdos del alma, majadera como un gato la mente, hace de las suyas y juega conmigo y bloquea la memoria como le da la gana. Los agresores se colocan al mismo nivel de las víctimas. Todo se vuelve complicado y difícil de recordar, puras imágenes cortas y fugitivas. Me quedo fija en las que tengo, aunque sean pocas, y tengo pocas porque es difícil distinguir con claridad el mundo cotidiano y normal, mientras es tan fácil recordar lo extraño. Estoy convencida de que lo que más ciega los ojos es lo familiar y por eso yo deambulé sin ver por los días y los meses y los años, una puede quedarse pegada por mucho tiempo en la ceguera porque lo familiar termina no viéndose.

Hemos trabajado mucho con Natasha sobre las memorias de ese tiempo y lo que llego a recordar es gracias a ella porque cuando empecé la terapia tenía un agujero negro en la cabeza. A medida que pasaba el tiempo, a los nueve años, a los diez, cada vez que me lavaba el pelo me quedaba con mechones en la mano (hasta que cumplí ocho lo llevaba cortito y lleno de ondas muy monas) y de repente empezó a quedarse lacio, cada vez más lacio, y se me puso tan fino que casi raleaba. Cada vez que observaba el aparador del living —al frente de la vitrina que ya les mencioné—, pesado y estático, pensaba cuán resignado era ese mueble y sentía que el mueble y yo éramos la misma cosa aunque él tuviera más peso que yo.

En la antigua China (y esto lo sé porque un día decidí asistir a una conferencia gratuita que daban a dos pasos de mi lugar de trabajo y me dije: Ana Rosa, eres un poco estúpida, por qué no haces algo para cultivar tu mente, y entonces empecé a aprovechar que trabajaba en el centro para sacarle un poco de partido a ese sector de la ciudad porque en La Florida no se habla de la antigua China sino más bien del *mall* Plaza Vespucio y de lo caro que es el café en el Starbucks o de la última liquidación de Zara), como decía, en la antigua China la idea popular del cuerpo humano consistía en que éste lo conformaban dos elementos diferentes, elementos o almas. Uno —llamado *po*— era viscoso y material; y el otro —*hun*—, vaporoso y etéreo, y se creía que la confluencia de los dos producía la vida y que llegaba la muerte cuando ambos elementos o almas se dispersaban. Aparentemente al *hun* —por ser más ligero, supongo— le gustaba separarse del cuerpo y lo hacía por lo general cuando la gente dormía y así se producían los sueños, según la creencia. Llegado el momento final, este elemento o alma era el primero en partir y por esa razón, cuando alguien empezaba a morir, su hijo debía subir a las azoteas o tejados de la casa para llamar a las almas *hun* y pedirles que volvieran y sólo si fracasaba en este intento llegaba la muerte real. Cuando me enteré de esto, pensé mucho en ese pobre hijo que corría por los altos de las casas llamando a las almas etéreas y me imaginaba cómo se sentiría al no lograrlo y si se culparía de la muerte por no haber traído de vuelta al *hun* y si se culpaba, cómo se odiaría, y si creería que el castigo podría sobrevenirle por su inutilidad para salvar a su padre y si debería el pobre vivir con eso para siempre. Todo esto pensaba yo cuando me imaginaba al hijo persiguiendo almas.

Era el mes de julio, un día viernes de mediados del mes, en un invierno especialmente frío cuando yo tenía quince años. Desde entonces me he aficionado a los inviernos porque siento que son de verdad, no como el verano, que pasa volando y parece divertido y coqueto, pero no lo es, porque el sol siempre está apurado y deja a todos con las ganas. El invierno no pretende consolar pero, a fin de cuentas, yo siento que consuela porque una se hace un ovillo sobre sí misma y se protege y observa y reflexiona y creo que sólo en esa estación se puede pensar de verdad y en ese invierno de mis quince años terminaron tantas cosas para mí.

A mis padres no les gustaba mucho moverse y nadie en la casa iba ni a la esquina, no éramos viajeros en mi familia, tanto así que yo no he cruzado nunca la frontera y casi no conozco las ciudades de nuestro propio país y cualquier punto del mapa es para mí un asombro. Luego de mucho alboroto y preparativos, decidieron mis papis viajar a Linares a visitar a una tía que era la madrina de mi papá a quien no veía desde hacía años. Se quedarían ahí por el fin de semana (lo que fue toda una organización entre ellos y el abuelo para cuidar la casa y hacer la comida) y a mí me dejaron salir el viernes para que el sábado y domingo me quedara cuidando a mi hermano chico que era casi una guagua y fue por eso que yo estaba en la casa de una amiga el viernes en la tarde con la televisión prendida y justo antes de las noticias le dije a mi amiga: va a llover, y de repente dieron un flash y mostraron un accidente en la carretera y un bus que se había dado vueltas porque el chofer se quedó dormido y yo seguí jugando a las damas con mi amiga porque nada terrible que pasara por la televisión podía tener que ver conmigo y cuando a los cinco minutos escuché que el bus se dirigía a Linares, algo parecido a una cosquilla me entró en el estómago y luego se convirtió en algo helado como si me hubieran inyectado (así entró ese hielo por mi sangre) y, sin decir nada, abrí la puerta de la casa de mi amiga y salí corriendo y corrí y corrí hasta mi casa en el frío y recuerdo el cielo encapotado y turbio como si anunciara una tormenta y yo sin respirar siquiera, siempre helada y derrotada, con un miedo del tamaño de una casa sobre mi cabeza hasta que llegué. Mis padres alcanzaron a estar vivos por unas horas, murieron en el hospital de Linares —la ciudad más cercana al accidente— y hoy me imagino al *po* de la antigua China feliz con sus elementos viscosos y materiales entre el caos y la sangre y yo no estaba ahí para gritarle al *hun* que volviera, no pude subirme a un techo para llamar a esas almas malas que los abandonaron a la primera, no pude perseguirlas ni obligarlas a regresar, no pude ayudar a mis padres y sentí que no era Dios quien me vencía sino algo que no pude detener a tiempo. Y por si fuera poco, me enteré por las noticias (como nunca nadie debe enterarse de una tragedia personal y menos cuando se tiene quince años y se es dependiente y chica y poco preparada).

Ya cumplí treinta y uno, he vivido más de la mitad de mi vida como una huérfana, pero el momento ese en que yo corría a mi casa desde la casa de mi amiga, el cielo encapotado y el tablero de las damas y el sonido de la televisión me persiguen como si tuvieran miedo de que yo olvide. Como si la materia viscosa de la carne podrida pudiera olvidarse, porque ésa es la imagen que salió al día siguiente en la prensa: la fotografía de los cuerpos apiñados con sus sangres y sus tripas confundidas. A este país le gustan los accidentes, es increíble la cantidad de minutos que les dedican en las noticias: aparece el conductor y dale que dale, accidente tras accidente, ojalá con harto detalle escabroso y familiares llorando, pero esta vez era *mi* gente y así murieron y Dios se los llevó juntos —al menos eso— porque mil veces me he preguntado cómo habrían soportado la vida uno sin el otro.

Me sentía culpable de sus muertes.

Cuando se hizo de noche, el día del funeral, olvidé todo el vocabulario y me quedé pegada en una palabra: muérete.

Muérete muérete muérete.

Hasta que, aturdida como estaba, me vino el temor de que mi pobre madre —que en paz descanse— se revolviera en su tumba por culpa de esta hija mayor que prefería desaparecer y esquivar las responsabilidades que le esperaban. A decir verdad, no fueron muchas mientras vivió el abuelo, quien se hizo cargo de todo, y la casa ya estaba pagada y entre su jubilación y algunos ínfimos ahorros de mis padres y la plata que nos dio la compañía de buses del accidente y los pequeños trabajos que hacíamos la Alicia y yo nos arreglamos. Yo seguí por mucho tiempo en un estado de aturdimiento permanente, delante y detrás de mí flotaba el aturdimiento y no sé de qué otra manera describirlo y pensé que era justo vivir así porque los dolores tienen derecho a impedir que se les olvide.

Después de la muerte de mis padres todo se cubrió de muerte, absolutamente todo. Yo era muy joven para entrar en ese viaje y le hacía el quite a las grandes preguntas y evitaba también enfrentarme con la conciencia de fin y yo creo que la muerte decidió instalarse a mi lado como una amenaza, sin tocarme, pero me invadía igual y entonces yo corría a la cama de mi hermano chico durante la noche para ver si respiraba o, si la Alicia se atrasaba en llegar, me instalaba al lado del teléfono esperando la llamada fatal y, si una amiga decía que llegaría a las seis y no era puntual, yo decidía que la habían atropellado en la calle y hasta el pobre perro —un quiltro que habíamos adoptado— sufrió mis obsesiones y lo encerraba con llave en el patio para que no saliera y no fuera a pasarle algo.

Eso hacía en vez de llorar el accidente.

A partir de la muerte de mis padres, dejé de ser la regalona del abuelo. Él se dedicó a sacar adelante a mi hermano chico, sintiendo que el Señor le encomendaba la tarea de hacer de él un hombre, lo que facilitó la vida para nosotras, que ya teníamos hartos problemas. Se terminaron las siestas y los dormitorios se redistribuyeron, pasando la Alicia y yo a dormir en la cama grande de mis padres, y el abuelo se quedó en su pieza con el cabro chico, cada uno en una cama (los hombres allá, las mujeres acá). Así pasaron los años y a pesar de que todos tratábamos de hacer una vida común y corriente, yo ya estaba rota. Viví muchos años en el lado equivocado del silencio porque callé y porque no podía hacer otra cosa.

El abuelo murió cuando la Alicia y yo habíamos terminado el colegio y yo cursaba el tercer año en el instituto. Le dio cáncer al estómago y fue una enfermedad bastante corta porque se lo detectaron cuando ya no tenía remedio y yo me dediqué a cuidarlo. Estaba viejo y vencido y derrotado, esa impresión me daba, y traté con todo mi esfuerzo de hacerle amables sus últimos días y no me moví de su lado hasta el final.

En su lecho de muerte le hice una pregunta, la única que me atreví a hacerle:

¿Por qué mi madre no me protegió?

Porque a ella le hice lo mismo, fue su respuesta.

Cuando terminé el colegio y estudiaba en el instituto, decidí hacerme las preguntas que seguro se hacen todas las mujeres: que el matrimonio, que los hijos, que el futuro. Aunque no se lo dijera a nadie —y Dios tenga a bien perdonarme— los niños no me gustaban, algo me pasaba con ellos (algo no muy santo) que pude comprobar con los de mi hermana las miles de veces que me tocó cuidarlos: me acometía una extraña y escondida tentación de tratarlos mal, de aprovecharme de su inferioridad física y de mi autoridad sobre ellos y me gustaba su indefensión y me daban ganas de vengarme. A medida que fueron creciendo, tuve la certeza de que yo no sería una buena madre y que de poder evitarlo era mejor que no tuviera hijos, pero como para tener hijos se necesita un papá —y en ese campo yo era una perfecta nulidad— no parecía ser un problema muy apremiante. Mientras estudiaba Publicidad me hice amiga del Toño, un compañero de curso que era tan tímido y poca cosa como yo, todavía le quedaban espinillas en la cara y tenía el pelo negro un poco tieso y los ojos cafés bastante chicos. No debía de pesar más de sesenta kilos y tenía pinta de ratón —laucha y ratón, tal para cual—, el pobre no amenazaba a nadie y actuaba como si lo supiera. Pobre Toño, era tan buena persona, tan bien educado y tan amable conmigo. Total, me pasé la película de que podíamos hacer una buena pareja porque no me daba miedo ni yo a él y era evidente que a él las mujeres lo aterraban, quizás qué experiencia tuvo con su mamá o con su familia —nunca me lo dijo— pero la cosa es que funcionábamos bien juntos y estudiábamos en mi casa o en la suya y conversábamos de puras tonterías y nos entreteníamos. Un día, a la salida del cine, íbamos por una calle oscura y de repente, ¡zas!, pienso que el Toño se sintió obligado a jugar al macho —al margen de las ganas que tuviera— y me tiró contra una pared y me metió la mano debajo de la blusa, todo eso sin nunca habernos dado un beso y yo me espanté me espanté y le pedí que fuéramos de a poco y el pobre transpiraba y se sintió estúpido por las piruetas que trataba de hacer y a partir de ahí fuimos lento por las piedras, probando. No diría que fue una experiencia exitosa (apenas satisfactoria) pero le pusimos empeño y yo quedé con la conciencia tranquila de haber tratado, al menos, y de no haber tomado decisiones sin entrar en el campo de batalla, porque ustedes se imaginarán que el único resultado posible fue negativo y a partir de entonces pude decirlo: no me interesa el sexo, no me gustan los hombres, aunque se lo dijera a mi almohada *lo dije*, y con eso me quedé más tranquila.

Ahora bien, si hubiese decidido que los hombres sí me gustaban y mi intención hubiera sido emparejarme, mi situación sería, en la práctica, la misma. Si tener un hombre es un prestigio, un añadido que cuelga de una, un abrigo de buena tela que cae elegante en el hombro, no importa si abriga, yo paso frío. A una la miran en menos porque es sola. La gran pregunta es: ¿dónde están los hombres? Yo no los veo. Las mujeres como yo formamos un verdadero ejército: mujeres en la treintena que están solas, que se levantan de una cama por su cuenta y se duermen en la misma sin una arruga en la sábana. Mujeres que —a pesar de trabajar y salir cada mañana al mundo— no tienen dónde conocer hombres, dónde se esconden esos hombres posibles no lo sabe nadie, porque los compañeros de oficina están casados o viven con alguien y si se meten con una —hablo por boca de mis compañeras de trabajo—, es sólo en plan de una aventura de una noche o, a lo más, un par de noches, y luego andan todos culposos y enojados por haber tomado de más y por haberse metido en una historia pasajera con alguien a quien están obligados a ver todos los días. Nadie tiene dónde conocer a nadie y pasa el tiempo y una va adquiriendo un tinte de ansiosa o de probable solterona, lo que hace que los posibles candidatos se espanten y esos candidatos —escasísimos— no son un dechado de imaginación ni de originalidad, los que son así no se meten con empleadas de gran almacén o con oficinistas modestas. Las de mi tipo no llegan muy lejos porque nada es gratis, para llegar a algún lado debes pagar el boleto y el boleto puede ser tu nombre o tu pinta o tu cuenta bancaria o tu oficio, pero algún boleto tienes que tener en la mano y yo no tengo ninguno. Los fines de semana de este ejército de mujeres al que pertenezco son casi siempre aburridos y al final les gusta trabajar porque al menos en el trabajo se rodean de gente y de trajín y olvidan lo profunda que es su soledad. Se dice que en este país hay más deprimidos que en ningún otro —las estadísticas no mienten— y las mujeres de mi edad y mi condición abultan esa estadística y eso es triste porque están justo en ese período intermedio en que se supone que están forjando el futuro y armando familias y resulta que el futuro se escapa de las manos. Por eso, a pesar de todo, doy gracias al Señor de no ser una más de ellas y de haber optado por la soltería. Así me hieren menos.

Me impresionó mucho una historia que leí en el diario de una mujer que mata a su marido en defensa de su hija: nadie mató por mí, ni de cerca, cómo me duele que nadie me haya protegido. Quisiera conocer a esa mujer de la noticia y reclinar mi cabeza sobre su hombro para que me abrace.

Creo que es más sano no casarse ni tener hijos, prefiero eso a lanzarme en ese camino para embarrarlas sin remedio y hacerle daño a todo el mundo. He puesto un enorme empeño en acercarme al lado bueno de la vida e imaginarme a mí misma como un pequeño lugar soleado donde nadie tiene nada que temer y gasto mucha fuerza venciendo día a día las partes oscuras de mi alma que bien sabe Dios que las tengo y las temo y las detesto porque trato de ser ese rayo de luz y a veces vienen fuerzas subterráneas que se empeñan en llevarme a las tinieblas. Quizás mi inclinación profunda sea la de una víbora y no lo sepa y un día se destapará. Siento que vivo como a la espera, como si no fuera dueña de lo que soy y que un día despertaré convertida en esa víbora y saldré al mundo a envenenar como un reptil desalmado y demoledor y que toda la compostura de mis treinta y un años se irá por el desagüe para confirmarme que las oraciones no bastaron y que el abuso del que fui víctima me torció para siempre. Y ése sería el mayor golpe que la vida podría darme.

Sólo sé una cosa, que todo lo que me ha pasado y pasará es culpa mía.

Natasha

Me dio mucho gusto verlas en el jardín conversando tan animadamente, como si se conocieran de toda una vida. Pensé en Ana Karenina, y en que todas las mujeres felices se parecen, y las desgraciadas lo son cada una a su manera.

Natasha está descansando. Más tarde vendrá a despedirse de ustedes.

No sé cuál fue su intención al reunirlas hoy día. Ella nunca me avisa lo que hará, por lo tanto nada puedo adelantarles. ¿Quería reunirlas a todas para despedirse? Quizás. ¿Para que se tuvieran unas a otras en caso de que ella faltase? Es probable. O tal vez sólo anhelaba que ustedes pusieran en palabras sus problemas y, al hacerlo, entendieran cuánto han avanzado, cuán curadas están. En buenas cuentas: para escuchar la herida de la otra. Pero todo esto es suposición mía. Yo sólo soy su asistente, y lo que he aprendido sobre la naturaleza humana lo he hecho conversando con ella, observándola. Llevo tantos, tantos años a su lado que conozco de memoria cada uno de sus gestos, las ondulaciones de su voz, el movimiento de sus manos. Pero no cuento con su sabiduría, tampoco con su preparación. Yo nunca estudié. Sólo pasé un par de años por la Facultad de Letras y lo único que me ha motivado siempre fue la literatura —la lectura, para ser exactas—. Ya saben, hay personas que no nacieron para ser protagonistas sino más bien para convivir con quienes lo son y ése vendría a ser mi caso. Como lectora, nunca se es protagonista de nada, sólo testigo cualificado, y en eso consiste mi trabajo con Natasha.

Hace unos días encontré, entremedio de sus papeles, el discurso que dio el arquitecto Renzo Piano cuando fue galardonado con el Pritzker. Natasha había subrayado la siguiente frase: «... y así seguimos remando contra la corriente empujados sin pausa hacia el pasado. Es una imagen maravillosa, que representa la condición humana. El pasado es un refugio seguro, una tentación constante y, sin embargo, el futuro es el único sitio donde podemos ir».

Fue entonces que empecé a comprender la invitación que les ha hecho hoy día.

Todos estos años a su lado en Chile han sido un regalo. Cuando en Buenos Aires ella me sugirió acompañarla, no lo dudé. Yo no tenía nada, nadie que me sujetara, y poco a poco ella se convirtió en mi familia. Las distintas guerras habían ido dejando a nuestra gente sin país, sin ancla, sin pertenencia. Judíos errantes. Fieles a ese patrón, cruzamos la cordillera.

Creo que a todas ustedes les gustaría escuchar la historia de Natasha. Ella, como terapeuta, carece de la impudicia para hacerlo, pero me ha autorizado para hacerlo yo.

Nació en 1940, en Minsk, Bielorrusia, que era entonces territorio ruso luego de haber sido polaco, lituano, francés, alemán y de haber sido ocupado innumerables veces. Para las chilenas será difícil entender la vida tan azarosa de esos países, ustedes se habituaron a una historia de arraigo; nosotras, de desarraigo. Durante quinientos años el país de ustedes ha tenido el mismo nombre. Primero dependieron de España, luego fueron república, no saben de invasores ni de ocupaciones. Una historia territorialmente ordenada. Nosotros en la Europa Central hemos ido de allá para acá, siempre corriendo las fronteras, y cambiando de vida después de cada guerra y cada tratado. El que fue mi marido, por ejemplo, nació en Galitzia, la tierra de Joseph Roth. Ése era su origen aunque no supiera decir si era polaco, austríaco, ucraniano o algo distinto.

Pero volvamos a Minsk.

Fue un pésimo momento para nacer, es lo que siempre dice Natasha. Acababa de cumplir un año cuando la Alemania nazi los invadió. La ciudad fue brutalmente bombardeada, no quedó nada en pie, no se entiende cómo no murieron todos sus habitantes. Algunos dicen que fue en ese preciso momento y lugar donde empezó el exterminio de los judíos. A Rudy, el padre de Natasha, le gustaba contarnos cómo vieron llegar en Minsk a estos cuerpos especiales de civiles, abogados, empleados fiscales, sacerdotes, que marchaban junto al ejército alemán y cuya única tarea era la de matar judíos. Las primeras masacres datan de entonces. Iban de noche casa por casa sacándoles de sus camas. Hombres, mujeres, niños, ancianos: a todos los reunían en un punto determinado, los acarreaban a los bosques y los ejecutaban. Luego volvían para enterrarlos, intentando borrar huellas.

A los pocos días de la invasión los nazis cercaron un lugar determinado de la ciudad, treinta y cuatro calles, recalcaba Rudy, sólo treinta y cuatro, sacaron de allí a sus habitantes y metieron a todos los judíos. No contaban más que con un metro y medio cuadrado por persona; los niños, con ninguno. En el gueto llegaron a convivir cien mil seres humanos, traídos de distintos lugares del Reich. Pero Rudy y su familia, como los gatos, contaban con siete vidas. No estaban listos mis huesos para las cenizas, nos contaba él, y su supervivencia es una historia de amor. Sí, a veces el amor salva la vida.

Rudy venía de una familia bastante modesta —¡no todos los judíos éramos ricos!, le gustaba recordarnos—, hijo de un carpintero de quien heredó su habilidad artesanal y su taller. Aunque recibió de su familia una educación religiosa y estudió durante su adolescencia el Talmud y los textos sagrados, llegó a la edad adulta siendo, en el fondo, un descreído. Esto hizo que la mirada de Natasha frente a la vida fuera como la de Rudy, más amplia y laica que la de sus familiares y vecinos. No fue la religión la que lo ató a su pueblo. Por esa razón, no es raro que su gran amor resultara ser una *goy*.

Marlene, hija de un aristócrata de la zona —venido a menos porque ya Bielorrusia era parte de la Unión Soviética, pero aristócrata al fin—, le mandó a hacer los muebles para su futura casa. Faltaban unos meses para que contrajera matrimonio con un señor del lugar, un empresario textil también parte de la clase alicaída. Todo esto sucedió antes de que la madre de Natasha apareciera en escena, pero les cuento los detalles por la importancia que tuvo en su vida más adelante. Rudy y esta mujer cayeron fulminados por un amor loco, intenso y, por supuesto, prohibido. El padre de la muchacha, fiel a su espíritu oligarca, se opuso rotundamente a este amor, no había para Rudy salvación alguna frente a sus ojos: era pobre, inculto y, sobre todo, judío. Marlene pretendió zafarse de su compromiso con el novio en cuestión para fugarse con Rudy, pero al darse cuenta de que estaba embarazada —de Rudy, por supuesto— y de que su romance no tenía destino, se casó con el aristócrata e hizo pasar a su bebé por hija suya, lo que no significó que renunciara a Rudy. Él apoyó a su enamorada en cada uno de sus pasos e inventaba las formas más inverosímiles para poder ver, aunque fuera de lejos, a su hija clandestina. Hasta se convirtió en vendedor de pequeños muebles puerta a puerta para pasar por la calle de la casa en que ella vivía.

Más tarde conoció a una mujer humilde, la madre de Natasha, y decidió casarse con ella. Fue una decisión más racional que amorosa. Al nacer Natasha, su hermana cumplía cinco años.

Dos días después de la invasión nazi, un coche tirado por caballos llegó hasta la puerta de la casa de los padres de Natasha, y de él se bajó Marlene. Esta mujer resultaba una desconocida para la mamá de Natasha, pero no hubo tiempo para mayores explicaciones. Con la sagacidad del que no es perseguido, Marlene había comprendido que el destino de Rudy estaba seriamente amenazado y decidió salvarlo, lo que implicaba salvar también a su familia. Los llevó al campo, a una finca que tenía su padre y que los soviéticos no le habían arrebatado aún. Despidió en el acto al cuidador e instaló a Rudy en su lugar. Lo sorprendente es la celeridad con que actuó: cinco días después de la invasión, los judíos no tenían ya posibilidad de movimiento alguno.

A medida que avanzaba la guerra y que los alemanes continuaban en la URSS, las estadías de Marlene en la finca se prolongaban, y siempre llevaba consigo a su pequeña Hanna. No sabemos bien qué sucedía entre Rudy y Marlene en esos encuentros ni cuán humillada se habrá sentido la madre de Natasha.

Aunque vivían muy aislados, hasta ellos llegaba el eco del horror, a veces como rumor, a veces como información. Los judíos eran asesinados de a cientos por día, llegaban de todos lados al gueto y si no morían en manos de los nazis, lo hacían por el hambre y la enfermedad —las epidemias estaban a la orden del día en aquellas condiciones de vida infrahumanas—. Para Rudy resultaba indigno simular que era un ruso blanco bajo las órdenes de una antigua oligarquía, borrar desde su acento hasta sus costumbres, cambiar su aspecto, inventarse otra personalidad para engañar a los nazis, pero indigno o no, tuvo que hacerlo. Y los engañó. En medio de tanta incertidumbre, lo único sólido para la pequeña Natasha pasó a ser su relación con Hanna. En la soledad de la finca, marcada por el frío, el miedo y la falta de comida, el lazo entre las dos niñas era la única luz. Aunque los adultos se esmeraran en esconderles lo que sucedía, un cuerpo helado por falta de carbón o un estómago vacío no podían conservarse como un secreto. En una misma cama Hanna y la pequeña Natasha se abrazaban y le daban la espalda al horror.

Natasha tenía sólo cinco años cuando terminó la guerra, sin embargo afirma tener recuerdos y escenas nítidas en la cabeza. Cuando dieron la película *Doctor Zhivago* pasó días y días evocando su infancia. Aquella casa en mitad de la nieve, donde se esconde Zhivago con Lara, ¿se acuerdan?, esa casa le recordaba la de la finca. Y el frío. Menos mal que en Buenos Aires no había nieve.

El día en que acabó la guerra y que Rudy comprendió que no vería por mucho tiempo a Marlene ni a Hanna, tomó a las dos niñas de la mano, las llevó a la mesa de la cocina y las sentó al lado del fogón. A cada una les entregó una cadena de oro, colgaba de ellas una piedra preciosa, una alejandrita. Bajo el sol del mediodía las piedras irradiaban una luz verde azulada. Luego las colocó bajo la lumbre del fuego y, ante la sorpresa de las niñas, su color se fue transformando en un rojo profundo. Se las ató al cuello, primero a Hanna, luego a Natasha. La alejandrita tiene propiedades curativas, les dijo, y las ayudará a desarrollar la inteligencia. Llévenla siempre en recuerdo de esta guerra. Como ustedes saben, Natasha no se ha separado de ella.

Marlene volvió a Minsk llevándose a Hanna consigo. Natasha no la volvió a ver. Más adelante Rudy logró cruzar fronteras y a través de Alemania Occidental llegar a la Argentina, como hicieron muchos de sus compatriotas. Entonces comienza su segunda encarnación, como la llama Natasha.

Al otro lado del mundo, Rudy continuó con su trabajo de carpintero. Los primeros años fueron duros, el dinero era escaso, pero como siempre habían sido relativamente pobres, eso no amainó su energía. Al menos ya no tenemos miedo, decía, tranquilo. Como era un verdadero artista, a la larga le fue bien y tuvo una tienda como Dios manda, con carpinteros a sus órdenes y pedidos importantes. La Argentina era un país muy rico en ese tiempo, lleno de expectativas y de buenas oportunidades. Natasha entró a estudiar a un colegio público, como todo inmigrante en esa época. La educación pública era buena, aparte de que los colegios privados eran pocos y muy elitistas. En el colegio sólo había mujeres, la educación pública mixta no había comenzado aún. Al principio le costó entender a sus compañeras que hablaban ese idioma tan raro, pero no tardó en conocer a otras chicas en su misma situación. La gran inmigración después de la Segunda Guerra la hizo encontrarse con niñas de muchos otros países y rápidamente entabló amistad con rusas, polacas, alemanas, croatas y con las ruidosas españolas e italianas. A los pocos meses ya todas hablaban español. Natasha pasó a ser la intérprete de su familia, apenas lograban ir sin ella al mercado y se hacían entender por señas. Su madre nunca consiguió hablar del todo el español, trabajaba en la casa, tenía poco contacto con argentinos, veía a poca gente. Rudy, en cambio, al cabo de los años, terminó hablando con un mínimo acento, talento que ya le había salvado en su país natal. A pesar de haber enterrado el yidish durante los años de la guerra, en América pasó a ser el idioma familiar de nuevo y así se entendían, en privado, los tres miembros de la familia.

Los padres estaban convencidos de los valores de la época: la educación de los hijos como el gran estandarte y la herramienta que los haría progresar en la vida. Natasha debía tener una buena educación, a cualquier precio. Así fue como, al terminar la primaria, lograron hacerla entrar a un buen colegio secundario, el Liceo de Señoritas n.° 1. Por entonces el clima político era tenso, marcado por el control cada vez más férreo que Perón ejercía sobre el país y la educación. Este liceo cambió bastante la vida

de Natasha: quedaba en la entonces aristocrática avenida Santa Fe y allí se entretejían vidas distintas, más cultas,
más sofisticadas de lo que ella había conocido. Encontró
a chicas que pertenecían a familias adineradas, que viajaban a Estados Unidos y traían los primeros chicles-globo
Bazooka, por ejemplo.

Natasha egresó del liceo con muy buenas notas e,
influenciada por algunas de sus compañeras más acomo-
dadas, decidió entrar a la Facultad de Filosofía y Letras de
la Universidad de Buenos Aires. Esto enojó mucho a Rudy,
quien consideró que era una tontera, una inutilidad. Natasha le prometió estudiar más adelante Medicina. En realidad, lo que estaba más cercano a su interés y a su corazón
era la sicología, no la siquiatría, pero por entonces no había
una carrera como tal para estudiarla. De hecho, de aquella
facultad salieron las primeras sicólogas argentinas de los años
cincuenta y sesenta, cuando las terapias estaban reservadas
a médicos siquiatras. Pero no estaba dispuesta, en ese momento, a pasarse años encerrada en las aulas de Medicina.

Es muy argentino y muy judío eso de la fascinación
por el mundo *psi,* y no tiene que ver sólo con el fundador
del sicoanálisis, sino con una pasión por la indagación,
por los orígenes, sumada a una capacidad de emigrar: por
eso los argentinos y los judíos estamos permanentemente
yéndonos, somos errantes, fácilmente adaptables, y tenemos una compulsión a la diáspora. Te los encuentras viviendo en los lugares más remotos del mundo.

Mantengo nítido el siguiente recuerdo: las clases
en la universidad acababan de empezar, yo no conocía a
nadie, no sabía con quién conversar, por lo que aprovechaba los tiempos libres leyendo en un banco del jardín.
En eso estaba cuando se me acercó una muchacha con un
tipo muy centroeuropeo, era alta, delgada, tenía la cara la-
vada, los pómulos levantados y los ojos muy azules. El pelo,

bastante claro, sujetado en una cola de caballo. Vestía una pollera azul marino con zapatos negros y planos y un chalequito blanco corto y fino.

¿Leés a Simone de Beauvoir en francés?, me preguntó admirada, mirando de soslayo la portada del libro.

Sí, le contesté, un poco divertida.

¿Y leíste ya *Los mandarines*?

No, éste es mi primer libro de ella, dije señalando la portada de *El segundo sexo,* y no sé cuánto me gusta todavía.

Bueno, creo que ése es mejor. En *Los mandarines* deja entrever una cierta mezquindad.

(¿Será una pedante, me pregunté? Sin embargo, me interesó que hablara de la faceta mezquina de Simone de Beauvoir, que se atreviera a ponerla en duda, y la invité a sentarse a mi lado en el banco.)

Entonces me preguntó por qué hablaba yo francés.

Porque hablo todos los idiomas imaginables, le contesté riendo.

¿Por qué? ¿De dónde eres?

Y de Simone de Beauvoir pasamos a Ucrania —mi tierra de origen— y a Minsk y no nos paró la lengua, tanto que llegamos tarde a la siguiente clase. Ahí empezó todo. Ella recién estudiaba el francés y como todo argentino que se preciara en aquellos tiempos, aspiraba a hablarlo y leerlo bien, y me pidió que la ayudara a practicar, necesitaba un poco de conversación para soltarse. La invité a mi casa ese fin de semana. Si alguien me hubiese dicho mientras sujetaba *El segundo sexo* en mi falda esa mañana soleada en la facultad que cincuenta años más tarde estaría yo contando esta anécdota frente a sus pacientes en Santiago de Chile, no lo habría creído.

Cuando Natasha estaba por cumplir los veintiuno, su madre murió de un cáncer de pulmón. La agonía fue un horror y ella, hija única, lo vivió como la pérdida total del relato de su vida. El hecho de que su madre muriera a miles y miles de kilómetros del lugar donde nació, y que la Argentina le hubiese resultado inevitablemente ajena, fijó en su mente la idea de la trashumancia: sus quejidos eran en otra lengua y cada dolor plasmó en la hija paisajes trágicos, deslumbrantes y lejanos, aumentados por el espejo del final. Al dedicarse con pasión a la enfermedad de la madre, sintió que algún día debería pagar alguna deuda, sin saber muy bien cuál. Rudy le hablaba, entre una inyección y otra, enojado, impotente: ¿por qué no te dedicaste a la medicina en vez de andar hurgando en la naturaleza humana?, quizás habrías podido salvar a tu madre; lo otro, la mente, nunca tiene remedio.

En el delirio final, la madre creyó estar de vuelta en Minsk y se apaciguó. A Natasha le faltaron los ritos adecuados para llorarla. Nos hace falta Dios, le dijo a su padre en el cementerio y él no respondió.

Terminada la facultad, Natasha decidió partir a Francia y cumplir la promesa hecha a su padre de estudiar Medicina. La Francia de aquellos tiempos vibraba de ideas y de novedad. El cine, la literatura y la filosofía florecían. Efectivamente estudió Medicina y se tituló, pero nada disfrutaba tanto como la lectura de las distintas escuelas de sicoanálisis —al que nunca adhirió como forma de terapia— y de las discusiones con los amigos en torno a aquellas ideas. Vivió la mayor parte del tiempo en una *chambre de bonne* en la calle Cardinal Lemoine en el Barrio Latino y allí, dice Natasha, empezó su gusto por la austeridad. En tan pocos metros cuadrados, no tenía nada ni quería tenerlo. Lo que le interesaba no se podía tocar.

El día que cumplió veinticinco años, sus amigos más íntimos le organizaron una sorpresa, invitándola al lugar más ajeno a su rutina de la ciudad: el Folies Bergère. Natasha nunca había asistido a un espectáculo de nudistas.

A la salida se acercó un hombre joven, vestido con un elegante abrigo negro y una bufanda blanca, a saludar a uno de los amigos de Natasha. Fue presentado al grupo, era médico también como ellos y se conocían de la facultad. Le contaron que celebraban un cumpleaños. Él miró a la homenajeada y en su expresión apareció un dejo de burla. ¿Qué hace una estudiante de Medicina latinoamericana en un lugar así?, preguntó, ante lo que ella respondió, rápida y agresiva: ¿es que debo estar en mi continente haciendo la revolución? La respuesta provocó en él cierto interés. A Natasha le pareció alguien especial, la desconcertó que su rostro fuera oscuro y sus ojos profundamente azules y se lo quedó mirando. Los demás sugirieron un último trago antes de cerrar la noche y lo invitaron a acompañarlos. Sentados a una mesa grande en La Coupole, Natasha dice que es de las pocas veces en que se ha emborrachado. Es que sentía «cosas raras» —así las describió— instalada al lado de este hombre que no cesaba de hacerle preguntas capciosas y difíciles. En algún momento, inquieta, le preguntó qué le pasaba con ella, que por qué no la dejaba tranquila. Él le respondió con toda franqueza: es que me gustas. Y Natasha sintió que se le abría un enorme espacio en el estómago.

Al día siguiente la invitó a un boliche con mucho humo y vino tinto a escuchar a un joven cantante de origen griego llamado Georges Moustaki.

Al subsiguiente, al cine a ver *Hiroshima mon amour.* A ella no le gustó. Es demasiado lenta, si no pasa nada, le dijo a Jacques-Henri, y él no pudo creer que ella se atreviera a poner en duda a la *nouvelle vague.*

Jacques-Henri se reía de ella y hasta entonces nadie lo había hecho. Resultó irresistible que por fin alguien no la tomara tan en serio. A la semana, a pesar de sí misma, se declaró enamorada. No perdieron mucho tiempo. En un par de meses ella abandonaba su cuartito del décimo piso en Cardinal Lemoine e instalaba sus pocas pertenencias en un lindísimo departamento de la Place des Vosges. ¿Eres rico?, le preguntó desconcertada cuando conoció dónde vivía, y por toda respuesta él dijo que era un buen neurólogo. Terminó casándose con él varios años después, por razones domésticas, como ella las llama: debía obtener la nacionalidad francesa. En la Argentina siempre hay que tener una doble nacionalidad a mano, por si acaso, decía.

Natasha nunca fue ni ha sido una gran fanática del matrimonio. Vivían vidas bastante independientes, a veces dejaba a su amante solo por semanas y se iba a estudiar a casa de amigos en la playa. A Jacques-Henri le parecía perfectamente normal. A su vez él partía a una casa de campo que poseían sus padres en la Provence y tampoco se apuraba por volver. Ambos pensaban que ésa era la única convivencia posible y civilizada.

Aunque solían parecer indiferentes uno con el otro, se querían. Nunca se tocaban en público: era difícil imaginarlos en la intimidad. Era parte de las reglas. Se provocaban, jugaban mucho, alimentaban sus mutuas inteligencias. Yo soy tonto sin Natasha, era una de las frases que a Jacques-Henri le gustaba decir. Conversaban mucho. Natasha se desesperaba ante la incógnita que representaba el cerebro de sus pacientes. Incansables sus discusiones con Jacques-Henri al respecto, sus preguntas, sus inquietudes. Alguien se preguntaba: si no hubiera sido neurólogo, ¿se habría casado con él?

Tampoco era fanática de la maternidad.

Cuando se embarazó —un accidente, lo describió ella—, lo último que pasaba por su mente era ser madre. Ya estaba titulada, trabajaba en un hospital público y empezaba a tener pacientes privados. Su profesión la devoraba. Entonces intervino Jacques-Henri: consciente de que era el cuerpo de su mujer y no el suyo el que desarrollaba una vida, le pidió con humildad: hagamos un acto de dulzura.

Tuvo sólo un hijo, Jean-Christophe, que hoy ejerce como médico cirujano en París —¡qué falta de imaginación!, le dijo Natasha cuando le avisó que estudiaría Medicina— y que viaja a este continente a ver a su madre cada vez que puede. Es guapo, tiene sentido del humor y no quiere casarse por ningún motivo, ha traído ya a varias mujeres de visita y Natasha hace todo el show de darles el visto bueno pero él aún, a los cuarenta, no se ha decidido a contraer compromisos serios.

Volvamos atrás.

Un día, en París, a la vuelta de clases, se encontró con una carta de Rudy en su buzón de la correspondencia en el *foyer* del edificio de Cardinal Lemoine. Subió los diez pisos encantada saboreando con anticipación las noticias de su padre y una vez instalada, con una taza de buen café, extendió la carta sobre la única mesita que poseía. Hanna. Rudy le hablaba de Hanna y le recordaba esos años de su infancia, durante la guerra, cuando convivieron en la finca de Marlene. Y le contó que Hanna era su hermana. Para Natasha no sólo fue una sorpresa sino una conmoción. La recordaba sin equívocos. Se le antojó hablar con su padre, desesperaba por más información. Como una llamada a Buenos Aires le costaría el equivalente a la alimentación de una semana, tuvo que resignarse al correo aéreo. A las alturas en que Rudy respondió, Natasha no daba en sí de emoción y de ganas de partir de inmediato a reunirse con su hermana. Sin embargo, no era tan fácil. Rudy sólo sabía que el marido de Marlene había dejado Bielorrusia y se había instalado en Moscú. Y Natasha, calculando que Hanna ya tendría más de treinta años, temía al espíritu errante que su hermana podría también haber heredado.

Eran principios de los sesenta, el apogeo de la Guerra Fría: tratar de ubicar a alguien en la Unión Soviética no era una tarea fácil. Empezó la *Recherche*, como la bauticé yo. Natasha tuvo desde entonces una obsesión: la de encontrar a su hermana. Hanna se convirtió en un tornado, porque era una fuerza circular, cerrada, potente e impenetrable, imposible de detener, sólo equivalente a ese fenómeno de la naturaleza. La forma en que una obsesión elige su objeto de deseo y desecha otros es un misterio. He llegado a preguntarme cómo se vive si no se tiene una idea fija: es la que da distinción y convierte en significativo un devenir que podría ser perfectamente ordinario sin ella. El mío, por ejemplo. O, sin ir más lejos, el de casi toda la humanidad.

Y así empezó la búsqueda. La *Recherche*.

Lo primero que a Natasha se le ocurrió, acertadamente, fue acudir a los amigos comunistas de su facultad. Ellos eran los *dueños* de la Unión Soviética en París, los más probables interlocutores y mensajeros. Contaban sólo con el nombre del padre legal de Hanna, el empresario textil con que Marlene se había casado. Pasó como un año antes de que llegara a sus oídos la noticia de que ya había muerto: caído en desgracia con el régimen poco después de la guerra, Stalin lo había mandado matar. Con eso se cerraba una pista importante o, más bien, la única a la que Natasha podía acudir. Entonces yo pasaba una temporada con ella en París. Recuerdo bien a Jacques-Henri y a ella en la mesa de la cocina del departamento de Place des Vosges, con una copa de vino tinto en la mano cada uno y mucho olor a tabaco negro —Jacques-Henri fumaba sin parar—, dándole todas las vueltas posibles a esta idea. No resultaba raro el fin del marido de Marlene, era un típico representante de la Rusia Blanca que había tratado de asimilarse al sistema para sobrevivir pero que fue denigrado o expulsado por él. El problema era que, si había caído en desgracia, ¿en qué lugar podía esconderse o tratar de pasar desapercibida su familia para no correr el mismo peligro?

Entonces Natasha decidió partir a la Unión Soviética y la única forma era la de hacerse invitar con una delegación de médicos franceses. Sus amigos comunistas lo lograron, pero eso tardó casi otro año. Nada era fácil y el tiempo cobraba otro sentido en esta búsqueda. Supongo que ella así lo comprendió porque no desperdició gratuitamente ansiedad ni adrenalina. La idea fija tenía un *timing* determinado y ella se adecuaría.

El viaje de Natasha fue un perfecto fracaso. Sus indagaciones fueron muy mal recibidas por la gente que la había invitado y tampoco logró viajar a Minsk, que era una alternativa posible, y tomar la hebra desde sus inicios. Un régimen controlador como aquél era el peor aliado de Natasha. Sus amigos comunistas prometieron seguir la investigación, y aunque ella los llamaba de tanto en tanto y les recordaba su promesa, interiormente sabía que no llegarían lejos.

A pesar de Hanna, la vida continuaba. Con Hanna en el centro de su obsesión, pero continuaba igual. A principio de los setenta, siendo Jean-Christophe un niño, Natasha decidió que su matrimonio con Jacques-Henri había terminado. Se acabó la pasión, fue su veredicto. Y sin ella podían ser grandes amigos pero no una pareja. Jacques-Henri, con ese dejo de cinismo que lo caracterizaba, la peleó: trató de convencerla de que la pasión no importaba nada, que de todos modos se acababa algún día, que siguieran adelante. ¿El sexo? ¿Qué diablos importa el sexo? Pero Natasha se había cansado ya de Europa. Tomó a su hijo y volvió a Buenos Aires.

Rudy estaba viejo y Natasha quería disfrutarlo y pasar junto a él el último buen tiempo de su vida. Compartieron casa. Combinó su consulta privada con una práctica en un hospital público, lo mismo que hace hoy en Chile, y se dedicó a criar a su hijo, a cuidar de su padre y a ejercer su profesión apasionadamente y con tenacidad. Aquel tiempo vuelve a ella con dulce nostalgia y su mirada se suaviza al recordarlo, como si en esos ojos azules —tan grandes— navegara la placidez entremezclada con el afecto y la rigurosidad. Como ella.

Todas conocemos algún momento clave en la vida que podríamos denominar «punto de viraje». Un hecho determinado desencadena otro y luego otro y otro más, y de repente la cotidianidad ha decidido dar un enorme giro sin que al final recordemos bien cómo ni qué lo produjo. En este caso fue la muerte de Rudy. O la dictadura militar. Lo concreto es que la vida de Natasha dio un vuelco enorme y fue entonces que Chile apareció en el horizonte. Un importante siquiatra argentino, amigo de Natasha desde los tiempos de la facultad en París, había conseguido fondos europeos para investigar sobre el malestar femenino en las clases populares de los países subdesarrollados y había decidido instalarse en Chile porque su situación política y social a principio de los setenta le resultaba de lejos la más interesante del continente. Estaba aquí cuando el golpe de Estado. Su investigación no les pareció *política* a los militares de Pinochet por lo que siguió trabajando en paz. Cuando las cosas se pusieron demasiado feas en la Argentina, le ofreció a Natasha cruzar la cordillera y trabajar con él. Pero cómo, si ésa es también una dictadura, objetó Natasha. Sí, le contestó su colega, *pero es ajena*. Le explicó que si llegaba con su nacionalidad francesa a trabajar en ese programa, amparado por la Comunidad Económica Europea de entonces, era difícil que la molestaran. La convenció de que no viviría con el corazón en la boca como sus amigos en Buenos Aires.

La Argentina de Videla se le había vuelto imposible a Natasha y esta oferta le llegó cuando consideraba seriamente, a pesar de sí misma, la idea de regresar a París. Claro, París estaba repleto de argentinos. También de chilenos. Toda Europa lo estaba. Pero la propuesta de su amigo le hizo apostar por el otro lado de la cordillera. Al final, mi militancia real son las mujeres, le dijo. Habían acordado con Jacques-Henri que Jean-Christophe estudiara la secundaria en París. Adelante, lo alentó, ya no me necesitas, cuanta menos madre tengas, más sano serás. Fue entonces que me dijo: ¿vamos? Yo estaba igual de furiosa y de dolida con la Argentina de Videla pero cambiarla por el Chile de Pinochet me parecía, por decir lo menos, una locura. Trabajaba entonces con Natasha, la asistía en sus investigaciones y le llevaba adelante su consulta. Yo había adquirido entonces esta rara serenidad, este *no deseo,* como el personaje de Baricco en *Novecento:* podría haber navegado eternamente sin desembarcar, él tenía su música, yo mis libros; los dos, ninguna ambición. Mi matrimonio, como tantos de nuestra generación —la primera que se separó masivamente—, ya había concluido. («El matrimonio es una institución criminal», escribió Piglia. «Con los lazos matrimoniales siempre termina ahorcado alguno de los cónyuges.») En mi caso, habíamos decidido separarnos antes del ahorcamiento.

Sin hijos y con mis hermanos repartidos por el globo, concluí que lo más cercano que yo tenía a una familia era Natasha y que, partiendo ella, me quedaba bastante huérfana en la Argentina. Una vida a su lado me parecía mucho mejor que una vida sin ella. Pero no cerré mi apartamento ni tomé ninguna decisión definitiva. Vine a Chile a probar si lo resistía. Creo que la casa en la playa de Isla Negra que arrendaba el amigo siquiatra de Natasha fue un factor importante en mi decisión de quedarme. Hablo de la Isla Negra de entonces, antes de convertirse en un fetiche de Neruda con turistas y buses y estampitas. Era un lugar solitario, visitado por un tipo de personas muy específicas, personas a las que era un agrado encontrase en el boliche donde comíamos el pescado frito. Solíamos pasar los fines de semana allí y como llegamos en invierno, mi encuentro con el mar chileno fue poderoso.

Ese mar en Isla Negra, su oscuridad, su revoltura, su inaccesibilidad, me traspasó el corazón con una fuerza inesperada. También los bosques de pinos y las rocas inmensas. No debió pasar mucho tiempo antes de que le dijera a Natasha que el agua marrón del Río de la Plata no me hacía ninguna falta.

Al año siguiente volvía a Buenos Aires, vendía mi piso en Belgrano y lo cambiaba por uno en Providencia. Natasha aportó lo suyo comprando una pequeña parcela en la ribera del río Aconcagua. Acondicionó la antigua casa con que venía y pudimos seguir disfrutando de los bosques de pinos, agregando los magnolios, los paltos, los papayos y nísperos, los chirimoyos y lúcumos y los crespones blancos y rosados. Y los perros. Natasha tiene dos bóxers, Sam y Frodo, son de color castaño, enormes —el tamaño tiene que ver con que se alimentan básicamente de paltas—, y resultan aterradores para un virtual entrometido. Es sugestiva la contradicción viviente entre la ferocidad que aparentan y lo dóciles que de verdad son. Salgo a pasear y juego con ellos lo suficiente como para no ceder a la tentación de tener uno en mi departamento. Así, nos convertimos en santiaguinas, reclamando sin parar, que la contaminación, que el tráfico, que el transporte, que la falta de estímulos, pero en el fondo estamos felices. Basta un día despejado después de una lluvia en que aparezca la majestuosa e increíble cordillera, ahí, al ladito, a la mano, para que olvidemos todo el odio a la ciudad y nos reenamoremos.

Pero está Hanna. Volvamos a la obsesión de Natasha.

Durante nuestros años chilenos, siguió haciendo lo inhumano para averiguar algo de su hermana y aunque se bancara un fracaso tras otro, continuaba en su empeño. Mi temor era que la reconstrucción permanente de su fantasía acabara por disolverla. Que la idea de Hanna —porque Hanna no era más que eso, una idea— se volviera frágil, inasible, y que la naturaleza, que no perdona, simplemente la borrara. Ciertos días, cuando estábamos en el campo, Natasha me preguntaba si yo creía que había muerto. Yo no creía nada. Pero, claro, por supuesto, Hanna podía haber muerto. A veces le recordaba a Natasha que su hermana ya había pasado los treinta años cuando ella comenzó la famosa *Recherche,* que no era muy probable que siguiera ligada al destino de su padre, bien podría haberse casado, adoptado el nombre de su marido y ser una buena comunista, sana y salva. Puede vivir en Mongolia, le sugería, en Armenia o en el Báltico, la URSS es tan imposible y enorme.

Un día cayó el Muro de Berlín.

Y un año después se deshizo la URSS, derrumbándose el sistema, pulverizándose.

Desde su consulta, Natasha seguía los hilos del acontecer con minuciosidad. Hasta que fue posible y razonable tomar un avión y partir. Qué fuerza y energía mostró entonces. En algún momento de debilidad sentí que era mi deber acompañarla pero luego comprendí que era una tarea que le correspondía sólo a ella. A ella y a nadie más. Y para que le fuera bien, le recé al Dios en el que no creo.

Ya en Moscú, se instaló en un hotel relativamente barato, dispuesta a quedarse allí el tiempo que fuera necesario. Recorrió cada casa de los nombres que aparecían ligados a Marlene y a su marido, suponiendo, por supuesto, que ella ya estaba muerta. Sólo uno resultó estar lejanamente emparentado, pero con la suficiente vaguedad para insistir que esa rama de la familia era de Minsk, no de Moscú, que habían perdido el rastro de ella aunque sabían que él había sido ejecutado en tiempos de Stalin. Entonces Natasha decidió, como la vez primera, partir a Minsk. Antes de hacerlo, golpeó las puertas de varias embajadas, la francesa, la argentina, la chilena, hasta llegó a conversar con los alemanes, ¿no eran ellos, después de todo, los culpables?

En Minsk vivió momentos de mucha emoción al conocer la ciudad y los barrios que habían pertenecido a sus padres. Encontró parientes que le dieron la bienvenida y la arroparon pero que apenas pudieron ayudarla. Sólo le informaron lo que ya sabía: que la familia del empresario textil había abandonado la región después de la guerra para no volver. Averiguó dónde estaba aquella finca en la que había pasado tantos momentos con Hanna, y regresó a ella, sólo para encontrarla totalmente cambiada, sin una piedra o madera que le recordara la antigua casa. Apenas algún árbol añoso, algunos frutales le producían un eco en la memoria.

Hasta que un día, estando en Minsk, la llamó un funcionario de la embajada de Francia, conocido de Jean-Christophe, y le dio, por fin, alguna noticia.

Hanna no era una idea abstracta. Se había casado hacía muchos años con un funcionario del Partido, un ruso, ingeniero industrial, que había sido destinado a Vietnam a finales de la guerra. Producida la unificación, su tarea fue ir a dar cooperación técnica a los vencedores. Natasha se sintió muy afortunada, ya contaba con un nombre, el del marido de Hanna, aunque la noticia incluía la muerte de éste en Hanói algunos años atrás. No se sabía que su esposa hubiera vuelto a la entonces URSS, no había registro de ello.

Vietnam.

De Moscú partió a París. Jean-Christophe la encontró exhausta pero por ningún motivo rendida. Su reacción fue: otro país socialista, *mon Dieu,* qué pesadilla. Acordaron que Natasha volviera a Chile (su trabajo se resentía enormemente, «hay límites para tanta ausencia», le mandé a decir yo). Desde París visitaron la embajada de Vietnam y empezó la nueva búsqueda. Como era de esperar, el nombre del marido de Hanna constaba en los registros, no así el de ella. Jean-Christophe se comprometió a continuar. Los franceses todavía se sienten un poco *chez eux* en la antigua Indochina, le dijo, y ya no estás en edad de andar de pueblo en pueblo, de casa en casa. En cuanto tuviera algunas vacaciones o tiempo libre, partiría hacia el Oriente. Bajo esa promesa volvió Natasha a Chile.

Jean-Christophe hizo innumerables viajes a Vietnam, terminó siendo un verdadero experto en ese país al que ha llegado a amar entrañablemente. Por supuesto que su primera acción pisando Hanói fue visitar la embajada rusa. Ya no era la embajada de la Unión Soviética: con esa disculpa enmascararon el caos y la profunda apatía que encontró, puros burócratas displicentes y un poco flojos a quienes una viuda perdida, fuera o no rusa, los tenía sin cuidado. Además, le dijo un funcionario con cierto sentido del humor, los vietnamitas no eran los búlgaros, fueron siempre más autónomos, nosotros no los controlábamos.

Cuando Jean-Christophe se enteró de que la expectativa de vida de las mujeres en Vietnam era setenta y dos años, decidió apurarse. El tiempo apremiaba.

En uno de sus viajes conoció a una militante y dirigente del Partido, una mujer llena de agallas que había conocido a Hanna y a su marido en los tiempos de la cooperación. Habían sido amigos y sabía que Hanna tenía un don: el interés profundo en los niños y una capacidad extraordinaria para conectar con ellos. Se enteró de que en la URSS había estudiado para ser profesora, pero no había podido ejercer mientras vivió en Hanói. A la muerte de su marido, había desaparecido. Nadie la había vuelto a ver. En un país socialista la gente no desaparece así nomás, le refutó Jean-Christophe, hay controles, tiene que haber algún registro de ella. Si al enviudar se volvió a casar con un vietnamita, le respondieron, no tendríamos cómo enterarnos, ella figuraría con otro nombre y nacionalidad. Si hubiese sido un *hermano* tuyo, mamá, y no una *hermana,* ya lo habríamos encontrado, se quejaba Jean-Christophe, él no habría perdido su nombre como lo hacen las mujeres. Si se fue con un extranjero y dejó el país, le sugirieron, no hay pista posible. No creerá, escuchó Jean-Christophe con cierta ironía, que conservamos cada ficha de cada persona que ha salido del país durante los últimos veinte años. ¿Y los registros de matrimonio? Lo miraron como se mira a un niño que pide lo imposible sin saberlo: nuestros funcionarios están ocupadísimos, ¿se imagina que tenemos personal para dedicar a alguien a buscar registros de matrimonio? Al menos la amiga vietnamita le dio a Jean-Christophe algo de mucho valor: una fotografía (que hoy reposa en un bonito marco en el dormitorio de Natasha, al lado de una de Lou Andreas-Salomé). En ella, Hanna parece tener alrededor de cincuenta años y un rostro claro y limpio, como el de Natasha cuando yo la conocí. La foto es en blanco y negro pero se deduce el azul de sus ojos. Posa al lado de su marido en alguna recepción oficial, con un traje oscuro y mal cortado, aunque la chaqueta es lo único que muestra la fotografía. Su pelo está peinado hacia atrás en un moño anticuado. Aun así, es una mujer hermosa.

Como Jean-Christophe debía dedicarse a su trabajo en Francia, contrataron a un investigador para empezar la búsqueda fotografía en mano. Encontrar a alguien perdido hace años entre más de ochenta millones de habitantes no es tarea fácil. Hanói fue recorrido de punta a punta, cada escuela, cada jardín infantil, cada hospital. Nada. Lo mismo la antigua Saigón, lo que tomó una cantidad de tiempo considerable. El centro del país fue el siguiente objetivo, y Natasha se apuntó para cubrirlo. La idea del detective no le entusiasmaba, desde el principio fue escéptica de sus resultados, como si en el fondo, sin decirlo, creyera que sólo el afecto tendría la fuerza suficiente para encontrar a su hermana, no una investigación. Se tomó vacaciones y se reunió con Jean-Christophe en Da Nang. Luego de búsquedas infructuosas siguieron a Hué. Ya un poco frustrados, se instalaron en la costa del mar de la China Meridional, en

Hoi An. Al menos, el lugar tenía suficiente encanto y belleza como para distraerlos un poco de cualquier pesar. Fue allí, en una escuela, donde el director, tomando la fotografía en sus manos y observándola con minuciosidad, les dijo: en las afueras de Hoi An, en medio de unos campos de arroz, hay una escuela muy pequeña donde enseñan unas mujeres blancas.

No fue fácil encontrar el enclave, efectivamente la escuela era insignificante, casi perdida en el campo, en medio de un mísero caserío, rodeada por arrozales y por unas vacas grises, flacas y huesudas. Fue la tenacidad la que les hizo dar con ella. Era una construcción baja dividida en tres habitaciones, con un patio largo techado cuyo piso era sólo la tierra. Un grupo de niños pequeños jugaba en una esquina alrededor de una mujer, hacían una ronda. Otro grupo estaba sentado en el suelo en torno a otra profesora, practicando un ejercicio con unas piedras chicas y puntiagudas. Una tercera ocupaba, junto con tres niños, una mesa baja en medio del patio y sobre su superficie se veían dos libros abiertos. Todas se cubrían la cabeza con un enorme sombrero de paja, los típicos sombreros cónicos vietnamitas, lo que las tornaba prácticamente invisibles. Natasha se adelantó y caminó hasta el patio. Pidiéndole excusas, interrumpió a la mujer de la mesa, quien, al girar la cabeza hacia arriba para mirarla, descubrió su tez blanca. Sus ojos y lo que asomaba de su pelo bajo el sombrero eran oscuros pero era una mujer blanca. Le sonrió.

Hanna, dijo Natasha, con un hilo de voz, busco a Hanna.

La mujer volvió a sonreír y en un francés rudimentario respondió: no, no hay ninguna Hanna aquí.

Natasha apuntó a las otras dos mujeres que, más allá, rodeadas de niños, se concentraban en su quehacer, indiferentes a esta occidental que hablaba con su compañera.

Phuong y Linh, dijo la mujer de la mesa, afirmando con la cabeza sus palabras. Se levantó de su asiento girando el cuerpo y tomó levemente del brazo a su interlocutora como para guiar sus pasos ofreciéndole la salida.

Natasha no se dio por vencida. Aunque pecara de maleducada, se zafó del contacto y caminó bajo el techo del patio escolar hacia los otros dos grupos que allí trabajaban, hacia Phuong y hacia Linh. Jean-Christophe, quien me hizo el relato más tarde, miraba bajo un sol abrasador esta escena, desde afuera, como si no considerara adecuado intervenir.

Natasha se acercó a la segunda mujer, la que hacía una ronda con los niños, y la miró directo a la cara. Tenía muchos años, el pelo blanco y los ojos claros. También los tenía la tercera, la que sentada en el suelo observaba el ejercicio de las piedras. Pero ambas ostentaban un cutis oscuro, teñido por el aire y el sol, al contrario de las vietnamitas, que se lo cuidan para mantenerlo claro. Ninguna parecía una mujer rusa de Minsk. Muda, Natasha fue de una a la otra, observándolas. Entonces vio el reflejo verde azulado. La mujer sentada en el suelo vestía una túnica con un cuello alto y los dos primeros botones estaban desabrochados. Una luz se dejó ver, la de una piedra preciosa. Natasha se agachó y tocó la piedra. Entonces abrió su blusa y tocó su propia alejandrita. La mujer en el suelo la observaba con gran curiosidad. Natasha pronunció su verdadero nombre y ella, asombradísima, accedió con la cabeza.

Sí, Hanna.

La *Recherche* había concluido.

Marlene nunca le habló a Hanna de su verdadero padre, por lo que la existencia de esta hermana resultó toda una novedad. No había olvidado los días de la guerra en la finca y recordaba con enorme ternura a esa niña llamada Natasha con quien compartió momentos tan terribles y cruciales. Tampoco había olvidado a Rudy, cuando les regaló a ambas la cadena con la alejandrita que, a petición de su madre, había llevado siempre al cuello. Le era tan familiar que ya no la veía y jamás pensó que terminaría siendo el signo de reconocimiento más irrefutable.

Era una anciana frágil y muy delgada que vivía en una cabaña cerca del mar y que se dedicaba a enseñar idiomas a los niños. Su nombre era otro, efectivamente se había casado con un vietnamita con el que vivió muchos años, un pescador, y figuraba con su apellido. Y su nombre de pila no lo había cambiado porque pretendiera esconderse sino porque Linh resultaba más fácil para los lugareños.

No voy a relatar aquí la historia de Hanna. Sólo les cuento, para que comprendan los próximos pasos de Natasha, que Hanna tiene hoy setenta y cinco años, que su existencia ha sido dura y que su cuerpo se ha resentido a la par. Estragada, fue la palabra que usó Natasha para describirla. Una judía errante, como todas nosotras. Si no, ¿cómo se explica que no haya vuelto a Rusia al enviudar? ¿No cree en las raíces?, se preguntaba Natasha, ante lo que yo respondí: no, igual que tú.

Natasha quiso traerla a Chile pero la negativa de Hanna fue rotunda: nada la moverá de Vietnam, aquélla es su tierra, ninguna otra.

Hoy Hanna agoniza. La pobreza y frugalidad, en general las condiciones de vida de los últimos veinte años, la han consumido. Está vieja y cansada, lista para partir, si es que alguna vez se está listo para ello. Y su hermana la acompañará y le cerrará los ojos.

Yo no tengo a una Hanna. Pero tengo mis libros. Tienen una cualidad maravillosa: ellos acogen a cualquiera que los abra. Varios de mis autores han ido envejeciendo conmigo y son para mí más reales que las personas de carne y hueso a quienes puedo tocar con la mano. Tantas veces llegaba Natasha a mi cubículo, cansada, luego de un largo día de trabajo, y me decía:

—Cuéntame de la vida allá afuera.

—Si por *afuera* te refieres a los personajes de mis novelas...

—Sí, a ellos..., cuéntame qué hacen, qué dicen, qué piensan.

Es que la literatura, como el sicoanálisis, lidia con la compleja relación entre saber y no saber.

Edward Said, aquel escritor palestino tan admirable, habló del *late style,* el estilo tardío. Se usa en general para los artistas: es la etapa final, cuando el creador se suelta las trenzas y empieza a hacer lo que le da la gana, sin ningún miramiento ni coherencia con su obra anterior. De aquel desate de amarras nacen a veces obras valiosísimas.

Creo que Natasha ha entrado en su *late style* como siquiatra y lo vivirá como se le antoja (una buena prueba de ello es que me ha permitido contarles a ustedes su historia). Parte a Vietnam para no volver hasta haber enterrado los huesos de Hanna. El hospital, sus investigaciones, su consulta, sus pacientes, todo se relativiza a partir de ahora. La idea fija ha encontrado por fin su ondulación. Hará lo que tiene que hacer. Y lo hará con la solemnidad que corresponde.

Cuando Gabriela Mistral partió a México, el escritor Pedro Prado escribió a sus amigos mexicanos: no hagan ruido en torno a ella; porque anda en batalla de silencio.

Me atrevería a decirles lo mismo a ustedes.

Epílogo

La espalda recta, la cabeza erguida, Natasha abre la cortina de la ventana y fija la mirada en el grupo de mujeres que de una en una suben a la camioneta que ha venido a recogerlas. Es el atardecer y el parque, lánguido pero también majestuoso, está vacío, los trabajadores se han ido a descansar y los árboles enormes enmarcan las nueve figuras contra la cordillera. En un instante ya no estarán.

Se ha despedido de cada una de ellas. Las ha abrazado y con un murmullo las ha soltado.

Recuerda cuando en su infancia en Buenos Aires parió la perra de Rudy. Ella pasaba horas hincada en el suelo observando a los cachorros y le llamaba la atención cómo se necesitaban unos a otros para subsistir. Sería el calor lo que buscaban: se amontonaban, apiñando sus cuerpos, acurrucándose unos contra otros. Un día los tomó, uno a uno, y los llevó a la sala cuya chimenea estaba encendida y los instaló a todos alrededor del fuego. No te entusiasmes con esa imagen, Natasha, le dijo Rudy cuando la encontró tendida en el piso abrazada a los perros, el valor de los humanos es su capacidad de separación, de ser independientes, se pertenecen a sí mismos y no a la manada.

Natasha deja caer la cortina. Ya han partido. Las imagina caminando lejos de ella, con el paso más ligero, debajo de las estrellas: no las ya conocidas sino las que están naciendo, producto de la muerte de las otras.

Al final, se dice, alejándose de la ventana, al final todas, de un modo u otro, tenemos la misma historia que contar.

Boco, marzo de 2011

Agradecimientos

A Ana María Gómez, Sol Serrano, Isabel Santa María, Elena Serrano, Antonia Forch, Margarita Maira y Lidia Schavelzon.

Índice

Este libro
se terminó de imprimir
en los talleres gráficos de
HCI Printing & Publishing, Inc.
E.E.U.U.
en el mes de agosto de 2011

Alfaguara es un sello editorial del Grupo Santillana

www.alfaguara.com

Argentina
www.alfaguara.com/ar
Av. Leandro N. Alem, 720
C 1001 AAP Buenos Aires
Tel. (54 11) 41 19 50 00
Fax (54 11) 41 19 50 21

Bolivia
www.alfaguara.com/bo
Calacoto, calle 13 n° 8078
La Paz
Tel. (591 2) 279 22 78
Fax (591 2) 277 10 56

Chile
www.alfaguara.com/cl
Dr. Aníbal Ariztía, 1444
Providencia
Santiago de Chile
Tel. (56 2) 384 30 00
Fax (56 2) 384 30 60

Colombia
www.alfaguara.com/co
Calle 80, n° 9 - 69
Bogotá
Tel. y fax (57 1) 639 60 00

Costa Rica
www.alfaguara.com/cas
La Uruca
Del Edificio de Aviación Civil 200 metros
Oeste
San José de Costa Rica
Tel. (506) 22 20 42 42 y 25 20 05 05
Fax (506) 22 20 13 20

Ecuador
www.alfaguara.com/ec
Avda. Eloy Alfaro, N 33-347 y Avda. 6 de
Diciembre
Quito
Tel. (593 2) 244 66 56
Fax (593 2) 244 87 91

El Salvador
www.alfaguara.com/can
Siemens, 51
Zona Industrial Santa Elena
Antiguo Cuscatlán - La Libertad
Tel. (503) 2 505 89 y 2 289 89 20
Fax (503) 2 278 60 66

España
www.alfaguara.com/es
Torrelaguna, 60
28043 Madrid
Tel. (34 91) 744 90 60
Fax (34 91) 744 92 24

Estados Unidos
www.alfaguara.com/us
2023 N.W. 84th Avenue
Miami, FL 33122
Tel. (1 305) 591 95 22 y 591 22 32
Fax (1 305) 591 91 45

Guatemala
www.alfaguara.com/can
26 avenida 2-20
Zona n° 14
Guatemala CA
Tel. (502) 24 29 43 00
Fax (502) 24 29 43 03

Honduras
www.alfaguara.com/can
Colonia Tepeyac Contigua a Banco
Cuscatlán
Frente Iglesia Adventista del Séptimo Día,
Casa 1626
Boulevard Juan Pablo Segundo
Tegucigalpa, M. D. C.
Tel. (504) 239 98 84

México
www.alfaguara.com/mx
Avda. Rio Mixcoac, 274
Colonia Acacias, C.P. 03240
Benito Juárez, México D.F.
Tel. (52 5) 554 20 75 30
Fax (52 5) 556 01 10 67

Panamá
www.alfaguara.com/cas
Vía Transísmica, Urb. Industrial Orillac,
Calle segunda, local 9
Ciudad de Panamá
Tel. (507) 261 29 95

Paraguay
www.alfaguara.com/py
Avda. Venezuela, 276,
entre Mariscal López y España
Asunción
Tel./fax (595 21) 213 294 y 214 983

Perú
www.alfaguara.com/pe
Avda. Primavera 2160
Santiago de Surco
Lima 33
Tel. (51 1) 313 40 00
Fax (51 1) 313 40 01

Puerto Rico
www.alfaguara.com/mx
Avda. Roosevelt, 1506
Guaynabo 00968
Tel. (1 787) 781 98 00
Fax (1 787) 783 12 62

República Dominicana
www.alfaguara.com/do
Juan Sánchez Ramírez, 9
Gazcue
Santo Domingo R.D.
Tel. (1809) 682 13 82
Fax (1809) 689 10 22

Uruguay
www.alfaguara.com/uy
Juan Manuel Blanes 1132
11200 Montevideo
Tel. (598 2) 410 73 42
Fax (598 2) 410 86 83

Venezuela
www.alfaguara.com/ve
Avda. Rómulo Gallegos
Edificio Zulia, 1°
Boleita Norte
Caracas
Tel. (58 212) 235 30 33
Fax (58 212) 239 10 51